Sur l'auteure

Kerry Hudson vit et travaille à Londres. Elle est l'auteure de *Tony Hogan m'a payé un ice-cream soda avant de me piquer maman* (Philippe Rey, 2014), *La Couleur de l'eau* (Philippe Rey, 2015), prix Femina étranger, et *Basse naissance* (Philippe Rey, 2020).

Du même auteur
aux Éditions 10/18

TONY HOGAN M'A PAYÉ UN ICE-CREAM SODA AVANT DE ME PIQUER MAMAN, n° 4906
LA COULEUR DE L'EAU, n° 5170
BASSE NAISSANCE, n° 5659

KERRY HUDSON

BASSE NAISSANCE

Traduit de l'anglais
par Florence Lévy-Paoloni

10
18

PHILIPPE REY

Titre original :
Lowborn

ISBN 978-2-264-07726-4
Dépôt légal : avril 2021

Pour vous tous qui avez vécu la même histoire

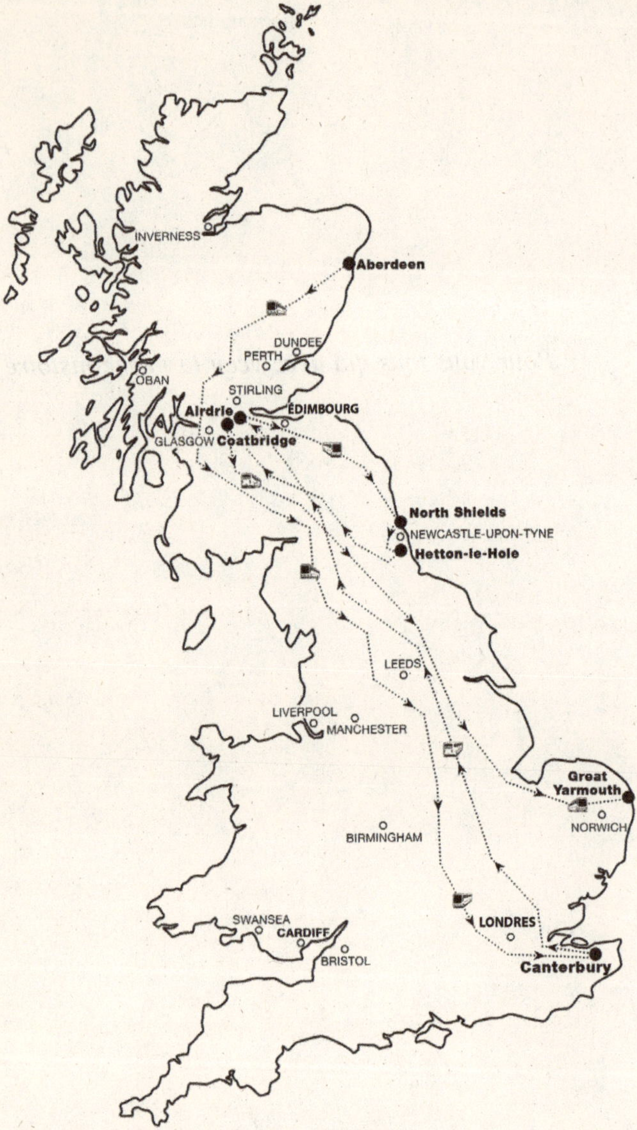
INVERNESS
Aberdeen
DUNDEE
PERTH
OBAN
STIRLING
Airdrie
EDIMBOURG
GLASGOW
Coatbridge
North Shields
NEWCASTLE-UPON-TYNE
Hetton-le-Hole
LEEDS
LIVERPOOL
MANCHESTER
Great
Yarmouth
NORWICH
BIRMINGHAM
LONDRES
SWANSEA
CARDIFF
BRISTOL
Canterbury

NOTE DE L'AUTEURE

Voici mon histoire racontée de mon mieux. Si j'ai modifié des noms, des détails physiques ou autres quand c'était nécessaire, j'ai tout présenté aussi honnêtement que je le pouvais, à partir de mes souvenirs, d'anecdotes et, lorsque c'était possible, de documents officiels. Comme toute autobiographie, celle-ci renferme sans doute des erreurs et je reconnais qu'il s'agit de mon récit des événements, qu'il peut y avoir beaucoup d'autres perspectives et que celle-ci est simplement la mienne, racontée à ma façon.

INTRODUCTION

Si on commençait par dire que ça s'est bien terminé ? J'ai réussi. Je m'en suis sortie. J'ai échappé à la pauvreté. J'ai échappé à la malbouffe parce qu'on n'a pas les moyens d'acheter autre chose. J'ai échappé aux vêtements usés jusqu'à la corde et aux chaussures trop petites. J'ai échappé à l'alcool et à la drogue qu'on prend pour oublier parce que… parce que. J'ai sans doute échappé aux statistiques de mortalité prématurée et aux maladies évitables – on verra. J'ai échappé à l'obésité. J'ai échappé aux statistiques élevées de maltraitance familiale. J'ai échappé aux quartiers défavorisés, aux maisons incendiées et aux vendeurs de glace qui dans leur camionnette proposent de la drogue aux portes des écoles. J'ai échappé à Jeremy Kyle en costume impeccable m'expliquant que les gens comme moi étaient de la racaille. J'ai échappé à la violence gratuite et sinistre alimentée par la frustration et la Special Brew. J'ai échappé aux queues pour l'aide sociale, aux évaluations de ressources et aux contrats merdiques à zéro heure. J'ai échappé au désespoir.

J'ai vécu davantage de cette vie-là, dans mes vingt premières années, que de la vie infiniment plus pépère que je connais depuis. Et les mots résonnent encore dans ma tête chaque jour : racaille, vaurien, voyou, délinquant déscolarisé, déclassé, basse naissance.

Oui, je viens peut-être du quart-monde, mais j'en suis sortie. Je me suis élevée au point d'écrire ces mots et de croire que quelqu'un pourrait les lire. À présent je mange bien et j'ai toujours un endroit décent où dormir. Mes vêtements sont bon marché mais je peux me permettre de les remplacer. J'apprécie le luxe de faire du sport. L'hiver, je chauffe mon appartement. J'ai accès à l'art, à la musique, au cinéma, aux livres, et cela ne me semble pas une folie. Quand j'ai été souffrante, dans ma tête ou dans mon corps, j'ai demandé de l'aide, j'en ai reçu et ma santé s'est améliorée. J'ai voyagé plusieurs fois à travers le monde et j'ai gagné ma vie en faisant ce que j'aime, qui se trouve aussi être la chasse gardée des Gens Pas Comme Moi.

Mais revenons au début.

1 mère célibataire
2 séjours en famille d'accueil
9 écoles primaires
1 enquête de la Protection de l'enfance pour abus sexuel
5 collèges
2 agressions sexuelles
1 viol
2 avortements
Mon 18e anniversaire

Le questionnaire sur les expériences traumatiques de l'enfance comporte dix questions et chaque réponse affirmative vaut un point. Les recherches ont montré qu'un individu totalisant 4 réponses affirmatives ou plus a un risque « 260 % plus élevé de développer une maladie pulmonaire chronique obstructive que quelqu'un dont le score est 0 ; 240 % plus élevé de contracter une hépatite ; 460 % plus élevé de faire une dépression ; et 1 220 % plus élevé de faire une tentative de suicide ». Mon score est de 8.

Il serait facile de penser que j'ai joué de malchance. Que j'étais une terrible exception. Mais, en vérité, les gens avec qui j'ai grandi ont vécu à peu près la même chose. Parfois un peu moins. Souvent beaucoup plus. La différence avec moi ? J'ai vu quelque chose à l'horizon et je me suis mise à courir. J'ai couru et je ne me suis jamais retournée.

Je suis fière de mes origines prolétaires et, dans cet arrière-pays mouvant socialement où je me trouve actuellement, le sens de la communauté et de l'appartenance que ces origines pourraient m'offrir me manque.

Mais je n'ai jamais été fière d'être pauvre. La vraie pauvreté englobe tout, elle est étouffante, brutale et souvent déshumanisante. Je crois pouvoir dire que la honte mordante et la peur de la pauvreté ne m'ont jamais manqué, d'autant que j'en subis encore des répliques.

Si ma vie est méconnaissable aujourd'hui, je me trouve incapable de réconcilier mon « présent » et mon passé. La meilleure façon de décrire ce sentiment vertigineux serait de dire que je ne me sens à ma place nulle part et avec personne, ni « là-bas » ni vraiment « ici ». J'en suis venue à penser qu'être née pauvre n'est pas simplement une affaire d'argent ou de situation, c'est une psychologie et une identité qui, chez moi, ont perduré bien au-delà de mon « évasion ».

Ce livre est le résultat des questions qui continuent à me perturber. Qu'est-il arrivé aux villes où j'ai vécu ? Les choses ont dû s'arranger, non ? Il existe aussi d'autres questions, plus difficiles à formuler, sauf peut-être quand je me réveille au milieu de la nuit en criant des obscénités à des formes fantomatiques, envahie d'une profonde terreur. Que m'est-il arrivé durant ces années ? Me suis-je vraiment échappée ? Mes fragments de souvenirs m'ont-ils protégée ou ont-ils au fil des ans renforcé cette terreur ? Quelle proportion de mon passé fait encore partie de ce que je suis aujourd'hui ?

Il y a un an, je me suis rendu compte que la seule façon de répondre était de retourner là-bas, de regarder mon monstre en face dans l'espoir qu'il ne soit qu'une ombre, après tout.

J'ai pris la décision de retourner à Aberdeen, où je suis née dans un clan de poissonnières matriarcales, et de suivre la route erratique et nomade de mon enfance à travers le pays : Aberdeen, Canterbury, North Lanarkshire, Sunderland, Great Yarmouth. Une route pas si différente des périples de mes ancêtres pêchant le hareng, le silver darling, le long de la côte ; mais moi j'allais jeter mon filet pour récupérer des histoires et des faits, puis les éventrer et voir ce que leurs entrailles me raconteraient.

Ces villes sont-elles mortes avec le déclin de leurs industries traditionnelles ? Comment y vit-on maintenant quand on est pauvre et prolétaire ? Être prolétaire signifie-t-il encore quelque chose aujourd'hui ? Si j'étais une enfant ou une ado grandissant là-bas, y aurais-je de l'espoir ? Qui habite où je vivais ? Et les enfants dans les rues ? J'envisageais de poser ces questions aux gens vaquant à leurs tâches quotidiennes et à ceux qui travaillent au contact de la pauvreté, sur le terrain, aux gens arrivés récemment dans ces villes et à ceux qui y habitent depuis des décennies, afin de voir comment ces communautés vivent et survivent – ou pas.

En parcourant le pays, je voulais retracer mon enfance et essayer de combler les vides béants de ma mémoire en demandant mon dossier à la Protection de l'enfance, mes bulletins scolaires et médicaux, en partant à la recherche de ceux qui pourraient se rappeler qui j'étais. Ceux qui pourraient peut-être aussi se souvenir de moi.

J'ai décidé de chercher des réponses à mes questions parce que, maintenant, je pense pouvoir les formuler sans être frappée, punie ou ridiculisée. Parce qu'il me faut tester l'heureuse issue si je veux dormir la nuit. Parce que, si c'*est* une heureuse issue, je dois me préoccuper de ce que j'ai laissé derrière moi. Je dois m'arrêter, regarder par-dessus mon épaule et comprendre d'où je viens.

Quand on vous a dit tous les jours de votre vie que vous n'avez rien à offrir, que vous ne valez rien pour la société, pouvez-vous échapper au sentiment d'être de basse naissance quel que soit le chemin parcouru ?

1

ABERDEEN

1980

Ma mère avait vingt ans quand elle rencontra mon père. Elle avait quitté Aberdeen à seize ans sans qualification, avait parcouru le Royaume-Uni en travaillant comme serveuse, passant son temps libre et dépensant ses pourboires dans les discothèques. Elle s'était toujours considérée comme la brebis galeuse de la famille. Quand j'ai répété ces mots à ma grand-mère, elle a froncé les sourcils et dit de sa voix basse, lente et terrifiante :

« Oh, c'est ce qu'elle prétend, hein ? »

Tout ce que je savais de maman venait des histoires qu'elle me racontait. En écrivant ce livre, j'allais en apprendre davantage, plus peut-être que je ne l'aurais souhaité. Quand j'étais enfant, elle me disait combien elle aimait danser. Elle adorait Blondie, Bowie et Leonard Cohen, et elle parlait d'une robe argent satiné et chatoyante qu'elle portait dans les night-clubs de Londres où tout le monde la regardait quand elle se dirigeait vers le bar. Elle avait un rire tonitruant, comme toutes les femmes de la famille, un mugissement vulgaire plein d'une énergie exubérante, même si la vie tentait par tous les moyens de la réprimer.

Mais elle était aussi extrêmement, peut-être irrémédiablement, vulnérable, pleine de fêlures et extraordinairement naïve. Elle était fière de notre rude héritage de poissonnières et elle était féministe avant même de connaître le mot. Quelqu'un de la famille m'a dit qu'à l'adolescence elle « était timide et riait bêtement », mais en allant à Londres elle prit confiance en elle, loin de la relation très difficile qu'elle entretenait avec sa mère. Elle avait certaines valeurs morales absolument inflexibles : les femmes ne valent pas moins que les hommes, on ne doit jamais être raciste ni frapper quelqu'un à terre.

Mon père avait quarante-deux ans quand il rencontra ma mère. Il n'avait pas encore été diagnostiqué schizophrène ni dépendant au Valium, mais il recevait une pension de l'armée américaine à cause d'une dépression nerveuse survenue vingt-six ans plus tôt pendant qu'il faisait ses classes. Il était déjà sujet à l'alcoolisme.

Papa avait une relation imprévisible avec la vérité, mais je vais tout de même transcrire ce qu'il me raconta sur ses origines. Il prétendait qu'une partie de notre famille avait possédé la moitié de la Californie, jusqu'au jour où mon arrière-grand-mère s'était enfuie et avait épousé un cueilleur de coton. Qu'il avait vécu avec différents membres de la famille avant d'échouer dans un foyer pour garçons à South Central LA. Dans certains de ses récits il était le seul gosse blanc, dans d'autres non. À seize ans il s'était engagé, mais il avait fait une dépression nerveuse et avait passé trois ans, peut-être plus, dans un hôpital psychiatrique en Allemagne.

Il me raconta que, une fois sorti, il était rentré en Californie, avait fréquenté brièvement l'UCLA mais sans passer de diplôme, avait travaillé comme facteur et avait un jour bavardé avec Charlie Manson sur un toit, traîné avec les beatniks à la librairie City Lights de San Francisco (un des poètes, j'ai oublié lequel, lui avait volé son outre à vin et il lui en voulait encore des dizaines d'années après), avait épousé une belle Japonaise qui lui avait brisé le cœur, avait été repéré par une agence de mannequins et avait finalement échoué à Londres.

Il ne m'est pas difficile de comprendre pourquoi ces deux-là, tous deux orphelins à leur manière, instables et cherchant à fuir la réalité, ont pu trouver temporairement un réconfort dans leur reflet bizarrement déformé. Mais il est impossible d'imaginer que cette relation aurait pu durer.

Ils n'ont pas dû rester ensemble plus de quelques mois. Ma mère parlait souvent de cette période, sa dernière bouffée de liberté avant ma naissance. Elle me racontait qu'ils buvaient des Brandy Alexander, vivaient dans un squat et participaient à la vie festive de Londres à la fin des années soixante-dix. Mon père improvisa même un voyage en Amérique. Arrivés presque sans argent à San Francisco, ils allèrent rendre visite à ma grand-mère qui vivait dans un mobile-home à San Diego pour lui demander de l'aide. Ma mère se lavait les pieds dans le lavabo de ma grand-mère paternelle quand elles firent connaissance. Plus tard, mon père fouilla dans les pauvres bijoux de sa mère, cherchant quelque chose à mettre en gage, pendant que ma grand-mère surveillait.

Quand ils eurent trouvé l'argent pour rentrer à Londres, ma mère était enceinte. Ils avaient pleinement goûté à l'hédonisme de la côte Ouest et je continue à me demander si cela explique mon imagination débridée. Peu après leur retour, ma mère annonça à mon père qu'elle était enceinte. Il tomba à genoux et s'exclama : « Qu'est-ce que je vais faire ? » Ma mère rompit alors avec lui et prit rendez-vous dans une clinique pour avorter.

Je ne doute pas que pour cette femme de vingt ans, vulnérable et sans emploi, l'avortement aurait sans doute été la meilleure solution. Elle me disait souvent – plusieurs fois par an – qu'elle avait pris rendez-vous et avait changé d'avis dans le métro en route pour la clinique.

Je ne pense pas qu'elle me racontait cette histoire par cruauté. Je crois qu'elle essayait de me dire qu'elle m'avait choisie. Que j'étais un accident, mais que j'étais devenue une décision. Que même si tout allait mal, au moins j'étais vivante et que je l'avais échappé belle. Mais elle me disait aussi que, même si elle m'aimait, mon existence avait signifié le sacrifice de sa vie. Il y a quelque chose de bizarre, d'écœurant dans le fait de savoir que cette décision a rendu nos vies à toutes deux bien plus difficiles.

Et donc elle était retournée à Aberdeen, un endroit où elle ne voulait surtout pas revenir, d'où elle avait eu tellement hâte de partir. Elle était de retour chez sa mère, ma grand-mère, l'image parfaite d'une matrone prolétaire d'Aberdeen.

Je n'ai jamais connu de femme plus terrifiante que ma grand-mère. Elle savait être charmante, affectueuse même, mais, quand elle se fâchait, elle s'immobilisait, parlait lentement, son doigt manucuré pointé vers vous, le regard glacial. Un jour, quand elle était petite, elle exigea de son père le plus gros œuf de Pâques de la boutique, puis, en proie à une crise de colère, elle le lui écrasa sur la tête dans le bus. Adolescente, elle ressemblait à Elizabeth Taylor. Elle avait les yeux violets et son corps s'était épanoui à tel point et si subitement qu'un jour elle plongea dans la baie de Nigg et se cassa les dents sur les rochers pour échapper aux regards des garçons. À la fin de sa vie, elle refusait tout sauf son Lambrini et ses clopes, sachant parfaitement qu'elle était en train de se tuer.

Elle passa sa vie entière dans les conserveries de poisson, comme toutes les femmes de la famille avant elle. Conditions de travail pénibles et ambiance délétère. Elle disait souvent combien elle était rapide avec son couteau à filets, comment le froid bleuissait et crevassait ses mains. L'histoire qu'elle préférait me raconter quand j'étais petite concernait un groupe de femmes qui voulaient sa place – mieux payée – et lui rendaient la vie impossible. Un jour, l'une d'elles la traita de salope et elle me murmura de sa voix basse, lente et furieuse : « Je lui ai posé mon couteau sous la gorge et je lui ai dit : "Je suis une belle *salope*, une *salope* propre et j'en ai rien à foutre de tes *saloperies*, compris, *salope* ?" »

Elle me disait tout le temps : « Te laisse pas marcher sur les pieds. »

Elle me disait de ne jamais me laisser faire.

Elle me disait de commencer par attraper les cheveux et de me servir de mes ongles dans les bagarres.

N'ayant pas d'autre solution, ma mère enceinte revint vivre chez ma grand-mère et alla travailler à l'emballage à la conserverie. J'ai souvent imaginé le lourd tablier sur son ventre gonflé, l'odeur de métal, mélange de mer et de sang. Elle m'a souvent raconté que le vendredi, jour de paie, elle faisait un repas de poisson avec les autres femmes à la pause de midi, après quoi elle allait en ville et m'achetait un petit truc chez Mothercare – une toute petite paire de chaussettes jaunes, peut-être un Babygro. Ma grand-mère tricotait le reste, des petits chaussons et des pulls au crochet. Je soupçonne mes grands-tantes et mon arrière-grand-mère d'en avoir aussi confectionné.

Maman parlait toujours du temps où j'étais dans son ventre comme d'un beau secret qu'elle protégeait. J'imagine qu'après avoir pris la décision de me garder elle se réjouissait d'avoir quelqu'un à aimer et de recevoir en retour un amour tout simple. Il devait être facile de fermer les yeux sur ce qui faisait qu'elle n'était pas prête à être mère.

Ma mère et ma grand-mère regardaient *La maison qui tue* quand, deux semaines après le terme, j'ai commencé à exiger ma libération. Maman refusa d'aller à l'hôpital avant la fin du film et je l'imagine bien, assise et grimaçante, accrochée aux accoudoirs du vieux canapé en velours vert de ma grand-mère, sans doute une clope au bec, refusant obstinément d'accepter que sa vie était sur le point de changer et se disputant avec ma grand-mère. Quoi qu'il en soit, j'arrivai dans le monde en pleurant, et tant pis si maman n'était pas prête.

Quand grand-mère me prit pour la première fois dans ses bras, elle me regarda et déclara : « Elle ressemble à une livre de beurre Kerrygold. » Très vite, « Kerrygold » fut abrégé en Kerry et c'est le nom qui figure sur mon acte de naissance. Date de naissance : 12 octobre 1980. Mère : Fiona Mackie. Père : inconnu.

Difficile d'imaginer comment ces deux femmes fortes et complexes, avec leur passé de disputes, ont réussi à mijoter ensemble dans le minuscule appartement d'Aberdeen pendant les longs mois de la grossesse de ma mère. Mais il semble que ma naissance a constitué un ingrédient de trop dans ce mélange hautement inflammable. Quelques semaines après, pour une raison ou une autre, ma mère et moi avons atterri dans un refuge pour femmes. Maman en parlait toujours avec plaisir, comme si nous y étions en vacances. Je vois ce qu'elle a dû y trouver – un soutien affectif et pratique, une communauté de femmes qui comprenaient ce que voulait dire être démoralisée, crevée et se lever pourtant tous les matins, prête à se battre.

Il n'existait qu'une seule photo de moi bébé, un unique souvenir de l'époque : un bébé potelé et nu, aux yeux bleus teintés de gris par la couleur sépia de la photo. Je suis couchée sur un tapis blanc couvert de fleurs orange. Étonnamment, j'étais un gros bébé, bras et jambes levés, détournant le regard de l'appareil.

Je sortais souvent cette photo quand j'étais petite. Adolescente, je le faisais encore, même si elle était froissée et en mauvais état, cherchant à voir ce qu'il y avait de moi dans ce bébé ou peut-être aimant regarder ce tout-petit qui ne savait pas ce qui l'attendait. Maman déchira la photo pendant une de nos dernières disputes, vers mes vingt-cinq ans. Mais chaque fois que je pense à moi toute neuve, je vois ces couleurs sépia et je pense au petit bébé joufflu qui ne voulait pas montrer son visage.

2

HUÊ
2017

La deuxième année de notre relation, alors que nous voyagions depuis six mois à travers le monde, j'emmenais Peter, mon compagnon, voir « mon » Viêtnam. Je dis « mon » parce que c'est là que j'ai écrit mon premier roman, *Tony Hogan m'a payé un ice-cream soda avant de me piquer maman*, une semi-fiction sur mon enfance qui m'a permis d'enterrer au moins quelques fantômes en déversant frénétiquement mon histoire dans des cahiers d'écolier pendant la saison des pluies.

À Huê, petite ville impériale fortifiée, j'ai montré à Peter le café où, sept ans plus tôt, j'avais écrit à la main les premiers chapitres, puis les avais tapés dans un café Internet enfumé où des garçons jouaient à des jeux vidéo et où des hommes regardaient des vidéos d'écolières se bagarrant sur YouTube.

Il y a des photos de notre visite à Huê. Nous mangeons du riz à l'ananas, nous buvons du *ca phe sua da* dans des tasses en plastique, sous un saule, près du fleuve boueux. D'autres me montrent penchée sur mon carnet dans le jardin d'un restaurant habité par le coassement des grenouilles, nous marchons vers la forteresse dont je faisais le tour à vélo, nous observons deux petites filles accroupies à côté d'un oisillon aux plumes lissées qu'elles nourrissent d'une bouillie rouge sang avec une minuscule cuillère argentée. J'ai l'air si heureux sur ces photos.

Un soir que j'étais un peu mal fichue, nous sommes restés à l'auberge et avons regardé un film policier américain, entourés des restes de nos sandwichs club. J'ai distraitement consulté mon compte Facebook. Une nouvelle demande d'amitié, de Mark Mackie. Tout d'abord, le nom ne m'a rien dit et j'ai failli refuser la demande. Il m'a fallu un peu de temps, tandis que mon cerveau tournait tout seul, avant que je connecte ce nom avec moi, mes gènes, le passé. Avant que le souvenir de ce nom et de ce visage me revienne.

« Oh ! mon Dieu, c'est mon oncle. Oncle Mark. » Et je me suis mise à pleurer.

Mon profil Facebook représente ma drôle de vie actuelle : 818 amis proches. Parmi eux, un certain nombre de gens de lettres français et quelques Italiens, mes étudiants de l'Ivy League quand j'enseignais l'écriture créative l'été, à Cambridge. D'anciens collègues des huit années où j'ai travaillé pour une ONG et mes drôles de potes pseudo-bohèmes. Une poignée de gens agréables rencontrés seulement une fois ou deux à des conférences ou des festivals en Corée, au Japon, en Croatie, en Australie et aux États-Unis. Les amis de Peter et sa famille, et la famille de mon ancienne compagne, Susanna. En bref, plusieurs cercles qui se recoupent, un diagramme de Venn de ma vie actuelle avec moi en divers fragments au centre.

Mais il n'y avait pas de cercle pour celle que j'étais les vingt premières années de ma vie. Jusqu'à ce que oncle Mark fasse son apparition. Quelqu'un que je n'avais pas vu depuis vingt-trois ans.

Peter, à son habituelle manière apaisante, avait déjà passé son bras autour de mes épaules en sueur. « Tu es contente ? »

Il savait ce qu'avait été mon enfance. Dans le tumulte du début de notre relation, je lui avais parlé de ma famille pour l'aider à me comprendre avec mes peurs, mes barrières, mon besoin d'amour que je ressens comme un truc solide, inébranlable. Il savait que l'angoisse me rongeait, comme un gros chien noir ronge son os. Il savait que je ne parlais plus à ma famille, ce qui me rendait très triste, mais aussi qu'il ne pouvait en être autrement.

Je ne lui en veux pas de ne pas comprendre qu'avoir des nouvelles d'un parent depuis longtemps perdu de vue n'était pas forcément, en réalité, une bonne surprise. Peter vient d'une famille de la bonne bourgeoisie dont les membres sont proches et se soutiennent. Il a passé son enfance dans une grande maison près de Zurich, il a fréquenté l'école internationale. Il n'a pas été élevé comme moi. Sa famille ne ressemble pas à la mienne. Parfois, quand je parlais de mon enfance, j'avais l'impression de traduire, comme si nous appartenions à des cultures complètement différentes. Ce qui était effectivement le cas.

Je ne suis pas quelqu'un de calme. Je bouge tout le temps, je parle, je fais des choses. Maman disait toujours que j'avais la bougeotte. Mais, pendant quelques secondes, j'ai fixé l'écran sans faire le moindre geste. « Tu sais, ma famille… J'espère que ça ne va pas m'exploser au visage. »

J'ai cliqué sur « accepter ».

« Tu l'as fait de bonne foi. Tu pourras toujours le rayer de tes amis. »

Une heure plus tard, il y avait un post, coincé entre une photo de chats que j'avais prise et un article sur la Glasgow Women's Library. Au milieu de la vie que j'avais soigneusement choisie – organisée en fait – il y avait un message de mon oncle Mark. « Kerry t'es mon amie maintenant sur face book. »

J'ai honte de dire que j'ai eu envie de l'effacer. J'imaginais ce qu'on allait penser. Cette phrase absurde me reliant à un homme dont le dernier post était un mème sur les immigrants illégaux qui réclamaient 29 900 livres d'allocations et que « putain, c'était dégueulasse ».

La photo de son profil ne correspondait pas au beau type de vingt ans que j'avais connu, effronté, aux cheveux auburn, avec son air fanfaron, ses taches de rousseur et le rire tonitruant de la famille. Il était plus gros, portait des lunettes à verres épais, un T-shirt jaune et une casquette de base-ball. Ma mère était debout derrière lui.

Plus de dix ans auparavant, j'avais pris la décision douloureuse mais absolument nécessaire de rompre les ponts avec ma mère. Conséquence sans doute inévitable, je m'étais brouillée aussi avec le reste de ma famille proche. Je ne m'étais pas éloignée d'elle parce que je ne l'aimais pas, mais parce que je l'aimais à tel point que ce qu'elle faisait m'affectait profondément. Surtout si c'était incompréhensible et irrationnel. Et c'était souvent le cas.

Je me suis finalement éloignée parce que je ne pouvais pas vivre avec les colères et les dénis du passé. Je ne voulais pas d'excuse. Je comprends bien que les excuses ne peuvent venir que s'il y a eu faute, et il n'y a personne à blâmer pour les épreuves de mon enfance. Mais j'avais besoin que quelqu'un dise : « Oui, ça s'est produit et c'était la merde. » Je l'ai fait parce que la seule autre option aurait signifié sacrifier ma santé mentale et je ne voulais pas payer ce prix. Je l'ai fait parce que j'ai senti que je nageais vers un horizon plus dégagé, mais ma famille, par amour ou non, ne cessait de s'enrouler autour de mes chevilles, me tirant vers le fond, me remplissant la bouche d'eau sale.

M'arracher à elle me brise le cœur et demeure en même temps la seule chose qui m'a gardée intacte, même si souvent j'ai du mal à le rester.

Je n'ai vu qu'une ou deux photos de maman depuis que j'ai coupé les ponts. Là, si loin d'elle, j'ai scruté son visage. Elle ressemblait à ma mère. Elle me ressemblait. Elle avait l'air d'une étrangère. Quelques rides en plus, de bonnes dents comme les miennes. Elle ouvrait grand les yeux et souriait.

J'étais bouleversée et horrifiée de voir tout cela sur mon mur Facebook. J'avais l'impression que ma mère et mon oncle étaient entrés dans cette pièce confinée, au cœur de ce pays lointain où je me croyais en sécurité, et exigeaient une audience. J'ai écrit sous le post de Mark : « Je vais t'envoyer un message privé. » Il a répondu par une anecdote : quand j'étais petite, moi et une autre gamine nous étions déshabillées et nous étions peintes en blanc brillant des pieds à la tête. J'avais complètement oublié cette histoire, mais en lisant je me souvins : l'odeur de térébenthine, ma peau à vif et rose d'avoir été récurée, comme un bonbon en forme de crevette et tout le monde qui riait à gorge déployée de cette bêtise.

Je me demandais combien d'autres souvenirs étaient

engrangés et n'attendaient qu'une phrase mal écrite pour ressurgir, et ce qu'il adviendrait si j'autorisais ce passé à devenir une partie de mon présent. Comment cette vie, celle que j'avais choisie et pour laquelle je m'étais battue, pouvait être vraiment réelle si mes vingt premières années n'y figuraient pas ?

Ce soir-là, j'ai senti que quelque chose se construisait, se figeait comme une poudre de sorbet touchée par une goutte d'eau. Cela s'agitait, se dilatait. J'étais fatiguée. Je l'étais souvent. J'avais des terreurs nocturnes – je me réveillais, en proie à des cauchemars hyperréalistes – toutes les nuits depuis des mois. J'en avais depuis l'enfance. Au cours de mon voyage avec Peter, ils avaient empiré, plus réels que jamais. Je me réveillais pour voir des skinheads penchés sur moi, des fusils pointés sur ma tête, des petits enfants terrifiés debout à côté de mon lit implorant une aide que je ne pouvais pas leur donner. Peter avait appris à me prendre dans ses bras pendant que je criais, pleurais et me débattais. Il répétait : « Tout va bien. Je suis là. »

Ce fut seulement quand les lumières furent éteintes et la pièce plongée dans le noir que je me permis de tendre la main vers Peter. « J'ai tellement peur. »

Il m'attira vers lui, je posai la tête sur sa poitrine et me lovai autour de lui exactement comme une petite fille.

« De quoi as-tu peur ?

— De tout ce que je ne me rappelle pas. »

Et je me mis à parler, à pleurer et je m'accrochai à lui jusqu'au petit matin comme s'il était la seule chose qui m'empêchait de partir en morceaux.

Cette nuit-là, parce que j'étais un peu malade et fatiguée, dans cette drôle de chambre sans fenêtre qui sentait l'humidité, toutes les questions que je ne m'étais jamais vraiment posées affluèrent. Pourquoi avais-je tout le temps si peur ? lui demandai-je. M'avait-on fait quelque chose ? Pourquoi personne ne nous avait aidées, ma mère et moi ? Comment peut-on devenir adulte après une telle enfance ?

Je savais que j'avais été placée en famille d'accueil, il m'en restait quelques fragments de souvenirs. Je me rappelle clairement l'une de ces maisons – la cuisine la plus grande, la plus propre que j'avais jamais vue, moi assise sur le plan de travail, ma mère venue me voir, très maigre avec encore un œil au beurre noir. Elle pleurait et me demandait si je voulais qu'elle s'occupe de nouveau de moi. Je ne me souviens pas de la femme de la famille d'accueil, mais au fil des ans elle a pris les traits de la mère dans la pub Bisto. Je ne sais pas pourquoi personne parmi mes grands-tantes, mes grands-oncles, ma grand-mère, tous apparemment sous mon charme quand ils buvaient et racontaient des histoires, ne m'ont pas prise chez eux. Je ne comprends pas pourquoi ils m'ont laissée partir vivre chez des inconnus. Et je ne me rappelle rien de ce qui s'est passé dans ces familles d'accueil. Peut-être rien de plus que des repas avec une bonne sauce, une vie normale et agréable.

Mais ne pas savoir m'angoisse et cette nuit-là, dans la chambre de l'auberge, avec un homme qui m'aimait, si loin d'Aberdeen, j'ai fini par me laisser aller à être cette petite fille terrifiée.

Trois jours plus tard, nous avons pris des motos-taxis pour monter par une route merveilleuse et dangereuse jusqu'à un col, au nord du Viêtnam, et Peter m'a demandée en mariage au sommet du monde. Nous avons célébré l'événement avec nos conducteurs et un homme qui tenait un café dans une cabane tout en haut de la montagne. Je ne m'étais jamais sentie autant aimée et en sécurité. Et j'étais terrifiée à l'idée que je ne serais jamais assez bien pour le mériter.

J'ai décidé que cette nuit terrible et la belle vie que je m'étais construite auraient un sens. Puis j'ai appris que mon éditeur voulait que j'écrive ce livre. Il était temps de me retourner, d'affronter mon passé et mes peurs, et d'accepter que revenir en arrière pouvait me coûter quelques os brisés.

3

ABERDEEN
1981

Le premier logement social où nous avons vécu, maman et moi, se trouvait à Manor Avenue, juste à côté d'une cité difficile, à des kilomètres de Torry et du reste de la famille. C'était un immeuble imposant et triste en granit comportant quatre appartements. Il y avait une grande cheminée dans le nôtre mais pas de meubles – comme si ma mère, encombrée d'un nouveau-né, aurait pu trouver l'argent nécessaire, sortir acheter des meubles et les y installer toute seule.

Même si nous avions des visites, je me souviens surtout que les pièces paraissaient vastes et vides. J'avais l'impression qu'il n'y avait que moi et ma mère, que nous étions seules au monde et que ce monde était effrayant.

J'ai quelques rares souvenirs : une baignoire en plastique à côté du feu qui ronflait, le froid et l'humidité, ma mère tirant une énorme commode devant la porte de la chambre pour m'y enfermer, moi qui l'appelais en hurlant et, comme elle ne venait pas, me chiant dessus exprès par indignation.

Ma mère me racontait souvent qu'un jour j'avais

donné à mon oncle Mark une petite crotte pour lui montrer que je savais faire dans le pot et qu'il avait failli la manger, croyant que c'était un Malteser. Un autre jour j'ai versé du café en poudre dans le grille-pain pour faire du café à ma mère. J'ai aussi rempli la baignoire de charbon pour lui préparer un bain.

Déjà à l'époque, et avant même les souvenirs, je savais que ma mère avait besoin qu'on s'occupe d'elle.

J'avais quelques mois quand mon père est venu me voir. Il est presque impossible d'imaginer mon père à Aberdeen. Un grand Américain, mais tellement différent des « Yankees » machos et tapageurs attirés à Aberdeen par le pétrole. Plus tard, j'ai découvert lors de nos rencontres qu'il portait des manteaux de l'armée, écoutait Chet Baker, s'installait au café pour faire de mauvais croquis dans des petits carnets, parlait de tout ce qu'il était capable de faire mais n'avait pas approfondi. Même quand il n'était pas bourré, il était sujet à des accès de colère qui le rendaient méchant, alors qu'il était plutôt doux et un peu exubérant.

Je n'arrive pas à associer son image soignée d'artiste et l'idée de le voir déambuler dans les rues sinistres du côté de Manor Avenue.

Nous nous sommes retrouvés dans un café en ville. C'était l'hiver. J'imagine un café sympa de mon enfance, tables jaunes en Formica, fumée de cigarettes et vapeur tiède du percolateur. On y vendrait du bacon pâle et gras, des petits pains grillés brûlés sur les bords.

Ma mère m'a souvent décrit la scène : j'étais emmitouflée dans une combinaison, un bébé Michelin. Elle racontait qu'elle m'avait assise sur la table entre eux et m'avait poussée vers lui. « Je n'y arrive pas. Tu la prends. »

Mon père, qui avait sans doute bu et était certainement défoncé, me repoussa. « Je ne peux pas m'occuper d'un gosse. Je n'ai jamais voulu mettre un enfant au monde. »

Maman me poussa de nouveau vers lui et il me renvoya vers elle. Maman disait que je me tenais bien durant cette scène, que je croyais que c'était un jeu. Bébé ping-pong. Elle considérait que c'était une histoire drôle. Mais je ne l'ai jamais trouvée aussi drôle que les autres auditeurs.

Mon père rentra à Londres et disparut pendant plusieurs années. Ma mère se retrouva avec moi et moi avec elle.

D'autres histoires et souvenirs s'entremêlent. Le froid dans l'appartement de Manor Avenue. Maman caressant mon petit nez pour m'endormir et me chantant : « Si j'avais un marteau, je cognerais… »

Aussi souvent qu'elle me racontait qu'elle avait pris rendez-vous pour se faire avorter ou que ni mon père ni elle ne voulaient de moi, elle me disait qu'elle m'aimait, qu'il n'y avait que nous deux dans le vaste monde, qu'elle était prête à mourir pour moi.

La violence domestique faisait bien sûr partie du tableau économique et social. Mais ma mère était en première ligne. Elle était jeune, sans soutien de sa famille, déjà en mauvaise situation, se méfiait terriblement des autorités, ne pouvait aller nulle part car elle n'avait pas d'argent et personne vers qui se tourner.

Le visage de cet homme est l'un de mes premiers souvenirs nets. Je peine à me remémorer des mois entiers de mon enfance et de ma jeunesse. Je ne me souviens pas clairement de la tête de ma tante, de ma grand-mère ni même de celle du garçon avec qui j'ai perdu ma virginité. Mais je me souviens parfaitement de Jimmy, mon premier « oncle ».

Il se teignait les cheveux en bleu-noir et devait passer un temps infini chaque matin à les hérisser avec du gel. Ils juraient avec son teint rosé qui fonçait quand il était en colère. Il portait des jeans serrés et des chaînes dorées comme beaucoup d'hommes à l'époque. Au début des années quatre-vingt, il devait sans doute être considéré comme beau. Genre *Génération perdue*. Il possédait un nunchaku, l'arme d'art martial, deux bouts de bois reliés par une grosse chaîne. Il se prenait pour un vrai dur, le Bruce Lee d'Aberdeen. Et il voulait que maman et moi le sachions.

En débardeur, jouant des muscles, visage souriant, concentré, le dos droit, il faisait des huit avec le nunchaku de plus en plus vite comme s'il était sur scène et non dans notre chambre moche avec son tapis maculé.

Puis il avançait vers nous, un grand sourire aux lèvres, et les bouts de bois se rapprochaient au point que nous sentions l'air qu'ils déplaçaient à quelques centimètres de nos têtes. Nous étions le dos au mur et, si nous avions bougé d'un poil, ils nous auraient fracassé le visage. Il passait d'une humeur à l'autre : ravi, amusé par notre peur, monstrueusement sérieux. Presque comme le numéro d'un lanceur de couteaux au cirque, sauf que nos cris de terreur étaient absolument réels.

Il m'acheta un nunchaku taille enfant et m'encouragea à faire comme lui devant le visage de maman. J'ai honte de l'avouer, mais je le fis tandis qu'il m'encourageait, jusqu'à ce que maman me supplie en pleurant d'arrêter. Je courus me cacher dans ses bras et il nous regarda d'un air menaçant, furieux de ma trahison, le nunchaku fendant encore l'air à quelques millimètres de nos têtes.

Maman n'avait pas d'argent, j'étais encore toute petite et elle ne pouvait s'enfuir nulle part.

À peu près à cette époque, je défiai le garçon qui habitait à côté de traverser la rue très passante et formellement interdite. Il se fit renverser et eut la jambe cassée. Je tuai tous mes poissons rouges avec une pelle de plage. Je me mis à écraser entre deux bouts de bois les vers que je déterrais dans le jardin miteux. Je me croyais méchante.

Je ne sais pas combien de temps Jimmy resta avec nous. Combien de temps nous avons été trois et non deux. Il cessa de vivre chez nous quand ma mère me réveilla au milieu de la nuit et me fit sortir sur les marches du perron en hurlant aux voisins : « Il va nous tuer ! Il va nous tuer, moi et ma gosse. » Elle me tenait d'une main tandis qu'il la tirait à l'intérieur par l'autre. Mais nous habitions Manor Avenue, où tout le monde avait ses propres problèmes. Les rideaux restèrent tirés, les lumières éteintes et il nous traîna à l'intérieur. Je n'ai pas d'autres souvenirs de cette nuit.

La dernière fois que je le vis, des années plus tard, nous avions été relogées dans une autre cité d'un autre quartier d'Aberdeen. Maman et lui étaient beurrés et elle me mit au défi de lui étaler un peu de crème glacée sur le visage. Je lui ai écrasé toute la glace sur le nez et j'ai retenu mon souffle. Maman était morte de rire et lui tremblait de rage à peine contenue.

Ce fut mon premier acte de résistance.

4

LIVERPOOL
2017

En rentrant au Royaume-Uni, nous avons décidé de vivre à Liverpool, pour l'unique raison que ce n'était ni Londres ni l'Écosse sur lesquels nous n'arrivions pas à nous mettre d'accord. Nous espérions y trouver du travail et nous y sentir chez nous.

Peut-être pas par hasard, le deux-pièces avec jardin, vaste mais bon marché, se trouvait juste entre Toxteth, l'un des quartiers les plus défavorisés de Liverpool, encore célèbre pour ses émeutes en 1981, et Lark Lane, embourgeoisé, rempli de boutiques vintage et de bars branchés. Nous sommes arrivés en taxi dans un appartement complètement vide et nous nous sommes assis par terre à côté de nos sacs à dos éprouvés par les voyages pour manger nos sandwichs au bacon.

Au cours des semaines suivantes, j'ai acheté dans des boutiques solidaires, à des prix imbattables, de gros meubles en bois dont personne ne voulait, et j'ai imprimé et punaisé sur les murs de la chambre les vingt-deux pages constituant les grandes lignes de ce livre, prête à me mettre au travail.

Peter était allongé sur notre lit récemment monté

et regardait d'un air sceptique les feuilles bien disposées qui consignaient tous les événements pénibles et douloureux que j'avais vécus. « Tu es sûre que ça va aller ?

— Il faudra bien.

— Ça ne va pas te perturber ? »

J'ai haussé les épaules. « J'ai un livre à écrire. »

Mais je n'écrivais pas le livre. Quand on a grandi dans une maison où la loyauté familiale ne vient qu'après les secrets familiaux, dire tout haut – même aux gens qu'on aime – ce qui vous est arrivé est déjà difficile. Écrire ces mêmes mots dans un livre qui sera mis entre les mains, les cœurs et potentiellement les têtes critiques d'inconnus revient à apprendre à se servir de sa main gauche au lieu de la droite (dans une situation qui implique de se scier la main droite avec le bord d'une clé de sûreté).

J'ai trouvé une psy et j'ai négocié des rendez-vous tous les quinze jours parce que c'était ce que je pouvais me permettre (et même ainsi, cent livres par mois me semblaient un luxe inouï – notre canapé un peu taché n'avait coûté que cinquante livres). J'allais la voir en haut d'un vieil immeuble surchauffé du quartier géorgien qui sentait la cantine scolaire.

Cette femme douce qui affectionnait les pulls couleur porridge paraissait toujours si triste durant nos séances que j'avais envie de l'inviter à boire un café et lui demander comment elle allait. Quand je lui parlai de mes difficultés à écrire, elle m'assura que ses patients à qui on avait enjoint pendant l'enfance de ne pas dire un mot de ce qui se passait, ou qu'on avait sans cesse rabaissés sans jamais les écouter quand ils en parlaient, avaient l'impression que leur corps se figeait et que leur bouche refusait de former les mots.

Oui, approuvai-je, quand je me prépare à écrire, c'est comme si une véritable force physique m'en empêchait.

À peu près à ce moment-là, je me suis rendue à Londres pour les premières réunions sur *Basse naissance*. Je suis allée avec l'attachée de presse de ma maison d'édition dans les bureaux du magazine *Pool* où nous avons parlé du livre et de ce que je pourrais écrire pour lui avant la publication.

Je rêvais d'écrire pour ce magazine depuis longtemps. Il était sympa, féministe et des gens que j'admirais y publiaient des articles. D'une certaine façon, il incarnait une sorte d'approbation, d'accomplissement.

Je levai la tête et me mis à parler. « En fait, le sujet de ce livre » – j'étais certaine de sentir les battements de mon cœur dans la plante de mes pieds – « si on naît pauvre, on est baisé. Mais si on naît pauvre *et* femme, alors on est véritablement et complètement baisée. »

Au bout de vingt minutes de réunion, je sortis en ayant accepté de fournir une chronique par mois pendant une année entière sur la pauvreté au Royaume-Uni.

Le lendemain, je me tenais dans les tours vitrées de Penguin Random House, distribuant des beignets au levain très mode à l'équipe éditoriale, puis allai déjeuner dans un restaurant thaï avec mon agente et mon éditrice.

J'avais passé deux jours à sourire, étreindre et pousser de bizarres exclamations de joie avec beaucoup de gens. Il était donc réel, ce livre qui n'était jusqu'alors qu'une intention et une idée. J'avais parfaitement assuré mon personnage. Vue de dehors, j'étais une femme dont la carrière connaissait deux percées – un accord pour mon premier livre de non-fiction et ma première chronique – dans un domaine incroyablement élitiste, une femme fiancée à un homme qu'elle aimait infiniment, une femme tout juste rentrée d'un voyage d'un an au bout du monde. Je me disais que, vue de dehors, j'avais peut-être l'air exactement comme eux.

Mais, après ma dernière réunion, je me retrouvai agrippée aux grilles noires d'un jardin commun privé de Pimlico et me mis à pleurer. Je pleurais parce que je savais à présent avec certitude que l'écriture de ce livre me mettrait sens dessus dessous. Qu'il signifiait que je ne pourrais plus jamais adopter mes manières charmantes, porter des vêtements corrects et « passer ». Je pleurais parce que je ne savais pas comment me libérer de la tyrannie du silence et de la honte mordante qui allait avec le non-dit, parce que j'étais terrifiée par l'écriture de ce livre et aussi par le fait qu'il me faudrait vivre à jamais de cette manière factice si je ne le faisais pas.

« Ça va ? » Une jeune policière s'approcha de moi. « Voulez-vous que j'appelle quelqu'un ? »

Je me redressai, fis mon sourire poli, pris la voix classe dont je m'étais servie aux réunions. « Merci. C'est gentil. C'est juste un mauvais jour. Je vais appeler mon compagnon.

— Vous êtes sûre ? »

Mon sourire s'élargit. « Je suis sûre. Merci, vous êtes gentille. »

J'appelai Peter et pleurai au téléphone pendant deux heures. L'appareil mouillé glissait sur mon visage, je n'arrivais pas à respirer au rythme de mes pas dans les rues. J'allai ensuite retrouver une amie qui avait elle aussi des ennuis et bus cinq pintes. Au bout de trois, je cessai de pleurer.

En montant dans le bus pour rentrer à Liverpool, je ne savais pas si j'allais écrire ce livre.

J'avais l'intention de retourner pendant l'hiver dans les villes où j'avais vécu. J'ai retenu des billets pour une série de correspondances compliquées en train et en bus. J'ai épluché les images de Google à la recherche d'endroits dont je me souvenais. J'ai lu les rapports sur l'espérance de vie et la santé sexuelle des adolescents, ainsi que des articles de journaux sur les agressions au couteau et les fermetures d'usine.

J'ai téléphoné au conseil municipal d'Aberdeen d'une voix rendue aiguë par la nervosité.

« Bonjour, je... j'essaie d'accéder à mon dossier concernant la Protection de l'enfance. Je crois que j'ai été placée entre 1982 et...

— Ne quittez pas. »

Cela se produisit plusieurs fois. Je dus répéter encore et encore des mots que je n'avais jamais prononcés devant mes meilleurs amis.

Je ne sais pas pourquoi, parmi tout ce dont j'ai honte étant adulte, le placement en famille d'accueil constitue un sujet complètement tabou dont je ne peux pas parler. Peut-être parce que les actualités sont remplies des horreurs qui arrivent aux enfants vulnérables quand ils sont placés chez des étrangers, peut-être parce que je n'avais que trois ou quatre ans et qu'il ne me reste que quelques images de cette époque, comme ces vieilles photos très colorées où le rouge est vraiment rouge. Ou peut-être parce que j'ai passé tellement de temps à excuser la douleur et le chaos de mon enfance, et que pourtant être enlevé à ses parents par la force de la loi est une preuve irréfutable. Et parce qu'il existe un genre particulier de famille où les enfants sont enlevés à leur mère et que je ne voulais pas me dire que ma famille, malgré sa complexité, était une de *celles-là*.

Dénicher les documents, prononcer les mots me faisait l'effet d'agiter une pancarte disant : c'était nous. Cela revenait à déclarer la guerre à ceux qui avaient tendance à dire que tout allait bien, que je n'avais pas de raison de me plaindre. Même s'il m'arrivait de le dire aussi.

Je sentais la panique cogner dans mon corps quand je finis par parler à la femme au doux accent d'Aberdeen qui m'était si familier, nommée elle aussi Kerry, du service des plaintes et des requêtes. Elle m'expliqua la marche à suivre, qui consistait à fournir un formulaire et un versement de dix livres. Je raccrochai et allai en tremblant de mon bureau devant la fenêtre à mon lit, me glissai sous la couette et dormis une heure.

Ce n'était pas la faute de cette autre Kerry à la vie probablement très différente de la mienne. J'envoyai un mail pour clarifier un détail. Ne recevant pas de réponse, j'envoyai un autre mail où j'expliquais que j'écrivais un livre qui serait *publié par Penguin Random House*, que j'étais *journaliste*. C'est incroyable comme ces mots, ces indications d'un statut, ces signes d'une espèce de petit pouvoir mettent de l'huile dans les rouages. On annula la somme à payer et on me promit que mon dossier allait être récupéré parmi tous ceux oubliés, tous ces enfants, toutes ces familles qui s'étaient trouvés brisées temporairement ou pour de bon.

Assise à mon bureau devant les grandes fenêtres, je regardais la rue animée, remplie de boutiques et de vendeurs de plats à emporter.

J'étais sur Skype avec deux producteurs de la chaîne STV assis dans un petit studio quelque part en Écosse. Je distinguais tout juste leurs visages pixelisés qui approuvaient avec sérieux, tout comme j'avais hoché la tête quand ils m'avaient expliqué qu'ils cherchaient des gens ayant connu une vie de sans-abri invisible, afin de témoigner dans un documentaire appuyant l'appel aux dons, annuel, de la chaîne.

« Et comment était-ce de grandir comme ça ? » me demandèrent-ils.

Je souris. J'ai toujours souri quand j'étais déconcertée, quand quelque chose de trop douloureux à affronter se présentait. J'ai affiché un grand sourire merdique en écrivant une bonne partie de ce livre.

Je sais, bien sûr, qu'ils espéraient que je me montrerais vulnérable. Ils ne cherchaient pas à m'exploiter. Je sentais qu'ils essayaient de construire une histoire, tout comme je le fais ici. Je ne leur en voulais pas d'espérer du pathos, des larmes et le récit de mes malheurs. Mon expression calme et souriante dut les décevoir.

« Vous savez, quand on est enfant et que c'est le monde dans lequel on vit, on ne se rend pas compte à quel point ça va mal. » J'émis un petit rire, autre indice que je naviguais aux confins de ce que je jugeais supportable.

« Et que diriez-vous de votre vie actuelle ? Après avoir grandi dans ces conditions ? »

Mon sourire s'élargit. « Eh bien, j'ai une vie meilleure que je ne pouvais l'imaginer. J'ai eu une chance incroyable, incroyable. »

Rien de tout cela n'est tout à fait vrai.

Il est vrai que grandir dans la pauvreté et le dysfonctionnement, vivre au jour le jour en sachant que rien n'est stable, que tout peut être retiré d'un instant à l'autre et imaginer l'avenir sous un jour fabuleux (je vais être remarquée et je ferai un film à Hollywood !) ou désespéré (à quoi ça sert que je termine l'école de toute façon) était mon quotidien. Ce passé, cette psychologie sont mes fondements, ils ont fait de moi la femme que je suis.

Mais il est faux d'affirmer que je ne savais pas que ça allait mal, que je ne voyais pas que nous n'étions pas comme les familles à la télé ou comme tous les enfants de mes écoles dont les mères ne voulaient pas qu'ils jouent avec moi. Je savais que nous étions pauvres, vraiment terriblement pauvres, depuis mon plus jeune âge.

Vers cinq ou six ans je jouais à un jeu. Je m'allongeais sur mon lit dans le B&B merdique où nous vivions, pendant que maman faisait une de ses siestes interminables, et j'imaginais l'opposé de ce que je voyais. Le lit de camp dans le coin de la chambre était un lit à baldaquin habillé de satin rose. À la place de mes trois peluches d'occasion avec leurs taches faites par leurs précédents propriétaires et de mes quelques livres d'enfant en mauvais état, je possédais un coffre à jouets qui débordait. Le visage pâle et tendu de maman quand elle regardait, vers la fin de la semaine, nos provisions sur l'étagère de la cuisine commune disparaissait parce que nous étions riches et que nous pouvions nous offrir tout ce que nous voulions. En même temps que l'hypervigilance qu'acquiert un enfant vivant constamment dans un environnement étranger, peuplé d'inconnus, je développais mon imagination qui se nourrissait à mon mode de vie.

Mais oui, j'ai de la chance. J'ai une belle vie maintenant. Tous les jours je m'émerveille : j'ai un travail qui a un sens et dans lequel je réussis, une personne qui m'aime et avec qui j'ai une relation saine, un petit appartement en location dans nos moyens et un frigo plein.

C'est la chance qui m'a donné cette vie de plaisirs simples, chaleureux et stables.

Je n'ai rien de spécial. Je suis intelligente, j'apprends vite et je m'adapte bien. J'ai de l'imagination et je trouve le moyen de l'exprimer. Je sais décrypter les situations et les gens. Mais pas plus, et souvent moins, que beaucoup d'enfants avec qui j'ai grandi.

Alors, si ce n'est pas de la chance bête, arbitraire, pure et simple, pourquoi est-ce moi qui écris ce livre et non Elaine à l'étage au-dessus ou Sam deux rues plus loin ?

Tout simplement parce que la route est venue à ma rencontre et s'est dérobée sous les pieds de ceux avec qui je jouais à la chasse aux baisers, avec qui je m'entraînais au grand écart et à *Dirty Dancing* dans la cour, avec qui je m'introduisais dans des bâtiments désaffectés et buvais du cidre sur des ponts éloignés et, finalement, avec qui je titubais de club en club – nos jupes couvraient à peine les rondeurs de nos petits culs –, tout en énumérant le nombre à deux chiffres d'hommes que nous avions « dragués » le soir.

Quand je fais le tour des interviews pour les journaux et la radio, ou quand je participe à des rencontres, des foires du livre, des cocktails où je suis toujours contente d'avoir accès au bar et de boire deux verres de vin le plus vite possible pour me calmer, il arrive qu'un de mes interlocuteurs me regarde, m'évalue et me dise : « Vous savez, on ne devinerait jamais l'enfance que vous avez eue. »

Je sais que cette phrase se veut un compliment. Ils regardent mes belles dents blanches, juste un peu de travers, mon corps du bon côté de la balance grâce au sport qui réprime l'angoisse toujours présente en moi. Ils regardent mes vêtements, presque tous d'occasion mais choisis avec soin, mon grand sourire et mon rire facile, sonore, que j'affiche pour naviguer dans ce monde. Ils m'inspectent. Et ils me délivrent un laissez-passer.

Ils disent en fait : « Vous n'êtes pas comme eux, vous avez vraiment l'air d'être des nôtres. » Et il a pu m'arriver de rire, de leur toucher le bras et de répondre à voix basse : « Attendez, vous verrez quand j'aurai bu quatre verres », ou : « Oh ! je vous assure qu'il reste beaucoup de la poissonnière en moi. » Je leur pose ensuite une question et oriente la conversation sur un terrain plus sûr.

Parce que, comment leur dire que ce qu'ils voient n'a pas grand-chose de réel ? Que ce qu'ils prennent pour une réussite n'est qu'une enveloppe qui peut être facilement déchirée ?

Pourquoi tenterais-je de leur expliquer que, s'il est nécessaire de « passer », mes os, mon sang et mes muscles, ma substance même, appartiennent à l'enfance que j'ai vécue ? À ces premières années dans des appartements chaotiques et humides ?

Les paroles qu'on m'a adressées au cours de mes vingt premières années sont tatouées partout sous ma peau. Et elles sont aussi vivantes et réelles que tout ce que j'ai entendu dans ces cocktails et ces foires.

Comment pourrais-je dire à cette personne bien intentionnée, qui me sourit avec bienveillance, que je porte toujours cette enfant en moi ? Qu'elle paraît souvent incroyablement lourde, mais que j'ai parfois aussi l'impression que c'est cette enfant qui me porte et que ce qu'ils voient et approuvent n'est qu'un déguisement d'adulte que je revêts pour eux ?

5

ABERDEEN
2017

Mon premier voyage de recherche à Aberdeen approchait. J'avais essayé de prendre contact avec mon oncle Mark, suggérant que ce serait bien de se voir quand je serais là-bas. Je lui avais donné mes dates, mais n'avais pas reçu de réponse. J'étais soulagée d'être libérée de cette pression.

Ce qui devait être mon premier voyage de retour se transforma en une courte prise de vues sur les sans-abri invisibles avec les producteurs de STV auxquels j'avais parlé sur Skype pour leur appel aux dons. Ce qui diminua encore la pression. Mais le matin de mon départ, l'angoisse me submergea de nouveau. Peter, qui travaillait dans l'autre pièce, vint me rejoindre et me trouva devant l'ordinateur. Il me restait une demi-heure avant de partir et je consultais un site de réservation de billets de train.

« Chérie, tu vas être en retard.

— Je sais, je sais, c'est juste que… Je voudrais que tu viennes avec moi. Je me sentirais tellement mieux si tu étais là. »

Une demi-heure plus tard, pour le prix de la moitié

d'un mois de loyer, nous avions un billet de dernière minute pour Peter et nous étions ensemble dans le train. Je me blottissais contre lui qui n'avait pas pris de douche et portait un sac fait à la hâte rempli de vêtements sales.

Si ce comportement paraît enfantin, c'est que je me sentais comme une enfant qui a peur le soir, même si on a vérifié qu'il n'y a rien sous son lit, fermé les portes et laissé la lumière allumée. Je n'étais pas retournée à Aberdeen depuis vingt-quatre ans et j'avais dans l'idée que, si j'y mettais les pieds, le sortilège que j'avais élaboré, la vie que je m'étais créée, s'effondrerait tout simplement et que ce serait comme si je n'étais jamais partie. Tout comme les peurs enfantines, c'était tout à fait irrationnel mais cela semblait parfaitement réel.

Si Peter apparaît comme le meilleur compagnon que je puisse souhaiter, c'est qu'il l'est. Je n'avais jamais été aimée ainsi, pleinement, sans réserve. Je n'avais jamais connu de relation où je pouvais me permettre d'être triste ou en colère. Où je ne craignais pas qu'en étant moi-même, avec mes défauts et mes failles, je risque de briser ce qui existait, et où ma vulnérabilité n'était pas punie.

Peter se tenait à mes côtés, m'aimait et cela paraissait magique. Je voulais qu'il m'accompagne au début de ce voyage parce que j'espérais que cette magie suffirait à me protéger.

Quand je pensais à Aberdeen, je voyais des immeubles hauts et massifs en granit gris, presque menaçants, sous un ciel encore plus gris. Je voyais des trottoirs sombres, lézardés, brillants sous la pluie glaciale, constellés de paquets de chips et de bouts de verre jetés dans les caniveaux. Un souvenir heureux ? Manger des harengs fumés, des « smokies » à même le sac avec ma mère, un bus chauffé en hiver ou des promenades en plein vent à la baie de Nigg, quand mes cheveux blonds et fins volaient tout autour de moi, me donnant l'impression que j'allais être emportée et m'envoler. Je n'ai qu'un seul souvenir où le soleil brille, comme si l'été n'existait pas à Aberdeen : moi, maman, Jimmy dans le jardin, orties envahissantes et canettes vides sur une couverture étalée. Mais, finalement, ce n'était pas du tout le souvenir d'une journée ensoleillée.

Je savais que la ville aurait changé. Quand je dis aujourd'hui que je suis d'Aberdeen, les gens s'exclament : « Très chic ! », ou : « Votre famille devait avoir les moyens », ou encore plus déroutant : « Oh, formidable ! » Je savais que l'or noir s'était répandu sur notre ville rude et inhospitalière et l'avait rendue brillante, sinon toute neuve. Je savais qu'elle était maintenant considérée comme chère, recherchée même. On y trouvait des terrains de golf et des hôtels quatre étoiles. Mais je pensais tout de même la reconnaître.

Nous sommes sortis de la gare par un grand centre commercial vitré. Nous sommes passés devant Carluccio's, Starbucks et YO ! Sushi. Tout et tout le monde semblait riche au sens où maman et moi l'entendions. « Ils peuvent se permettre de dépenser vingt balles sans y penser. Ils peuvent aller au resto juste parce qu'ils en ont envie. Ou acheter une bouteille de vin. Ils ne savent même pas combien ils ont dans leur portemonnaie. » Ce qui paraît vraisemblable puisque, en 2018, Aberdeen a gagné douze places en devenant la 134e ville la plus chère au monde au classement Mercer.

Je ne peux décrire la sensation que j'ai eue, en traversant le centre commercial, en passant devant Hugo

Boss et Michael Kors, que comme l'impression d'être aussi désorientée que si j'avais visité un plateau de tournage futuriste sur ma vie – c'est à coup sûr le bon endroit, mais en même temps, tout semble faux.

Ce n'était pas que moi. Ça *allait* vraiment mal dans la ville de mon enfance. Bien que très chère, celle-ci subissait depuis des années un grave déclin économique. Le prix du pétrole s'était effondré, alors que les fondements mêmes d'Aberdeen avaient été construits d'abord sur le poisson puis sur le pétrole. Sans ces ressources pour la maintenir à flot, elle coulait.

Dans un premier temps, il m'était difficile de ressentir de la compassion quand j'entendais parler de cadres qui arrivaient en Porsche se fournir aux banques alimentaires, puis j'ai compris ce que cela signifiait : des chauffeurs de taxi sans courses et des serveuses sans travail. Cela signifiait moins d'emplois partout. Les chiffres du chômage dans la troisième ville d'Écosse avaient augmenté de 25 % depuis 2015, tandis que le prix du baril de pétrole chutait et passait de cent vingt à environ trente dollars. Résultat : un usage record des banques alimentaires à Aberdeen, avec la distribution d'approximativement 1,1 million de repas – 71 000 colis de nourriture – en 2017 par le Community Food Initiatives North East (CFINE). Je n'ai pas été très affectée d'entendre que le terrain de golf de Trump était en faillite parce que plus personne n'avait les moyens d'y jouer. Puis je me suis rappelé que, quand les riches dégringolent, les pauvres suivent, eux qui n'ont déjà que tout juste de quoi vivre. Et quand la catastrophe se produit, ils ne peuvent que passer par-dessus bord.

Nous étions logés près de la gare dans un grand hôtel pour hommes d'affaires, un de ceux dans les tons bruns, beiges et marron. Une fois dans la chambre, nous nous sommes étendus sur les draps en coton frais et impeccables. Peter m'a embrassée sur la tempe.

« Comment te sens-tu ? » J'ai secoué la tête, n'ai pas répondu. « Aurais-tu imaginé, quand tu es partie, qu'à ton retour tu coucherais dans un hôtel chic et aurais rendez-vous le lendemain avec une équipe de télé qui veut t'interviewer parce que tu écris des romans ? »

Non, bien sûr. Et je n'étais pas certaine d'aimer ça. Je me demandais où était mon Aberdeen. Je m'étais dit que je rentrais chez moi, même si c'était à contrecœur.

Si j'étais allée directement à Torry, le quartier où avait vécu ma famille durant des décennies, je n'aurais peut-être pas éprouvé cette première impression bizarre de dislocation. Les informations rassemblées dans les 6 976 « zones de données » d'Écosse placent Torry dans les 7 % les plus défavorisées, en particulier dans des domaines essentiels tels que l'emploi, l'éducation et le logement. Ce qui est particulièrement choquant au regard de la place d'Aberdeen dans l'étude Mercer. Il restait manifestement une bonne partie de l'ancien Aberdeen. Nous ne l'avions simplement pas encore trouvée.

Le lendemain matin, j'enfilai mes beaux vêtements pour la télé et retrouvai la productrice et le cameraman. Nous sommes allés à pied à la librairie où je devais être filmée pour la première interview. Je ne reconnaissais toujours rien.

Il m'arrive de donner des interviews filmées pour la promotion de mes livres, mais c'était la première fois que je devais parler de ma vie et aussi de ma condition potentiellement litigieuse de sans-abri. J'avais fait des recherches, j'avais des statistiques, j'avais analysé ma position et la représentation de mes expériences d'enfant. J'avais réfléchi à ce que j'étais prête à dire, où étaient mes limites. La productrice et le cameraman étaient tous deux gentils et chaleureux, ils me montrèrent des photos de leurs compagnons et de leurs enfants. La productrice me parla de son jeune teckel, des sacs bananes qu'elle adorait et de Céline Dion. Pourtant, sous les projecteurs, j'étais nerveuse.

Après l'interview, la productrice me dit : « Vous parlez comme une politicienne. » Je répondis : « Merci », tout en sachant que ce n'était pas un compliment.

Nous devions ensuite aller en voiture jusqu'à mon premier appartement. J'en avais un souvenir très précis bien que nous l'ayons quitté quand j'avais trois ans. Ma mémoire me déçoit souvent. Pourquoi faut-il que je me souvienne avec précision des coups de soleil sur mes tibias et de ma peau qui pelait, ou des fruits en plastique brillant qui contenaient du jus de fruit ? Pourquoi faut-il que je me souvienne de ma danse devant Kylie dans la cour, des petits jouets « Gardiens de secrets » en forme de princesses escargots et des Push Pops (« Ne me pousse pas, pousse un Push Pop ! ») dont j'avais tellement envie ? Pourquoi ces petites choses et pas l'ordre de nos logements, les trajets de l'un à l'autre, les écoles que j'ai fréquentées et quittées ?

Sans doute parce que c'était elles qui formaient le tissu de ma vie d'enfant. Ce qui m'intéressait, c'étaient les biscuits au chocolat, *Danger Mouse*, Timmy Mallett, Bros, les anniversaires et si j'arriverais un jour à faire le grand écart (*spoiler* : je n'ai pas réussi).

Ces trous de mémoire, comme si on avait passé une gomme sur le papier de ma conscience, s'expliquent sans doute par le fait que j'ai tout simplement bloqué les événements stressants. Mais cette maison, je m'en souviens. Jimmy, je m'en souviens. L'impression que personne ne s'occupait de moi, que j'étais en danger et abandonnée, je m'en souviens.

La productrice avait loué une voiture pour nous emmener à Manor Avenue, dans mon ancienne cité. On m'avait demandé mon nom pour remplir le formulaire d'assurance, pensant que je conduirais. J'avais expliqué que je n'avais pas appris quand j'étais jeune, puis que j'avais vécu à Londres où ce n'était pas utile. Tout comme je dus expliquer qu'il n'y avait pas de photos de moi enfant (pas d'argent pour un appareil, pour une pellicule, pour le développement, de si nombreux déménagements et tout ce que nous laissions derrière nous). J'étais assise à l'arrière et filmée du siège passager. Le micro me rentrait dans les côtes.

« Dites-nous ce que vous ressentez. »

Nous sommes sortis de la ville, par des rues bordées de belles et grandes maisons avec des haies bien taillées et des bancs peints, nous sommes passés devant un garage Shell, puis par une succession de rues aux immeubles gris et massifs où tout paraissait un peu moins bien entretenu, un peu plus délabré.

« Oh ! je commence à reconnaître certaines choses. »

J'ai su dès que nous avons tourné. J'ai su dès que nous nous sommes trouvés devant la maison. J'aurais sans doute pu m'y rendre à pied depuis le garage Shell. Ce microphone ne servait à rien. J'étais sans voix.

Un immeuble de quatre appartements, imposant, en granit, qui semblait immuable, mais tellement simple qu'il n'avait pas l'air tout à fait terminé. Bien sûr, il était plus petit que dans mon souvenir, même si j'en fus surprise. La cour, toujours aussi broussailleuse, était jonchée de jouets. Je m'aventurai derrière l'immeuble et vis une cabane pour les enfants, quelques vélos éparpillés.

Je levai les yeux vers notre fenêtre et les souvenirs me revinrent, mais c'était tout, je l'observais de mon point de vue d'adulte qui me protégeait, comme la caméra qui m'observait. En cet instant, j'eus l'impression que les années entre l'enfant effrayée que j'étais et l'adulte que j'étais devenue formaient une barrière de sécurité.

La séquence me montre les bras serrés autour de mon corps et les cheveux fouettés par le vent. Je contemple ma vieille fenêtre et semble au bord des larmes. Je réussis tout de même à faire un tout petit sourire.

À ce moment-là, un homme imposant, en bleu de travail, cheveux roux et crépus, quelques taches de rousseur, gara sa camionnette. Il me fit penser à mon oncle Mark.

« Qu'est-ce que vous filmez là ? »

Je souris instinctivement – il devait comprendre qu'il n'y avait pas de souci à se faire. Je tendis la main, il regarda la sienne puis serra la mienne.

« Désolée. Ça ne vous gêne pas ? J'ai vécu ici. Là-haut. Quand j'étais bébé. Je ne suis pas revenue depuis trente-quatre ans. » Je secouai la tête. « Ça n'a pas du tout changé. »

Je le vis se détendre. La productrice et le cameraman s'étaient éloignés et nous étions seuls, lui, moi et notre maison.

Il hocha la tête, fourra les mains dans son bleu de travail et les ressortit. Il regardait les fenêtres. « Je suis retourné chez ma mémé il y a quelques mois.

— C'est drôle, hein ? Qu'est-ce que vous avez pensé ?

— Oui, c'était bizarre. » Il baissa les yeux sur moi, timide malgré son air imposant, mais souriant. « Je me rappelais seulement que j'avais été piqué par une abeille dans son jardin. » Il fit un geste circulaire. « Tout va être démoli dans quelques mois. » Nous avons contemplé la maison encore quelques instants. « Bon, faut que je rentre.

— Merci beaucoup de m'avoir laissée faire. C'est très gentil de votre part.

— Oui, oui. » Il leva la main et entra dans mon ancienne maison.

Je fis une petite séquence devant les maisons condamnées en attente de démolition. Je parlai de tout ce qui fait un foyer : la chaleur et le confort, les meubles et la fierté qu'inspirent l'environnement, la stabilité et la communauté. J'expliquai à quel point il était difficile de grandir dans des cités où l'on savait que tout le monde se foutait éperdument de vous et de là où vous viviez. Je me demandais, en voyant les maisons condamnées et leur quartier moribond, ce que pensaient les enfants qui jouaient dans leur cabane derrière la maison. « On a besoin de sentir qu'on grandit dans un endroit vivant. Sinon, comment est-on censé envisager son avenir ? »

Au moment où nous montions dans la voiture, un type dégingandé sortit de l'immeuble et s'approcha. Il se pencha devant la vitre pour me parler.

« Salut. J'ai vu que vous filmiez la fenêtre de ma tante là-haut.

— Ça ne vous dérange pas ? C'est là que j'habitais quand j'étais bébé. C'est la première fois que je reviens. Excusez-nous si nous vous avons dérangé.

— Non, pas de problème, c'est juste… » Il sourit, se pencha un peu plus et baissa la voix. « Ma tante a mis son linge à sécher sur l'étendoir devant la fenêtre et elle s'inquiète. Elle voudrait que vous floutiez ses culottes, genre. »

Nous avons éclaté de rire tous les deux et j'ai promis que sa lessive n'apparaîtrait pas à la télé. « Fair-play. Ça ne me plairait pas non plus. »

Je quittai mon ancienne maison tandis qu'il agitait la main pour nous saluer et que je riais encore à cause des culottes presque célèbres de sa tante. Je retrouvais un peu mon chez-moi, du moins quelques instants.

Je pensais que l'excursion avait été une réussite. Je suis rentrée à l'hôtel, me suis assise au bord du lit en sifflant une canette de gin tonic et j'ai raconté à Peter que j'avais trouvé cela bizarre et un peu triste, mais j'avais compris que j'étais adulte et que ce passé ne pouvait plus me faire du mal. Ce soir-là, nous avons mangé des cheeseburgers et avons regardé un navet.

Mais le lendemain j'étais exténuée, au bord des larmes, irritable et fragile.

Nous sommes rentrés à Liverpool et je suis restée couchée quelques jours. Je n'avais toujours rien écrit.

Quelques semaines plus tard, l'annonce de *Basse naissance*, ce livre que je n'écrivais pas encore, parut dans le magazine *Bookseller*. La journée fut marquée par l'excitation et l'adrénaline. L'annonce était là et des gens que j'aimais et respectais m'envoyaient des messages enthousiastes de soutien. Tout à coup, face à ces encouragements et cette gentillesse, il ne me semblait plus aussi effrayant de raconter mes secrets, de revenir dans mes lieux glauques, de voir les quartiers dans la merde depuis des décennies et tenter de ne pas sentir le poids de la futilité de tout cela.

J'étais galvanisée par l'idée que peut-être je pouvais

vraiment avoir un impact. Que peut-être on m'écouterait. Que mon témoignage pouvait être *bénéfique* et non honteux. Que je ne risquais pas un châtiment invisible et terrifiant pour être sortie du rang et du silence. J'acceptais la gentillesse des amis, des collègues et des inconnus, et me servis de leurs voix pour étouffer celle qui résonnait plus fort dans ma tête.

Mais je me suis réveillée le lendemain matin à 4 h 20. Et 4 h 20 n'est pas une heure qui me convient. J'étais couchée et je sentais l'angoisse pulvériser mon excitation. Plus tard dans la matinée, Peter et moi nous sommes disputés, je ne sais même plus pourquoi, et nous avons passé le reste de la journée mal à l'aise à essayer de nous réconcilier en nous rapprochant timidement. Je parvins à prendre une douche et à changer de pyjama. J'écrivis trois phrases d'un mail destiné à un auteur que je coachais et abandonnai.

Le soir, toujours mal à l'aise, j'ai cherché du réconfort dans une émission débile et des saucisses au four trempées dans une sauce à la viande. Il était 11 heures du soir quand j'ai entendu l'alerte de mon ordinateur. J'avais cliqué d'un compte à l'autre pour répondre aux messages de félicitations avec des points d'exclamation qui n'étaient plus honnêtes.

Le message, posté sous une blague ringarde sur mon mur Facebook, venait de mon oncle Mark :

> Salut, c'est oncle Mark j'espérais que tu m'aurais appelé quand tu étais là. Je suis pas débile si t'as repris contact c'était pour des infos pour ta croisade sur les SDF de STV PAS UN MOT Essaie jamais plus de m'utiliser pour te faire mousser ceux qui lisent ce post méfiez-vous de cette fille elle vous utilisera pour arriver à ses fins puis vous laissera tomber

comme une pierre. Je suis gêné de t'appeler ma nièce.

C'était sur mon mur public et si on y retrouvait son orthographe et sa syntaxe excentriques, le fait qu'elles soient moins mauvaises que d'habitude me fit penser qu'il ne se défoulait pas, comme je l'avais d'abord cru. Il semblait vouloir me faire honte, monter les gens contre moi. C'était méchant, destructeur et faux. Je l'effaçai immédiatement.

J'appelai Peter qui travaillait à côté et il vint s'asseoir près de moi. Nos genoux se touchaient pendant que nous explorions, avec nos deux ordinateurs, de multiples forums afin de trouver comment l'empêcher de parler de moi ainsi en public.

Je répondis à oncle Mark par un message privé. Non, je ne t'ai pas utilisé. Le dernier message juste au-dessus te disait quand je serais en ville. Poster sur mon mur public me paraissait destructeur et puéril. Cela me fit comprendre le genre de relation que je pouvais attendre de sa part.

J'ai bloqué mon oncle. D'un clic, cette connexion avec ma famille disparut de nouveau.

Et j'ai commencé à écrire.

6

LETTONIE
2017

J'ai reçu les documents de la Protection de l'enfance trois semaines avant Noël. Ce jour-là, Peter était à Liverpool et je venais d'entamer un séjour de trois semaines à la Maison internationale des écrivains et des traducteurs de Ventspils, en Lettonie.

Ventspils est une petite ville portuaire à quelques heures de Riga et, en arrivant, j'eus l'impression d'entrer dans une carte de vœux. La maison en pain d'épices que j'allais occuper donnait sur la grand-place où trônait un sapin de six mètres de haut décoré de guirlandes électriques. À l'intérieur, je découvris une grande cuisine, une bibliothèque cosy, de gentils traducteurs allemands et russes en gros pulls et un vieux chat noir paresseux qui s'appelait Rudi.

J'étais déjà tendue ce jour-là avant même que Peter me laisse un message vocal pour me dire que la grosse enveloppe, telle une bombe à retardement, était arrivée. Presque toutes les situations en société m'effraient. Mon instinct me fait toujours croire qu'on ne va pas m'aimer. Que mes efforts, souvent excessifs, pour être chaleureuse, amicale et concernée seront repoussés.

Je souris trop, je suis trop enthousiaste, je ris trop fort et trop vite. Je pose trop de questions, peut-être pour détourner l'attention de moi car je suis sûre que ce que je montre ne résiste pas à l'examen.

J'ai rappelé Peter et la ligne était pleine de parasites tandis que je marchais dans Ventspils à la recherche d'un supermarché. Je portais deux manteaux et baissais la tête pour affronter la neige fondue qui tombait à l'horizontale, tout en parcourant en rond des rues presque identiques bordées de maisons de bois.

« S'il te plaît, tu veux bien scanner les documents et me les envoyer ? J'ai l'impression de les avoir attendus si longtemps. Et maintenant je vais peut-être trouver quelques… quelques indices. »

Des indices. J'avais beaucoup utilisé ce mot. Comme s'il s'agissait d'une abstraction, comme si j'étais un détective privé explorant les mystères d'une personne qui avait existé. Ce qui est d'ailleurs le sentiment que j'avais souvent.

« D'accord, Kerry. Je veux seulement que tu ailles bien. » Il avait une petite voix, comme un enfant. J'ai compris qu'il avait peur pour moi.

« Franchement, Peter, ça va. Il faut que je lise ces trucs. Quoi qu'ils contiennent. Peut-être que ça expliquera un peu certaines choses. Que ça prouvera que mes terreurs nocturnes et mes angoisses terribles ou ma peur en société ne sont pas sans fondement. » Je me retrouvai à mon point de départ, devant un grand magasin typique de l'Europe de l'Est dans la vitrine desquels figuraient des mannequins portant des anoraks beiges. « Même si je découvre le pire, je ne serai pas surprise.

— Bon, d'accord. D'accord. » Sa voix était si triste. « Je t'aime de tout mon cœur. »

Il y avait cinquante-six pages au total. Des scans granuleux, des liasses de rapports et de lettres, une longue liste de dates et de décisions. Et çà et là de gros traits noirs, « censuré », masquant les informations les plus importantes. Je n'avais vu cela que dans les films d'espionnage et j'eus instantanément l'impression que les documents devaient receler toutes les réponses – si seulement je réussissais à les décoder.

Je mis de la musique et me fis une tasse de thé dans ma petite chambre étrangère. Je me dis que j'avais bon moral, que j'étais adulte et loin de l'Écosse. Voyez-vous ça, en Lettonie ! Je piaffais pendant le téléchargement des scans, comme lorsqu'on ouvre un cadeau offert par un ennemi ou peut-être le journal de son amant. Impatience, culpabilité, rien de bon ne pouvait s'y trouver.

Les premières pages concernaient le signalement de la directrice de mon école maternelle d'Aberdeen, où ma mère était arrivée « ivre et pas en état de s'occuper de l'enfant ». Des dispositions furent prises pour un placement d'urgence dans un « lieu de sécurité ». C'était en septembre 1983, j'avais presque trois ans. Le terme « lieu de sécurité » déclencha quelque chose en moi, exposa une blessure à vif. Il n'y avait jamais eu de sécurité.

Le document suivant, la demande d'entrée en maternelle, datait de quelques mois plus tôt. Il contenait une référence à une « affaire classée ». Je la consultai plus tard et appris que ma mère avait demandé une place en maternelle quand j'avais un an. Elle avait des arriérés de loyers et de charges. La demande fut refusée car l'admission ne pouvait se faire qu'à deux ans. On conseilla à maman de s'adresser à l'aide sociale.

Venaient ensuite des formulaires officiels. Un document suggérant de retirer ma garde à ma mère. Sa signature avec ses fioritures, cette même jolie signature que j'appris à copier à l'adolescence, si semblable à celles des filles de mon âge.

J'entendis de nombreuses versions de mon placement au fil des ans. Certaines mettaient en scène des « bonnes âmes envahissantes », des assistantes sociales. Dans d'autres, j'étais abandonnée sur un coup de tête puis ma mère remuait ciel et terre pour me récupérer, comme l'héroïne d'un film catastrophe. Aucune ne mentionnait que maman était ivre en venant me chercher à la maternelle, ni qu'elle coopérait *a minima*.

Il y avait encore cinq lettres. Trois tentaient de fixer des rendez-vous avec ma mère et regrettaient qu'elle ait été absente lors de la visite programmée ; une autre demandait un défraiement concernant un pare-feu et des vêtements pour le compte de ma famille d'accueil. Dans la dernière, l'assistante sociale écrivait que ma mère devait être contente de m'avoir récupérée, mais qu'elle était toujours là au cas où des problèmes se présenteraient à l'avenir. Je ne décelais pas le moindre sentiment d'échec dans cette lettre. Un drapeau blanc sur une page à l'encre de machine à écrire.

Le premier rapport du dossier suivant datait du 5 octobre, environ trois semaines après mon placement. C'étaient les premiers documents sur lesquels de grandes parties étaient censurées, comme s'ils provenaient d'un régime totalitaire. Le premier document racontait qu'à sa deuxième visite ma mère m'avait tout de suite laissée aux soins de (noms censurés) et on apprit plus tard qu'elle avait été renversée par un semi-remorque et emmenée aux urgences. « La police a indiqué qu'elle avait eu beaucoup de chance. »

Tout le paragraphe expliquant ce qui était arrivé formait un gros bloc noir. Il était ensuite écrit que ma mère essayait de faire pression sur ma grand-mère pour qu'elle me prenne chez elle. La raison pour laquelle l'assistante sociale ne pensait pas que ma grand-mère était en mesure de s'occuper de moi m'était dérobée par un épais trait noir. Une phrase mentionnait que ma mère s'était installée avec son petit ami – je suppose que c'était Jimmy, l'homme au nunchaku. Le rapport déclarait que depuis ma naissance ma mère était allée de « crise en crise [...] avec pour résultat l'implication de plusieurs membres de la famille et organismes ». Le rapport la décrivait comme « immature » et « impulsive », et proposait vingt et un jours supplémentaires en famille d'accueil avant un nouveau bilan. Le jour de mes trois ans, l'assistante sociale me déposa chez ma grand-mère où il y avait une petite fête en mon honneur. La note relate que ma mère « s'était mise en quatre » et avait acheté « des cadeaux, des ballons et un gâteau d'anniversaire ».

Je fus remise à ma mère à la fin d'octobre, contre l'avis de l'assistante sociale.

Le rapport suivant datait du 1er décembre. Il y est dit que ma mère refusait de coopérer avec les assistantes sociales, qu'à la suite d'une dispute avec le personnel de la maternelle qui l'interrogeait sur son travail et sur les personnes venant me chercher elle m'avait retirée de l'école.

Un rapport en février faisait état de la frustration de l'assistante sociale devant l'absence d'effort de ma mère pour changer, comme en témoignait le nombre de rendez-vous manqués. Elle expliquait qu'il y avait toujours des raisons de s'inquiéter à propos de ma vie à la maison et de mon bien-être, que d'autres problèmes surviendraient probablement, mais que « tant qu'il n'y avait pas d'autre signalement, on ne pouvait rien faire ».

Je ne comprends pas. Je comprends que beaucoup d'enfants subissent des situations pires que celles que j'aie pu connaître, mais je comprends aussi que quelqu'un, je ne sais pas qui, aurait dû me protéger. J'avais trois ans.

Deux longs paragraphes sont censurés dans le rapport suivant. Gros trous noirs dans la page. J'avais l'impression de retenir mon souffle en les regardant. C'était frustrant d'être si près de ce que je considérais comme la vérité et de m'en voir refuser l'accès. Quel droit avait-on de me dire ce que je devais ou non savoir ? Je suis allée chercher sur Google comment récupérer ces phrases, effacer l'encre noire, afin de reconstituer le puzzle. Mais c'était impossible. J'ai continué à lire.

Un autre rapport esquissait la situation de ma mère avant qu'elle arrive ivre à l'école – pas de travail, me laissant beaucoup avec des « assistantes maternelles », essayant de s'en sortir. Je suis décrite comme une petite fille « intelligente et attirante ». Quand Peter lut plus tard les rapports, il m'assura que c'était la preuve que j'avais toujours été « rayonnante, une anomalie compte tenu de ta situation », mais mon interprétation est peut-être plus perspicace : les petites filles attirantes ne devraient pas être laissées sans protection, on ne devrait pas les laisser à des étrangers, qui sait ce qui peut arriver. Le personnel de la maternelle trouvait que je m'adaptais « presque trop facilement » et que je « ne montrais aucun signe de tristesse ou d'angoisse » à ne pas être à la maison. Il était dit que ces « observations étaient inquiétantes ».

Voici ce qu'on pensait de moi : « heureuse, gaie », « petite mais active », « parle beaucoup mais assez indistinctement », « assez isolée ». Dans ma chambre lettone, la pluie fouettant les vitres, j'ai ri en pensant que ces mots pourraient me décrire aussi aujourd'hui. Les notes font fréquemment référence à l'« ambivalence » de ma mère à propos de ma garde. Il y est dit que je mangeais peu, marchait peu, et que j'aimais la maternelle quand j'y allais. Qu'une fois retirée à ma mère, je ne l'avais « jamais réclamée ». Comme une cloche tintant quelque part, à la lecture de ces mots je me suis sentie coupable et déloyale.

Pendant que j'écrivais ce livre, j'ai récupéré des photos de la fête où m'avait emmenée l'assistante sociale alors que j'étais en famille d'accueil. Ma mère a écrit au dos « anniversaire de Kerry, trois ans ». Sur l'une, ma mère, très belle, les yeux écarquillés, est debout derrière moi tandis que je souffle mes bougies. Sur une autre, maman et grand-mère s'appuient l'une contre l'autre, assommées par l'alcool, avec moi au milieu, le visage sale. Ma grand-mère porte un chapeau de cow-boy de travers, sa jupe est remontée et on voit sa combinaison. Étant donné que maman avait failli être tuée par le camion à peine une semaine auparavant, que ma grand-mère avait refusé de me recueillir, que je n'étais là que pour quelques heures avant de retourner chez une étrangère, je me suis demandé comment elles pouvaient manifester aussi facilement une telle joie. J'essayai de déceler une note de regret ou même d'hystérie sur ces photos, mais je ne voyais que deux femmes soûles et une gamine se goinfrant de gâteau.

J'avais vu cette photo pour la dernière fois un jour où je rendais visite à ma mère. J'avais environ vingt-cinq ans, vivais une relation stable et essayais de comprendre mon univers. Je dis à ma mère que je consultais une psychologue pour parler des problèmes de mon enfance. Elle entra en fureur. Ses colères commençaient toujours par un silence, quelques grandes inspirations comme si elle faisait monter la pression, puis elle explosait. De la fureur pure et simple. Corps tendu, poings serrés. Et j'avais beau savoir que j'étais plus grande qu'elle et sans doute plus forte, je n'en menais pas large. Et comme je l'avais appris, je me recroquevillais, lui disais que je partais. Je commençais à rassembler mes affaires en pleurant, en criant. Elle me suivait dans le petit séjour surchauffé en hurlant.

Elle disparaissait une minute, pas plus, et je me préparais très vite, les mains tremblantes, en vérifiant que j'avais tout, porte-monnaie, clés, téléphone, je fourrais mes affaires dans mon sac, étourdie, en pleurs.

Cette fois-là, elle revint avec une pochette usée en cuir bleu marine qu'elle avait portée jadis au mariage de son frère, mais qui contenait à présent des photos. Elle les sortit en hurlant : « Tu n'étais pas heureuse ? Tu dis que tu n'étais pas heureuse ? C'est quoi, ça ? » Elle les brandit devant moi, froissa la photo de l'anniversaire et me la lança au visage.

Je la repoussai, plus que quelques affaires à rassembler et j'allais pouvoir m'enfuir. Pour quelqu'un qui mesurait à peine un mètre cinquante, elle était vraiment terrifiante.

Je pleurais et mon cœur battait la chamade tandis qu'elle criait : « C'est quoi, ça ? Et ça ? Et ça ? » Elle me poursuivait dans l'appartement, agitait les photos de mon enfance, mon sourire, mon air heureux et les déchirait avant de me lancer les morceaux au visage.

En partant je lui déclarai que je ne reviendrais jamais plus. Que ça n'allait pas. Et elle jura que je n'étais plus sa fille.

Je ne m'en rendis compte qu'en lisant ces documents : l'enfance heureuse déchirée devant moi n'était faite en réalité que de déménagements successifs, de chaos et d'instabilité, tandis que j'affichais ce sourire envers et contre tout.

Le document suivant fourni par la Protection de l'enfance expliquait comment, lors d'une visite chez nous environ quatre mois après mon retour de la famille d'accueil, l'assistante sociale trouva des ouvriers en train de rénover l'appartement et ma mère qui vivait dans une seule pièce. Il y avait une fête. Maman se montra « agressive verbalement » et demanda à l'assistante sociale de s'en aller.

Ne m'ayant pas vue et voulant savoir qui s'occupait de moi, l'assistante sociale revint plus tard le même jour mais ma mère n'était plus là. La police se rendit sur place pour vérifier la présence de maman. Elle était revenue, mais moi je n'étais pas là. Elle leur dit que j'étais avec son cousin. Ensuite, les choses deviennent un peu difficiles à suivre. Apparemment, elle m'avait confiée à son cousin Craig. Mais il m'avait emmenée ailleurs – noms censurés –, peut-être dans une sorte de pension de famille. Puis je fus placée quatre jours dans une autre famille d'accueil jusqu'à ce que je sois entendue lors d'une audition. En dépit des inquiétudes de l'assistante sociale, je fus rendue à maman.

L'assistante sociale interrogea ma grand-mère, ma tante, un des cousins de maman et deux mystérieuses assistantes maternelles. Tous exprimèrent leur inquiétude, mais maman ne voulait pas coopérer. Quand l'assistante sociale vint à la maison, ma mère se montra si « agressive » que je me mis à pleurer.

Le document 25 était simplement intitulé CORRESPONDANCE. Il commençait par une lettre de juillet 1984. « J'ai approfondi l'étude du cas en interrogeant plusieurs membres de la famille. Si une grande inquiétude a été exprimée concernant la façon dont la mère de Kerry s'occupe d'elle, peu de preuves concrètes ont été apportées. »

Et je me demande de nouveau comment on a pu me laisser ainsi. Et quelle sorte de preuves fallait-il en plus des témoignages des membres de notre famille affirmant qu'il n'était pas bon de me laisser avec maman ? La lettre continuait : « Il est important aussi de reconnaître que, si Miss Mackie a accepté de coopérer […], son niveau de coopération reste minimal. »

Presque un an après mon premier signalement, le 21 août 1984, l'affaire a été classée. On ne pouvait pas intervenir tant qu'un « nouveau signalement n'était pas fait ».

Assise à mon bureau dans la jolie résidence payée par le British Council, je me trouvais à un moment apparemment confortable dans ma vie et dans ma carrière. Comme quelqu'un qui, je l'espère, essaiera toujours de comprendre les causes plutôt que de simplement présumer le pire, je voulais offrir à toutes les personnes impliquées un minimum de compassion. Je voulais tenter de comprendre les motivations et les problèmes soulevés par une situation aussi complexe.

Mais il y avait cette enfant. Et je me rendais compte que mon enfance se manifestait à moi tous les jours. Dans la façon dont je me comportais avec les autres, quand je dormais, dans ce que je mangeais et à quel moment. Dans les schémas de pensée apparemment conçus pour me miner, pour m'inciter à me sentir inférieure à toute personne avec qui j'étais en relation, qui me faisaient mendier une approbation de toutes les manières possibles. Dans ma profonde solitude, la façon dont je disais souvent que j'étais un « trou noir pour l'amour », même si j'avais été aimée et l'étais à présent dans ma vie d'adulte.

Je réfléchissais à la peur qui pompait un battement de mon cœur sur deux. Toujours, toujours là, comme le sifflement aigu des acouphènes. Je voyais soudain clairement les connexions. Je pinçais les cordes reliant « maintenant » et « avant ». Mais malgré toutes mes tentatives, au fil des ans, j'étais apparemment impuissante à les couper ou à les changer. Et j'en voulais à tout le monde.

Assise dans cette petite chambre loin de chez moi, dans cette maison confortable, isolée, pleine d'inconnus, je me mis à pleurer et à rager comme peut le faire une enfant – sans raison apparente. J'essayais de ne pas faire de bruit pour qu'on ne m'entende pas. Je finis par appeler Peter et dans un monologue décousu je lui parlai de ce que j'avais lu. Il me dit combien il en était attristé. Combien il était loin d'avoir imaginé un tel passé. Combien il était heureux que je sois celle que j'étais à présent, peu importait ce qui m'avait faite ainsi.

À un moment, furieuse, je lui déclarai : « Si j'avais un petit enfant, je ne le confierais pas même une heure à un étranger. Je l'aimerais de tout mon cœur. » À l'autre bout de la ligne, il resta silencieux et finit par répondre : « Je sais, je le sais. Je suis désolé. Je t'aime. »

La nuit, incapable de dormir, je me souvins que ma mère me disait souvent comme une ultime menace : « Tu trouves ça nul ? Je vais te placer. »

J'ai entendu diverses versions de cette vaine menace au cours de mon enfance et de mon adolescence. Sauf que, je le savais, elle n'était pas vaine. Même si je ne me souvenais pas des détails, je savais que j'avais été placée. Je ne savais que trop à quel point mon monde était fragile et risquait de s'effondrer.

Un jour, vers sept, huit ans, je l'ai prise au mot. J'ai préparé un sac pour moi et ma sœur encore bébé et je suis allée me coucher en espérant de tout mon cœur que nous serions placées le lendemain matin « à l'ouverture du bureau ». Mais tout a été oublié dès que nous nous sommes assises devant la télé pour manger nos céréales.

À l'adolescence, je devais avoir quinze ans, nous sommes allées jusqu'au bureau d'aide sociale de Great Yarmouth. Maman a déclaré qu'elle en avait assez de moi et je ne voulais plus non plus vivre chez elle. Elle a rendu l'idée attrayante : « Ils vont te placer jusqu'à tes seize ans et ensuite tu recevras tes propres allocations. »

La personne à l'accueil – Dieu sait les gens qu'elle voyait franchir les portes à l'époque – considéra froidement maman et lui demanda si elle était certaine de sa décision. Elle ne répondit pas, je haussai les épaules. Nous nous sommes retrouvées dehors sur le trottoir, avons traversé la ville ensemble, le visage crispé de chagrin, jusque chez nous. Je me souviens du goût roussi du désastre évité.

Couchée dans mon lit, en Lettonie, je m'imaginais prendre soin de cette enfant qui était moi. Je lui préparerais son petit déjeuner et l'encouragerais à manger. Je l'écouterais parler sans arrêt comme le font les enfants, s'adressant avec adoration à l'adulte qui les protège, qui leur montre comment vivre dans ce monde. Je prendrais cette enfant sur mes genoux et poserais le menton sur ses doux cheveux blonds. Elle se sentirait en sécurité, aimée et désirée.

Au bout d'une semaine, ce sentiment brûlant de rejet s'atténua. Je compris vraiment que ce n'était la faute de personne. Que la vie est trop compliquée pour désigner des responsables si facilement. Comment en vouloir aux gens malades et dysfonctionnels qui vivent dans une société malade et dysfonctionnelle ? Comment en vouloir à ma mère alors qu'elle cherchait simplement à s'en sortir elle-même ? Comment en vouloir à mon père alors que ce que je savais de son enfance révélait un terrible abandon et des mauvais traitements ? Ou en vouloir à ma grand-mère qui tentait de ne pas passer complètement à côté de sa vie, malgré toutes ses difficultés ?

Il n'y avait pas de culpabilité. Juste des fragments à ramasser, à examiner, à comprendre partiellement et à assembler pour raconter cette histoire. Il n'y avait pas de réponses dans ces rapports. Juste que la vie peut être brutale pour ceux qui sont vulnérables et qui n'ont pas le choix.

Mais les reproches ne disparurent pas vraiment, ils changèrent d'objet. Plus je réfléchissais à mes expériences d'enfant placée, plus j'étais en colère. J'avais l'impression que, dès sa naissance, au moment même où il sort, couvert de sang et de merde, en griffant les entrailles pulvérisées de sa mère, si cet enfant naît en marge, si sa mère est sans défense et pauvre, les difficultés commencent à l'instant où la première respiration brûle ses petits poumons.

Cet enfant, et d'autres enfants issus des 10 % des quartiers les plus défavorisés, ont 18,5 fois plus de risques que les moins défavorisés de figurer sur le registre de la Protection de l'enfance. Ces enfants comme moi, issus des coins les plus pauvres d'Écosse, ont 20 fois plus de risques d'être placés que ceux des régions les plus riches. Et il n'y a pourtant pas de politique pour rapprocher pauvreté et interventions des services sociaux. Que ces enfants seront pauvres est considéré comme un fait acquis et non comme une conséquence, apparemment, non comme un facteur qui y contribue de manière écrasante et auquel il faut remédier.

Ce que j'ai vécu, avant même mes quatre ans, est le symptôme d'une société structurellement et systématiquement conçue pour marginaliser ceux qui tirent le diable par la queue et les pauvres. Ces histoires doivent être racontées parce que la société, elle, préfère regarder ailleurs, parce que nous ne voulons pas penser aux enfants, à quelques rues de chez nous, qui ont fait un repas de malbouffe et en quantité insuffisante, dans une maison sans chauffage, qui n'ont pas un seul livre, qui portent des vêtements trop petits et usés jusqu'à la corde, qui vivent avec un parent ayant lui-même désespérément besoin d'aide.

Il est peut-être plus facile de ne pas relier la cause et la conséquence parce que, si on acceptait cette réalité, pourrait-on vivre avec ?

7

ABERDEEN

1983

Après cette année terrible de placement en familles d'accueil, de rendez-vous manqués et de « perturbations », il semble que les choses s'arrangèrent quelque temps pour maman et moi. Nous avons quitté Manor Avenue pour un vrai lotissement à Torry, près de ma grand-mère, des tantes et des cousins de ma mère. Notre appartement se trouvait dans un petit immeuble et le fait d'être entourée de membres de la famille m'emplissait d'un sentiment de sécurité. J'avais un ballon sauteur et je passais des heures à faire des bonds sur le palier. Il y avait un camion glacier et je serrais parfois 10 ou 20 pence dans ma main en dévalant l'escalier, sautant trois marches à la fois, le cœur battant d'allégresse et de peur à l'idée qu'il parte avant que j'arrive pour acheter des bonbons.

Mon oncle Mark gagnait bien sa vie sur les plateformes pétrolières et il m'acheta un cheval à bascule avec une vraie crinière et une fourrure brune, épaisse et douce. Je devins amie avec une fille de mon âge et son petit frère, et ma mère se lia avec leurs parents. Nous courions dans la cité du matin au soir puis nous rentrions dans leur appartement à deux étages, qu'on aurait sans doute appelé duplex à Londres mais qui n'était à Aberdeen que leur HLM. Nous sautions d'un matelas à l'autre en haut, tandis que ma mère et les adultes picolaient en bas. On mangeait toujours des œufs et des frites chez eux, raison supplémentaire qui faisait que j'aimais tant y aller.

Pendant quelque temps, je fus une enfant comme les autres.

Dans notre nouvel appartement, j'avais ma chambre, mais je préférais le salon, surtout l'endroit sur la moquette si près du chauffage électrique que ma peau se couvrait de marbrures, et les épais rideaux orange dans lesquels je m'entortillais jusqu'à ce qu'ils avalent mes cheveux et me serrent le visage. Nous avions une chaîne hi-fi avec une araignée morte sous la vitre de la radio, figée pattes raides, que j'appelais mon amie.

Nous allions parfois à la mer dans la baie de Nigg et un jour nous avons trouvé un chaton sous une caravane. Maman a dit que les « bohémiens » s'en fichaient et nous l'avons emmené. Il ne miaulait pas, il poussait juste un couinement angoissé, alors je l'ai appelé Squeak. Le soleil entrait dans l'appartement l'été et l'hiver, si les vitres givraient, toutes les barres du chauffage rougissaient. Mes gouttes de vitamines qui sentaient la banane étaient versées dans mon verre de lait quotidien. J'appris à beurrer les toasts. Nous regardions *Dallas* ou *Wogan*, notre repas sur les genoux.

Pourtant peu à peu les choses se gâtèrent de nouveau. Je me réveillais des heures avant maman tous les matins et je faisais des bêtises. Je vidais le sac en plastique dans lequel elle mettait toutes ses lettres, ses reçus et ses photos. Je m'asseyais dessus, dépliais et examinais chaque élément avec *Sesame Street* en fond sonore. Je coupai ma frange avec mes ciseaux grenouille.

Maman dormait de plus en plus tard. Elle trouvait parfois mes sottises hilarantes, parfois elle « explosait ». Je commençais toujours par croire à la première option mais, à mesure que les heures passaient et qu'elle ne se réveillait pas, le serpent noir de l'angoisse se lovait dans mon ventre. Quand elle finissait par descendre, j'étais déjà en pleurs et je la suppliais de ne pas se fâcher.

Au bout de quelques mois, peut-être moins, elle décida de quitter Aberdeen. Nous sommes montées dans un bus National Express avec ce que nous pouvions emporter – vraiment pas grand-chose. Je pleurais de devoir laisser mon cheval à bascule et mon chaton, que nous avons déposé sous la caravane où nous l'avions trouvé. Nous sommes parties en hâte, sans argent à part les allocations de la semaine et nulle part où aller.

Peut-être avait-elle besoin de « changement ». Peut-être en avait-elle assez des services sociaux, « putains de fouineurs », qui « se mêlaient de nos affaires » quand ça leur chantait. Ou parce qu'elle était en colère contre les membres de la famille à cause de mon placement, pensant qu'ils auraient dû nous venir en aide et l'empêcher. Peut-être était-ce vraiment pour le « nouveau départ » légendaire que nous avons poursuivi par intermittence jusqu'à mes quinze ans.

Mais je crois que c'était probablement parce qu'elle voulait me donner à mon père.

8

LIVERPOOL

2018

Quand janvier arriva, j'avais de moins en moins envie de revenir dans les villes où j'avais vécu. Apparemment cet étrange processus me coupait en deux. J'étais l'archiviste de ma vie défunte. J'étais un détective privé qui se frayait un chemin dans mes secrets profondément enfouis, cherchant désespérément des réponses, et faisant pourtant tout pour qu'elles demeurent cachées.

Je participai à une conférence du British Council à Berlin. C'était une réunion exceptionnellement fastueuse : bien payée, hôtel quatre étoiles, grosse enveloppe d'argent liquide pour les « dépenses », taxis pour des repas arrosés dans de bons restaurants tous les soirs et brochure luxueuse avec photos des écrivains, y compris la mienne.

Tout le monde était gentil. J'admirais les autres écrivains. Mais quelque chose dans cette expérience me répugnait. Je lus un passage de *Basse naissance* le premier soir et me sentis terriblement écorchée, exposée les jours suivants. Je bus plus que je n'aurais dû et ne réussis pas à dormir à cause du bruit des trams dans la rue et de mes pensées passant en boucle. J'allais avoir mes règles et mon ventre était si gonflé qu'une parole acérée semblait pouvoir le percer et m'anéantir. Je passai le reste de la conférence à donner des interviews aux journaux et à parler de sexe et de genre en commission avec un petit sourire et une courtoisie qui masquaient mal ma douleur et ma colère terribles et inexplicables.

Je rentrai chez nous fragile, en larmes et désorientée. Après tout, n'était-ce pas cela la vie ? N'était-ce pas fantastique de se trouver sur une estrade avec des gens qui vous écoutaient ? De quoi pouvais-je me plaindre ? « Je ne peux pas faire ces voyages de recherche. Je ne peux pas », dis-je à Peter.

Je reportai d'un mois mes billets de train. Puis, comme par un fait exprès, j'attrapai un virus au moment de partir. Le service d'assistance m'expliqua avec une sorte de paternalisme bourru que je ne pouvais plus changer mes billets. Le centre d'appel se trouvait en Inde et j'imaginais que, pour eux, il s'agissait d'un horrible gâchis, ce qui était effectivement le cas. N'ayant pas d'analgésiques à la maison, je m'étais fourré une gousse d'ail entière dans l'oreille et je pleurnichai au téléphone : « Je sais. Mais je suis malade et je ne peux rien faire. » Il y eut un soupir contrarié à l'autre bout du fil, comme si nous savions tous que j'essayais d'éviter des choses inévitables. « Avez-vous besoin d'autre chose ? »

« Vous pouvez me rassurer en me disant que je ne pleure pas mon enfance. Que je n'ai pas le cœur brisé pour cette petite fille qui m'accompagne encore tous les jours. Que je ne suis pas complètement coincée de toutes sortes de manières », aurais-je pu répondre.

Je me contentai d'un « non, merci » et posai de nouveau la tête sur mon oreiller qui sentait l'ail.

Il va sans dire que j'étais angoissée et que je me remettais à peine du vilain virus qui m'agaçait les poumons et m'obstruait les oreilles. J'avais veillé à ne prendre qu'un petit bout plâtreux de comprimé contre le mal des transports dans le bus, mais une lourde somnolence pesait sur moi. Au Starbucks de Golders Green, pendant que Peter corrigeait les épreuves d'un article que je devais joindre au dossier et que j'essayais de relever mes cheveux pour avoir l'air plus respectable, j'ajoutai trois bêtabloquants pour contenir l'adrénaline, ralentir mon cœur battant à tout rompre, les mains toujours tremblantes.

Lors d'un de mes moments d'écriture matinaux, j'avais décidé de contacter ma tante Alison. J'avais pour nouvelle habitude de me réveiller à 6 h 30, de me faire une tasse de café noir, d'écrire à mon bureau devant la fenêtre dans le silence feutré, tandis que le froid filtrait par la vitre, que la pâle lumière de Liverpool transformait lentement la nuit indigo en lumière du jour et que le jardin en friche se balançait au rythme du vent d'hiver. J'avais alors le sentiment de maîtriser pour la première fois ce processus compliqué. Comme je n'étais pas tout à fait réveillée, le monde de l'enfance s'ouvrait facilement à moi. Quand j'avais fini d'écrire, je restais assise à mon bureau jusqu'au réveil de Peter – intoxiquée à la caféine et surfant sur Internet : article du *Guardian*, podcast, robes de mariée, cinémas d'art et d'essai, mises à jour d'amis sur Facebook, vidéos de yoga, recettes de biscuits, Twitter, playlist pour courir, programmes d'entraînement pour courir, projets caritatifs, billets d'avion pour des endroits où je ne mettrais jamais les pieds.

J'avais déjà regardé, bien sûr. Après le contact avec

mon oncle Mark, j'avais épluché ses « amis » sur Facebook avec la minutie d'un détective privé et en trouvant ma mère, j'avais trouvé ma tante. J'avais essayé de me rappeler ce qu'on m'avait raconté à son sujet. Je ne me souvenais pas vraiment d'elle. Maman en parlait avec un mélange de jalousie et de vénération. Elle la citait en exemple et faisait de sa vie un récit édifiant. Elle était riche. Elle rentrait du travail et confectionnait des vêtements sur sa machine à coudre pour ses deux enfants « Hannah et Liam », toujours mentionnés conjointement, comme s'ils étaient siamois. Elle vivait dans le Somerset, région qui me paraissait exotique à l'époque. Elle chantait comme un ange. Elle savait ce qu'elle voulait. Elle s'en donnait les moyens et laissait tout le monde derrière elle. Elle nous avait oubliés. Je savais qu'elle s'était engagée dans la marine (mais j'ai découvert plus tard qu'elle était en fait mécanicienne d'hélicoptère). Elle était la « bonne fille ». Je ne l'avais pas vue depuis vingt-six ans.

Ce matin-là, j'ai de nouveau regardé son compte Facebook. Un post sur l'Armistice. Une photo d'elle portant un foulard fleuri et regardant des poteries. Une photo d'elle avec sa fille, brassières roses flashy et tenues de sport pour un événement caritatif. J'ai cherché la petite fille avec qui je jouais dans le visage d'adulte de ma cousine, mais ne l'ai pas trouvée. Elles avaient l'air heureux, se tenaient par les épaules et riaient. Il y avait aussi une photo d'elle avec son fils, tous deux montrant des médailles après une course.

Ce fut une impulsion. Elle était le dernier lien encore inexploré. J'ouvris Messenger.

Nous étions donc partis de Liverpool pour retrouver ma tante et mon oncle par alliance à Londres dans un petit café que j'avais proposé près de la station de métro Hammersmith, un endroit australien branché appelé Truth – « Vérité » – (involontairement prémonitoire, choisi simplement d'après les suggestions sur Twitter), qui n'était sans doute pas du tout à leur goût.

Ils étaient déjà là, leur tasse de café vidée devant eux. Elle portait une polaire violette, un coquelicot en métal brillant. Bobby, son mari depuis une quarantaine d'années, était assis à côté d'elle, chemise à carreaux, pull col en V. Ils paraissaient tellement normaux. Ils ressemblaient à des professeurs de géographie en voyage à Londres.

Nous nous sommes étreintes chaleureusement et j'ai adopté mon attitude joyeuse habituelle, un peu comme une institutrice. Elle avait l'air de quelqu'un qui a beaucoup ri dans sa vie. Ses mains s'agitaient de manière un peu saccadée, elle parlait vite et légèrement plus fort qu'elle n'aurait dû si elle n'avait pas revu sa nièce pour la première fois depuis des décennies. Je me rendis compte qu'elle aussi était nerveuse. Il ne m'était pas venu à l'esprit qu'elle ne saurait pas que j'étais « sans danger », douce, que je venais sans colère ni ressentiment. Nous avons commencé par les préambules habituels… vous avez fait bon voyage, j'espère que ce café vous convient, je meurs d'envie de boire un café.

Elle ne savait pas que depuis que j'avais pris contact avec elle mon humeur était comparable à des montagnes russes. D'abord un soulagement empli de larmes en voyant qu'elle ne m'ignorait pas et ne me rejetait pas. Puis, au fil de nos messages, un optimisme douloureux, fragile. Je disais : « J'ai parlé à ma tante », une phrase si normale, mais les gens ne pouvaient pas savoir ce que cela signifiait pour moi.

En lavant la vaisselle, j'expliquais à Peter : « Tu

sais, elle est sans doute mon homologue la plus proche. Je suis la “elle” de la famille. Elle s’en est sortie, s’est construit une vie agréable, des relations saines. Elle aussi a dû couper les ponts. Si quelqu’un peut comprendre, c’est elle. » Mais à l’approche de notre rencontre, je devins méfiante. Peter me rassurait : « Tout le monde serait content que tu fasses partie de sa famille. Tout le monde serait ravi. » Mais maintenant que j’étais amie avec ma tante sur Facebook, je voyais d’autres photos : elle et ma sœur, elle et ma mère joue contre joue. Le lien entre elles me mettait mal à l’aise. Je repensais à Mark, à la façon dont cela m’avait meurtrie, même si je n’attendais pas grand-chose de lui, et je tempérais mon espoir que les choses se passent différemment.

Au café, je sentis le relâchement de la tension, la chaleur autour de la table. Nous avons échangé des nouvelles, des questions et des réponses, nous avons ri trop facilement à de mauvaises blagues. Toutes les deux, nous sous-entendions en bavardant : « Tout va bien, je ne suis pas là pour te faire du mal », de toutes les manières possibles.

Alison, Allie comme elle se faisait appeler maintenant, me montra des photos de famille en décrivant les gens qui y figuraient. Des photos de tantes, de grands-tantes, de ma grand-mère, de mon arrière-grand-mère. Le mariage de ma mère avec Richie. Moi vêtue d’une robe en satin rose de demoiselle d’honneur au mariage de mon oncle Mark.

Peter ne connaissait qu’une seule photo de moi petite et se pencha pour jeter un coup d’œil. « Regarde-moi ça ! » « Mon Dieu. Mon Dieu », ne cessais-je de répéter. Ces deux mots étaient incapables d’exprimer le sentiment de vertige légèrement nauséeux que j’éprouvais en retrouvant les traits de ces visages, en les forçant à reprendre vie et sens pour moi. Ma famille.

L'une des photos de ma mère avait été prise à la réception de mon oncle Mark. Je me souvenais des préparatifs du mariage. Voyages à Sunderland pour faire confectionner la robe de demoiselle d'honneur la plus hideuse du monde dans un coupon de satin corail moiré, ma mère écumant les boutiques solidaires à la recherche du sac à main bleu marine parfait, celui qui contiendrait plus tard les photos qu'elle déchirerait et me jetterait au visage. Maman achetant des cigarettes Sobranie pastel, noires et or que ma grand-mère et elle fumaient ostensiblement pendant la réception. Elle devait avoir trente-quatre ans ; l'appareil l'avait photographiée par surprise, bouche entrouverte d'étonnement, yeux écarquillés. Je ne m'étais pas rendu compte qu'elle était aussi belle. Je ne m'étais pas rendu compte que sa fragilité était si évidente sur son visage.

« Mon Dieu. C'était le mariage où il y a eu une énorme dispute à cause d'un oncle qui avait injurié le pasteur. » Nous nous sommes tous mis à rire. Je ne quittais pas la photo des yeux. Maman semblait sur le point de pleurer. « Elle était si belle. » Je n'ai pas ajouté que je ne m'étais pas rendu compte qu'elle allait manifestement si mal.

Vinrent ensuite les documents familiaux. Bobby avait réparé des sous-marins, puis travaillé pour le ministère de la Défense. Il avait remonté la piste de notre famille. Il sortit un arbre généalogique. Manifestes de la marine marchande. Actes de naissance. Fragments d'anciennes adresses. Il marqua une pause, tendit un document. « Et j'ai découvert que… quand ton grand-père a épousé Jeanie, il était déjà marié. »

Il marqua de nouveau un temps d'arrêt. « Il était bigame. »

Je me mis à rire. Je riais parce que je m'attendais à bien pire.

À propos de son retrait, puis de son éloignement définitif de Jeanie – sa mère, la mère de ma mère, ma grand-mère –, Allie déclara : « Je ne savais jamais si j'allais avoir affaire à la bonne Jeanie ou à la méchante Jeanie. Je disais toujours : "Rappelle quand tu n'auras rien bu."»

Elle leva les mains dans un geste d'impuissance que je faisais souvent quand j'essayais de communiquer les difficultés exponentielles de mes relations avec ma mère. Je comprenais parfaitement. Je choisissais mes mots. Je ne voulais pas m'interposer entre ma mère et sa sœur, qui étaient de nouveau en contact depuis peu, en révélant trop de choses, mais je voulais dire, et que quelqu'un m'entende, qu'il y avait des raisons pour ce que j'avais fait. « Sans entrer dans les détails sur les motifs pour lesquels je ne peux plus être en contact avec maman, on dirait vraiment que ces cycles se répètent. »

Je n'ajoutai rien de plus, espérant que ma retenue parlerait pour moi, que mes bonnes manières et ma douceur viendraient à ma défense, puisque ma langue demeurait manifestement loyale à ma mère, malgré tout.

Une certaine sérénité descendit sur moi, même si la caféine me faisait trembler. Comprendre en partie suffisait. Voir maman dans le contexte de ses relations avec la femme qui la terrorisait d'une manière étonnamment semblable à celle qui me faisait me sentir constamment en danger. Suivre les schémas du bout des doigts suffisait. Voir cette femme dans la soixantaine assise en face de moi, ne demandant qu'à faire plaisir, image de ma propre sauvegarde, suffisait.

Nous avons parlé des enfants d'Allie et Bobby, de nos voyages et de la demande en mariage de Peter, avons ri des affreuses robes de demoiselles d'honneur. En quittant le café, je me suis arrêtée pour caresser un vieux labrador couleur chocolat et Allie a fait de même. Un instant, je me suis demandé qui je serais devenue si le monde m'avait fait naître du ventre de ma tante. Si j'avais vécu l'enfance facile de ses enfants dans le Somerset, avec des vêtements et des condiments faits maison, si j'avais eu une mère que, une fois adulte, j'aurais voulu faire participer à une course de bienfaisance de dix kilomètres. Mais dans ce cas je serais quelqu'un d'autre et, même si parfois je trouve cela difficile à accepter, je suis parfaitement bien telle que je suis.

Nous sommes entrés, Peter et moi, dans un Wetherspoon, tout simplement parce que c'était le premier pub que nous avons trouvé. Il était bourré de gens sortant du travail, d'haleines suffocantes, de mots prononcés par d'autres, bruits assourdissants d'un pub animé. Je n'arrêtais pas de secouer la tête qui me semblait trop pleine. Je bus une demi-pinte d'ale très vite. « Putain, je n'arrive pas à croire qu'il était bigame. »

Peter m'observait avec inquiétude, sachant que la journée avait été importante et épuisante, m'examinant comme si j'étais une machine risquant de se détraquer. « Ça s'est bien passé. Ils sont gentils. Ta tante a l'air adorable. »

Je pensais au moment où nous nous étions quittées à la gare. Elle m'avait serrée contre elle et m'avait dit : « Tu as une famille maintenant. Tu as une tante. J'ai une nièce. » J'avais répondu : « Tu as raison. »

Je posai la tête sur l'épaule osseuse de Peter. « C'est vrai. »

9

ABERDEEN

2018

Je finis par me rendre pour la deuxième fois à Aberdeen. Je fis le voyage *via* Glasgow ; à cause d'un problème sur la voie, le trajet depuis Liverpool me prit douze heures. À chaque arrêt, j'envisageais de sauver les meubles et de faire demi-tour. Mais je savais que c'était maintenant ou jamais et je n'avais plus d'argent pour prendre un billet ou aller à l'hôtel.

Le lendemain, avant de repartir pour Aberdeen, je passai la journée à Airdrie avec un photographe qui me fit poser devant les immeubles où j'avais grandi. Nous avions pris le train ensemble pour le minuscule centre-ville, puis étions partis à pied jusqu'à la cité où j'avais vécu, en passant devant les boutiques et les pubs sinistres qui semblaient sur le point d'être condamnés. J'étais debout devant un immeuble, le vent fouettait mes cheveux et je regardais au loin un autre bâtiment où nous avions habité. Il y avait quelque chose de douloureusement intime dans ma façon de montrer au photographe et au directeur artistique l'endroit où j'avais vécu quand j'étais petite.

« C'était tellement humide et froid. Comment se fait-il que rien n'ait changé depuis tant d'années ? »

J'étais cependant d'« humeur agréable » et nous avons beaucoup ri en prenant les photos. La jambe gauche de mon pantalon ne cessait de remonter. « Désolée, ma cheville avait vraiment envie d'être sur la photo. » Entre les séances de pose, nous avons passé la matinée et l'après-midi au Costa du coin en parlant des gens que nous connaissions, de nos vies amoureuses, de notre travail.

En partant, le photographe qui avait été si gentil se retourna et dit : « J'ai l'impression que ce n'était pas si horrible de grandir ici. »

Je hochai la tête et haussai les sourcils. « Merci. J'espère que tout le monde dira la même chose quand le livre sortira. »

Mais plus tard, assise dans mon Megabus en route vers Aberdeen, vaseuse à cause du comprimé contre le mal des transports, je ne cessais de repenser à la remarque. Pourquoi l'avoir faite ? Était-elle censée être rassurante ? Tu n'es pas aussi horrible que tu le penses ? Ou une affirmation de sa capacité à faire front (même si je savais, parce que nous en avions parlé, qu'il n'avait pas grandi dans les mêmes conditions que moi) ? Peut-être. Je sais qu'il ne voulait pas se montrer désagréable. Mais cela me faisait penser à toutes les fois où des gens n'ayant aucune expérience de la pauvreté, des cités ou des milieux défavorisés, réduisent par inadvertance les problèmes, les dégâts qu'ils entraînent.

Tandis que défilait la campagne attrayante, verts luxuriants et violets sombres, je compris, peut-être pour la première fois, pourquoi les gens parlent ainsi – parce que, au fond d'eux-mêmes, ils savent que le système est injuste, mais l'admettre signifierait accepter d'y avoir contribué et d'en avoir profité. Cela voudrait dire qu'ils ont peut-être bénéficié d'un avantage, même petit, dans leur vie. Et s'ils me parlaient sur un niveau d'égalité relative, comment pourraient-ils ne pas reconnaître ce privilège ?

Je pensais à toutes les fois où quelqu'un m'avait rabaissée parce que je n'étais pas tout à fait dans le ton, venant de son milieu et moi du mien, sans reconnaître tout ce qui avait rendu son parcours plus facile.

Je me sentis soudain plus forte que je ne l'avais été depuis longtemps. De l'écrire, cela semblait si simple, mais en m'endormant doucement au bruit de la conversation en espagnol du couple à côté de moi et du ronronnement du moteur, je m'aperçus heureusement que les jeux étaient faits. À partir de ce moment je décidai que, à moins d'avoir grandi dans les mêmes conditions que moi, on ne pouvait pas intervenir en donnant son opinion là-dessus. Je décidai d'essayer de reconnaître la force qu'il m'avait fallu pour traverser et surmonter mon éducation, et devenir la femme que je suis aujourd'hui.

Derrière la porte de mon B&B d'Aberdeen, il y avait un Cavalier King Charles qui jappait et une femme appelée Mary à l'air étonnamment familier avec ses cheveux courts et bouclés, ses mains délicates et un visage qui trahissait l'abus d'alcool et de clopes, au point que je faillis lui demander de quelle famille elle venait.

« C'est soixante livres pour deux nuits.

— Je peux payer par carte ?

— Il faudra que je vous fasse payer une livre de plus. » Elle leva les mains comme si elle s'attendait à une protestation. « Je n'y peux rien, c'est ce que ça me coûte.

— Non, non, pas de problème. Je comprends. J'irai au distributeur demain. » Et je comprenais vraiment. Moi-même, je ne dépensais pas une livre inutilement. En outre, j'avais vu le panneau « À vendre » dehors et la maison, bien que très propre et correctement chauffée, était une relique muette des années quatre-vingt, et j'étais pratiquement certaine que chaque livre comptait à ce stade.

Elle se radoucit. « Vous êtes sûre ?

— Mais oui.

— Qu'est-ce que vous venez faire ici ? C'est pour le travail ?

— J'écris un livre sur l'endroit où j'ai grandi.

— Où ça ?

— Torry. »

Elle haussa les sourcils. « Ça a changé. Vous verrez. » Elle ne me dit pas si c'était en bien ou en mal et je ne lui posai pas la question. « Vous alliez à quelle école ?

— Torry Primary. Je vais y faire un tour aussi. »

Elle me sourit, brièvement, mais assez pour que je comprenne que c'était durement gagné et je lui en fus reconnaissante. « Vous avez réservé une petite chambre pour une personne, mais *parce que ça m'arrange*... » Elle leva un doigt, elle ne voulait pas m'embarrasser ni donner l'impression de faire la charité à une femme qui avait grandi ici, mais n'avait manifestement pas de famille pouvant l'accueillir, qui avait réservé la chambre le moins chère possible dans le B&B le moins cher d'Aberdeen... « Je vous ai mise dans une des doubles.

— Merci beaucoup. C'est très gentil. »

Elle secoua la tête. « Comme je vous l'ai dit, ça m'arrange. Parce qu'elle est déjà prête. »

La chambre offrait un retour parfait aux années quatre-vingt : draps en coton mélangé, moquette marron, petite bouilloire blanche et vieux micro-ondes (« comme ça vous pouvez acheter un plat à emporter pour le dîner si vous avez envie et économiser quelques shillings »), petit lavabo dans le coin et serviette rose bonbon. Dans le frigo, les paquets miniatures de céréales que je convoitais tant quand j'étais petite et un demi-litre de lait. Il y avait assez de thé, de café et de biscuits pour nourrir une famille. (« Mangez autant que vous voulez. Tout si ça vous fait plaisir. Dites-moi si vous avez besoin de plus de lait et je vous monterai un autre demi-litre. ») Je me demandais comment elle pouvait gagner quoi que ce soit sur mes trente livres par nuit, puis je me souvins de son inquiétude à propos des frais sur la carte bancaire et sentis le rouge me monter au front.

J'ouvris grand les rideaux. Vue sur le crépuscule bleu nacré et sur des rangées bien alignées de maisons mitoyennes, dont beaucoup de B&B arborant aux fenêtres des pancartes « chambres libres ». Je passai au micro-ondes une barquette en plastique de carbonara que je mangeai avec plaisir en pyjama sous la couette tout en regardant la télé. Il faisait bon et la maison était silencieuse ; je devais être la seule cliente. J'imaginai Mary et son chien en bas devant *Saturday Night* à la télé, peut-être avec un verre de vin, et je me dis qu'elle avait été plus gentille que nécessaire. J'eus un petit pincement au cœur. C'était peut-être cela, revenir chez soi. Tout à coup, je me sentis vraiment très seule.

Le lendemain matin, je ne vis personne et quittai le B&B pour Torry. Je ne reconnaissais rien. Il y avait de jolies maisons et des jardins bien entretenus, il y avait des familles heureuses qui profitaient de leur week-end et promenaient leurs chiens, des femmes avec des enfants dans des poussettes-cannes qui, je le savais, coûtaient plusieurs centaines de livres – tellement différentes des énormes poussettes recouvertes de velours au châssis métallique qu'exigeait maman pour moi, puis pour ma sœur, sans tenir compte du fait que nous habitions la plupart du temps au dernier étage.

Je longeai la grande rivière qui ne m'évoquait rien et franchis un pont dont je me souvenais ; je me revoyais chaussée de mes bottes rouges en caoutchouc, courant de toute la vitesse de mes petites jambes, ploc, ploc, ploc, et ma mère qui criait après moi. Ce pont séparait l'éclat et la richesse de la ville de Torry même, l'huile de l'eau. Dès que je me retrouvai de l'autre côté, à Torry, avec ses rangées de maisons délabrées, ses poubelles débordantes et ses voilages gris, tristes et bon marché que seul un propriétaire peut choisir, je sus que j'étais arrivée chez moi.

Ma démarche changea. Je m'en rendis compte. Comme si je grandissais. Mes épaules s'élargirent, mon pas s'allongea, mon menton se releva légèrement par défi. Parce que, soudain, je reconnus cette ville et que c'était la mienne. Les Mackie y vivaient depuis des siècles et même si j'étais l'enfant prodigue, ma famille avait parcouru ces rues avant ma naissance et c'était mon droit de les parcourir à présent.

Je ne m'attendais pas à cette sensation, une drôle d'assurance qu'on éprouve, je crois, seulement quand on connaît un endroit au plus profond de soi et depuis toujours.

Je passai devant le vieux garage avec son enseigne peinte en couleurs primaires, peut-être aussi vieille que moi. Devant la boulangerie Aitkens. Elle était fermée et un triste mot sur la porte m'apprit que la fermeture serait bientôt définitive. Je mis les mains contre la vitre et scrutai l'intérieur comme une petite fille. Les meilleurs pains au beurre d'Aberdeen venaient de cette boulangerie située dans une ruelle à côté d'un garage.

Comme Alice au pays des merveilles, je rétrécis et redevins la petite fille de trois ans qui mangeait un pain chaud au beurre dans un sac en papier et souriait à sa mère parce qu'elle n'avait rien goûté de meilleur à l'époque ni peut-être aujourd'hui encore. Mais tout aussi vite je retrouvai ma taille adulte et j'eus envie de prendre cette enfant toute à sa joie dans mes bras, de la protéger pour toujours, de lui offrir tous les jours ce genre de petits plaisirs, de la voir sourire, rire et sentir qu'on s'occupe bien d'elle. Cette petite fille méritait cela. Je respirai à fond, écartai ces pensées vaines et tournai dans la rue de ma grand-mère.

C'est une belle rue. Si on aime la beauté fonctionnelle et quelque peu dominatrice. La courbe en pente raide d'une colline dont les maisons en granit donnent l'impression de vous foncer dessus. Je me souviens de la joie que j'éprouvais devant cette colline quand j'étais enfant, cette impression fascinante d'infini comme un ruban qu'on déroule. Là, au coin, se trouvait le vieux pub où nous allions parfois, les mêmes vitres poussiéreuses, les mêmes nombreuses couches de peinture vert billard fatigué, la même impression d'accueil hésitant.

Et là, en face, la petite boutique où je courais acheter un paquet de chips Hedgehog et des barres de Cadbury Wildlife.

Ma grand-mère habitait à un étage élevé. Maman disait : « Laisse-moi reprendre mon souffle », en appuyant sur ses côtes en haut des marches. Je sais que ça ne peut pas être vrai, mais dans mon souvenir le petit appartement de ma grand-mère sentait toujours le poulet rôti. Je comptais et recomptais les pièces de 2 pence que j'avais mises dans un bocal, et maman et grand-mère me traitaient de « Picsou ». Elles m'entortillaient dans tous les foulards et les ceintures de la maison, je faisais comme si j'étais She-Ra et me libérais. Pendant un moment, deux hommes du Moyen-Orient logèrent chez ma grand-mère et, quand j'allais la voir, ils me donnaient une boîte de chocolats – une fois même, pour Noël, une Barbie ballerine qui tournait sur une petite estrade.

Jusqu'à mes cinq ans environ, ma grand-mère était folle de moi. Elle portait des bottes en cuir noir qui lui arrivaient aux genoux et me disait que, si quelqu'un m'embêtait à l'école, elle viendrait « lui donner des coups de pied avec ses grandes bottes ». Elle me laissait pétrir ses énormes seins (elle ne portait pas de soutien-gorge) comme de la pâte et nous gloussions toutes les deux. Elle avait un « coin planqué », un creux là où l'accoudoir s'était détaché du canapé, où elle fourrait des tas de choses – magazines, clopes, briquets, lunettes, Polos à la menthe, mouchoirs et la bouteille de vin mousseux entamée.

À la manière des enfants, pas consciemment au début, mais dans mon ventre, je percevais sa cruauté, sa capacité à nuire pour le plaisir de nuire. J'éprouvais une inquiétude incompréhensible en sa présence. Je devais avoir une dizaine d'années quand j'ai commencé à vraiment comprendre la façon dont elle traitait maman et les conséquences sur notre famille.

La fréquence de leurs disputes, le nombre de fois où maman tentait de couper le contact et où grand-mère la reconquérait pour ensuite la punir et répéter le cycle. Je commençais à voir la façon dont elle se plaignait toujours d'être pauvre – une facture à payer pour laquelle maman était censée trouver l'argent – elle avait pourtant toujours de quoi boire et fumer. Elle était sans doute la femme la plus détestée que j'aie connue. En écrivant ces mots, j'ai découvert que personne n'avait jamais prononcé une parole en sa faveur.

J'étais à Prague quand j'appris sa mort. Je sortais du cabinet en sous-sol d'une gynécologue qui m'avait retiré mon stérilet. La gynécologue, la soixantaine, courtaude, cheveux gris coupés court et blouse blanche incongrue de médecin – à part la table d'examen, le cabinet semblait aussi lui servir d'appartement. Elle s'était montrée accueillante et rassurante – tâche délicate quand on doit ouvrir un vagin avec un spéculum. J'étais encore endolorie, je riais avec Peter de ma descente au sous-sol d'une maison inconnue de Prague pour qu'une inconnue me tripote l'utérus. Je lui racontais qu'elle avait crié « Ta-da » en retirant le petit fil de cuivre en forme de T comme si elle sortait un lapin d'un chapeau, quand je reçus le message de ma sœur.

Elle disait, je crois : « Kerry, je viens d'apprendre que notre grand-mère est morte. » Pas plus d'une phrase, j'en suis sûre.

Peter et moi sommes allés boire de la bière dans un square où le soleil et la beauté des fleurs épanouies paraissaient déplacés. J'étais au bord des larmes, abasourdie et en colère.

« C'était une méchante femme, tu vois. Elle était épouvantable avec tout le monde. Et elle a vécu vieille.

Mais c'était quand même ma grand-mère. Ou peut-être que je suis triste parce que j'aurais aimé qu'elle soit différente. »

Il fallut des semaines et de nombreux messages sans réponse pour que je découvre qu'elle était morte depuis plusieurs années d'une insuffisance hépatique. Ses cendres avaient été dispersées à South Breakwater Beach. À la fin de sa vie, elle ne mangeait presque plus rien, mais elle fumait, buvait et insultait les membres de la famille qui se trouvaient là. Apparemment, toutes les infirmières de l'hôpital l'adoraient, on trouvait que c'était une femme formidable, et un jour qu'on poussait son fauteuil roulant dans le couloir elle se retourna, l'air revêche, et dit à un membre de la famille : « Tu as vu ? Je les mène tous par le bout du nez et tout ça pour rien. »

Je n'avais pas l'intention d'aller à l'endroit où ses cendres avaient été dispersées. J'étais contente d'être à Prague. Il me vint à l'esprit que mes voyages continuels d'un continent à l'autre, aussi loin que possible, s'apparentaient plus à une fuite qu'à une recherche.

Mais j'avais choisi d'aller à Aberdeen. Je restai un moment devant la maison que je croyais être la sienne. Le soleil brillait pour être aussitôt absorbé par le gris sombre des immeubles. Les mouettes criaient et la rue était déserte. Même si je n'avais toujours pas l'intention d'aller voir où ses cendres avaient été dispersées, en levant les yeux j'eus de la peine, je ressentis une forme de deuil, sans bien comprendre de quoi il s'agissait.

La vie de Jeanie Mackie avait été dure et triste, c'est certain. Elle aurait rendu amer n'importe qui. Mais l'amertume ne l'avait pas quittée. Elle rabaissait et blessait tout le monde autour d'elle, constamment. Ses yeux violets étaient durs et cherchaient à faire du mal. Elle était morte seule avec ses clopes et son Lambrini, sa fierté et sa rancune. Ironie du sort, elle me disait toujours qu'on récoltait ce qu'on avait semé.

Je coupai le GPS de mon téléphone. Je savais exactement où aller. Après le virage commençaient les lotissements de Torry, des immeubles trapus aux balcons rouge passé et aux carrés d'herbe tristes, jamais utilisés, répertoriés comme espaces verts dans les cités. Je m'arrêtai en face de la maison de Balnagask Road où vivait Florrie, mon arrière-grand-mère. M'étais-je vraiment trouvée dans sa cuisine pendant que maman buvait du thé et que Florrie trônait au milieu de ses magazines grisâtres racontant de vrais crimes ?

Les familles qui vivaient dans le même quartier formaient une espèce bizarre qui m'a toujours étonnée. Leurs membres débarquaient à l'improviste les uns chez les autres pour boire le thé ou bavarder et prendre un repas impromptu, agrémenté de quelques patates. Difficile d'imaginer que je venais d'une de ces familles. Que, si nous n'avions pas « disparu » – comme on me l'a dit –, j'aurais pu passer mon enfance et mon adolescence à courir d'une maison à l'autre, faire les courses, écouter leurs histoires et être récompensée de temps en temps par une pièce de 50 pence. Sauf que notre famille n'a jamais été comme ça.

Notre famille était versatile et fracturée, m'expliqua un de ses membres. J'ai aussi découvert que, dans les années quatre-vingt-dix, des tests génétiques avaient été effectués en raison de la très grande fréquence d'hommes schizophrènes dans la génération précédente. Les résultats avaient montré une disposition génétique à cette maladie et les parents devaient s'assurer que leurs enfants faisaient attention à la consommation d'alcool et de drogue. Nous avions aussi un nombre inhabituel de troubles bipolaires parmi les femmes de la même génération, mais cela n'avait pas été testé. En outre, au moins la moitié de la génération plus ancienne de la famille était incontestablement alcoolique, tandis que le reste « ne refusait pas un petit verre » selon les mots d'un cousin. Quand on additionne la dynamique familiale, la pauvreté ainsi que tout ce qui en découle, plus une communauté resserrée, pas étonnant qu'ils n'aient eu aucune chance.

L'atmosphère changea, les mouettes criaient plus fort et je me retrouvai à la baie de Nigg. J'adorais m'y promener avec maman. L'endroit n'avait vraiment rien d'extraordinaire, juste quelques rochers et une petite plage. Il soufflait toujours un vent de tous les diables et donc pas question de barboter ou de m'enfouir dans le sable chaud et humide. Mais c'était un moment privilégié pour moi et maman, et nous n'y allions que lorsqu'elle était de bonne humeur. Je me souviens encore de sa démarche assurée en jean et sweat-shirt, cheveux courts, et de moi qui l'imitait avec un sentiment de fierté. Je me souviens de mon allégresse, de mon amour absolu, total, pour cette femme qui m'avait emmenée sentir la mer.

Tout paraissait tellement plus petit. Bien que ce soit un terrible cliché, l'impression n'en demeure pas moins vraie. J'avais toujours eu l'impression que la baie de Nigg était à des kilomètres, mais il me fallut moins de dix minutes pour y parvenir. En fait, la maison de ma grand-mère, celle de mon arrière-grand-mère Florrie, la mer, mon appartement, mon école, rien n'était à plus de vingt-cinq minutes à pied. J'étais stupéfaite d'avoir un jour vécu dans une telle communauté. De penser que plus de vingt cousins au second degré, et davantage encore avec leurs enfants, couraient partout dans Torry. Que j'aurais pu tomber sur des membres de la famille en allant à la boutique ou à l'école. Que j'aurais pu dire : « Je suis une Mackie » et les gens auraient su ce que cela signifiait, que j'aurais pu être en classe avec quelqu'un de ma famille. Maman est sans doute partie exactement pour ces raisons.

Notre cité n'avait pas changé. Toutefois, je ne me rappelais pas l'immense Centre de soutien familial au bord de la Dee et j'avais lu que la communauté d'Europe de l'Est d'Aberdeen s'y était installée. La cité avait donc tout de même un peu changé. Maman me disait de courir jusqu'à la boutique et de revenir le plus vite possible. Que c'était dangereux. Les ruelles et les passages me semblaient menaçants à l'époque – bouteilles cassées et sacs-poubelle éventrés ou débordants, vomissant des couches merdeuses et des ordures ménagères.

La pauvreté n'avait pas disparu. À l'unique arrêt de bus, à la limite de la cité, une vieille femme et une jeune mère avec un enfant dans une poussette patientaient. Je me souvenais d'avoir aussi attendu avec ma mère, même si nous allions plus souvent « à pinces » pour économiser un ticket. Peut-être était-ce la raison pour laquelle je ne reconnaissais pas la ville clinquante d'Aberdeen, maintenant comme à l'époque. Je ne suis pas réellement née à Aberdeen. Torry était un pays en soi. Je me demande ce qui serait arrivé si un peu de l'argent du pétrole avait été réinvesti à Torry au fil des ans. Si ses habitants avaient hérité d'une parcelle de ce lustre et de ce sentiment de prospérité. Quelle différence cela aurait-il fait de grandir dans ces conditions ? Quels auraient été les résultats pour les enfants qui auraient su que leur ville les trouvait dignes d'un environnement convenable comme tout le monde ?

Les étendoirs à linge communaux étaient toujours plantés dans le sol et je me revis courir au milieu d'eux comme dans un labyrinthe en criant, tandis que les vêtements claquaient au vent et que je me sentais de plus en plus perdue. Sur le passage le long de l'immeuble, je chevauchais mon ballon sauteur en me prenant pour une cow-girl écossaise, coiffée du chapeau de cow-boy juché de travers sur la tête de ma grand-mère qu'on voit sur la photo de mon troisième anniversaire.

Les rares personnes alentour qui sortaient leurs poubelles ou étaient penchées sur le capot ouvert d'une voiture me regardaient avec méfiance. Je m'étais dit que je me sentirais peut-être menacée, mais j'eus le sentiment que, pour eux, la menace venait plutôt des inconnus et je fis de mon mieux pour les saluer et sourire. J'étais assise sur un banc et je tapais des notes sur mon téléphone quand je remarquai une jeune femme portant un jean skinny et plusieurs foulards qui me fixait avec curiosité. Elle tenait un sac de courses et une bouteille de vin rouge, et ressemblait tout à fait au genre de personne qui aurait pu devenir mon amie si je vivais ici à présent.

Je pris ensuite la rue en pente bordée de petites maisons préfabriquées que ma grand-mère appelait les poulaillers. Derrière, je voyais l'immense terrain vague où il m'était interdit d'aller seule. Un souvenir me revint soudain : maman y avait fait un feu d'artifice impromptu. Elle avait sorti les fusées d'une boîte à biscuits et avait exigé que tous les enfants se donnent la main et reculent à une distance respectable. Cela ne ressemblait pas du tout au comportement habituel de ma mère, pour de nombreuses raisons, mais le souvenir était là.

Et toutes les deux traversant le terrain vague en rentrant de l'école. Elle me racontait que nous irions à San Diego voir ma grand-mère américaine. Que mon père paierait les billets et que nous ne reviendrions peut-être jamais. J'avais entendu la voix voilée et ravie de ma grand-mère Millie au téléphone public, qui m'avait envoyé un paquet contenant des petites tasses en plastique et une cafetière magique qui ne cessait de se remplir de café noir. Plus tard je trouverais chez mon père des cartes d'anniversaire et de Noël que ma grand-mère m'envoyait tous les ans où elle écrivait : « Embrasse pour moi mon petit ange », « Je pense tous les jours à ma jolie petite-fille et j'ai les larmes aux yeux » et demandait toujours des photos. Mon père ne nous les transmit jamais et, autant que je sache, n'envoya pas de photos. Il en voulait à sa mère jusqu'à ce qu'elle meure à San Diego de n'avoir pas eu les moyens de se faire soigner. Ce genre de ressentiment était apparemment une constante dans notre famille.

Je parcourus la longue rangée de ces maisons poulaillers jusqu'à mon école. J'aimais cueillir les baies de symphorine et les lancer par terre pour les faire éclater sous la semelle de mes chaussures d'école. Pendant quelque temps, maman venait à ma rencontre, me donnait une petite surprise et rentrait à la maison avec moi, à d'autres moments elle ne le faisait pas et j'en étais réduite à traîner jusque chez nous. Je ne me rappelle pas quelle attitude précéda l'autre, si les choses s'améliorèrent ou empirèrent.

À présent, je regardais les maisons, les décorations des jardins, les voilages, les poubelles qui débordaient, les haies bien taillées. Une des portes s'ouvrit et un jeune gars sortit, vingt ans tout au plus. Il portait une casquette de base-ball, un polo, un jogging flottant. Il avait l'expression dure, avide, des hommes avec qui j'avais grandi. Il leva la tête, croisa mon regard et, dans l'instant, je compris qu'il m'évaluait. Il cherchait à savoir si j'étais bonne à baiser, si j'étais une menace ou si je pouvais être utile, et se rendit compte que je n'étais rien de tout cela. Il passa son chemin et moi le mien. Je ne lui en voulais pas. C'était naturel. C'était la façon de survivre. Hypervigilance permanente. Recherche de poches de confort, de soulagement, de profit ou de choses qui risquaient d'exploser soudainement et violemment. Je suis certaine de le faire encore sans même m'en rendre compte.

Je vis mon école au loin, un bâtiment massif qu'on atteignait en descendant quelques marches, la façade arrondie bizarrement Art déco et le tout en granit gris foncé oppressant. Une grille était ouverte et je sentis l'eau de Javel avant de voir la nouvelle piscine – Tullos Swimming Baths – voisine de l'école.

Je fis le tour du terrain de jeux vide. Quand j'avais dit à maman que nous jouions à un jeu qui s'appelait chasse aux bisous et que les garçons remontaient nos jupes, elle m'avait demandé de ne plus y jouer, disant que personne n'avait le droit de me toucher, surtout pas les garçons. J'avais apporté des pièces de 2 pence à échanger contre un ruban de papier pour compléter une longue chaîne qui s'enroulait dans les couloirs comme un serpent arc-en-ciel. J'étais assez heureuse dans cet établissement, me sentant en général en sécurité comme souvent à l'école, du moins jusqu'à l'adolescence.

Je trouvais un peu magique de me trouver à l'endroit où j'étais quand je n'avais que quatre ans. J'aurais naturellement pu monter dans un bus ou un train et venir n'importe quand mais, malgré tout, il me semblait miraculeux d'être là, adulte, avec tout ce que j'avais fait et vu, et de me souvenir de l'enfant que j'avais été, si petite, si mignonne et presque sans histoires, qui jouait à la chasse aux bisous et à la marelle sur ces carrés peints de couleurs vives.

En traversant le terrain de jeux, je passai devant une petite aire de pique-nique un peu délabrée avec un banc. Je vis une femme, peut-être un peu plus jeune que moi, avec sa fille sans doute d'un peu moins d'un an. Ce n'était rien d'extraordinaire, elles étaient assises sur de grosses pierres au soleil et la femme parlait doucement, presque en chuchotant, à la petite habillée en rose qui se penchait et s'accroupissait contre les pierres, faisait quelques pas mal assurés et se balançait sur ses talons, mais ne tombait pas. Je les regardai et leur souris. La femme me rendit brièvement mon sourire et reporta son attention sur son enfant. Cela ne dura qu'une seconde, mais je sentis quelque chose remuer en moi à la vue de cette mère et de son enfant, à cet endroit où je voyais en même temps mon passé et peut-être mon avenir.

J'avais faim, mais manger signifiait marcher vingt-cinq minutes jusqu'à un immense centre commercial où je trouverais un Argos, un B&Q et un Asda, et si je voulais un bon repas il me faudrait retourner en ville. Il avait commencé à pleuvoir. La bruine insidieuse qui vous transperce avant même que vous vous en rendiez compte. Je ne voyais pas le moindre café ni boutique dans toute la cité. Juste un arrêt de bus à mi-chemin avec une publicité pour American Express – une femme en jean blanc savourant un expresso à la terrasse d'un café parisien. Je continuai à marcher en fulminant contre la publicité, une insulte dans un endroit comme celui-ci. Oui, je savais bien que des gens de la cité avaient des cartes de crédit, mais des cartes de crédit terribles avec des taux d'intérêt dignes de rançons d'usuriers et les numéros abrégés des huissiers, et qui servaient à payer la nourriture, les factures d'électricité, à réparer un lave-linge ou à acheter des chaussures pour l'école. Je pensais à toutes les fois où en grandissant j'avais pris conscience qu'il existait tout un monde que je ne pouvais même pas imaginer, où vivaient des gens qui profitaient de la vie, tandis que nous comptions nos sous pour voir si nous avions de quoi prendre le bus ou s'il nous fallait marcher de nouveau sous la pluie.

Sauf que, bien sûr, j'étais allée à Paris. Si souvent que j'avais perdu le compte. Mon livre y avait été publié et j'avais reçu ce prix incroyable. J'étais passée à la télé et j'avais eu des articles dans les journaux, une grande fête en mon honneur avec beaucoup de champagne, des petits éclairs et des canapés. Ensuite, nous étions allés dîner et le restaurant nous avait trouvé miraculeusement une bonne table et nous avait offert encore du champagne. C'était mon agente qui payait et, inquiète à l'idée que sa note de frais avait ses limites, j'avais commandé ce qu'il y avait de moins cher au menu, une soupe à l'oignon.

J'envisageai brièvement de faire demi-tour et d'essayer de sortir l'affiche de son cadre par principe. Mais j'étais en train de franchir la rivière et de m'éloigner de Torry, j'avais faim et j'étais fatiguée. J'entrai dans un café branché en bois blanchi, proposant du kombucha sur l'ardoise des spécialités. Je mangeai un scone végétarien, bus un americano et travaillai un moment sur mon Mac. Torry paraissait à des années-lumière, ma colère à propos de la publicité loufoque un peu gênante, les deux faces de ma personnalité obstinément séparées. Eau et huile.

10

CANTERBURY
1986

Nous avons pris le National Express pour Londres avant d'aller à Canterbury. Le voyage a dû être éreintant pour maman qui trimballait tout ce qu'elle possédait dans quelques valises et traînait une gamine effrayée qui pleurnichait.

Même si nous n'avions pas grand-chose à laisser derrière nous, c'était la première fois que je goûtais à l'abandon de ce qui faisait une maison et une vie : les assiettes dans lesquelles nous mangions nos frites, la grande chope en plastique rose que ma mère avait achetée en faisant le pari raté que je cesserais de renverser mon thé chaud et sucré, les rideaux adorés en velours orange que, même adulte, je continue à chercher. Ma grand-mère, mon oncle, mon école, mes copains – tous soudain envolés.

J'apprenais l'absence de permanence, j'apprenais qu'on peut se passer de tout. Qu'on peut se réveiller un matin pour s'apercevoir que la vie a changé radicalement.

Au cours de cet interminable voyage en bus jusqu'à Londres, nous nous arrêtions dans des stations-service et un vieil homme nous acheta une couverture de voyage écossaise. Ma mère racontait souvent cette histoire : « Il y avait encore les étiquettes. Toute neuve ! » disait-elle immanquablement et nous nous taisions toutes les deux une seconde en pensant à la gentillesse de cet homme. L'Homme bon mythique. Voir une jeune mère et son enfant dormir ainsi dans un bus et vouloir rendre leur voyage un peu plus facile – elle avait dû lui coûter beaucoup d'argent, cette couverture toute neuve, et a-t-on de l'argent à jeter par les fenêtres quand soi-même on voyage en bus ?

Je ne me rappelle rien de cette première visite à Londres. Je crois qu'il me reste le goût de la meringue au citron, la croûte de sucre sur ma lèvre, le picotement sur ma langue. Mais ce souvenir pourrait bien provenir lui aussi d'une autre époque.

Ce que je sais, c'est que nous sommes allées à la dernière adresse connue de mon père – il en avait toujours beaucoup, en général celles d'amis à lui ou de petites amies. Lynne, son amie/ petite amie du moment, ne fut pas ravie de nous voir. Elle nous hébergea pour la nuit, puis nous mit dehors.

Nous n'avons jamais su si mon père se cachait ou s'il n'était simplement pas dans les parages. Il était spécialiste des apparitions et des disparitions quand ça l'arrangeait et n'était jamais présent quand on avait besoin de lui.

Cette année-là, pour mon anniversaire, il m'avait envoyé un énorme livre de poésie, une coûteuse cape noire en laine et d'autres cadeaux ridicules et inadaptés pour une petite fille. Ces présents supposaient beaucoup d'argent et une méconnaissance complète de qui j'étais. Mais comment aurait-il pu me connaître alors que je ne lui parlais jamais au téléphone, que je ne le voyais jamais ?

Nous avons fini par prendre le bus pour Canterbury. Je soupçonne fortement que la raison en était le prix abordable du billet.

À un moment de ce périple d'Aberdeen à Canterbury, maman nous emmena à l'Armée du Salut et expliqua que nous n'avions nulle part où loger pour la nuit. Elle me raconta que le « gros con roux » s'était contenté de hausser les épaules, de lui donner une pile de couvertures et de nous envoyer promener. Ensuite, maman ne donna jamais le moindre penny à leurs orchestres de rue, même si j'insistais. Je ne me souviens pas de cette nuit ni des couvertures.

Quand nous sommes arrivées à Canterbury, ma mère appela un B&B après l'autre en consultant les pages jaunes de l'annuaire qu'elle avait emprunté dans une boutique voisine. Je la regardais faire de l'extérieur de la cabine téléphonique. Par miracle, elle nous trouva un endroit où dormir.

Au début, je crus qu'elle était gentille, Mrs Stone. Un personnage sorti d'un conte, une marraine fée ou une gentille sorcière qui nous sauvait de la rue.

Elle ressemblait à une enfant par sa taille. Plus petite que maman qui atteignait tout juste un mètre cinquante, mais beaucoup plus vieille. Je trouvais qu'elle ressemblait à un oiseau. Elle donnait l'impression que tout son corps était fait de brindilles fragiles et cireuses comme le bréchet du poulet que je cassais du petit doigt avec ma grand-mère à la fin du déjeuner du dimanche. Petits yeux noirs et brillants, jamais au repos, brushing en panache raide.

Mrs Stone riait beaucoup, penchait la tête et était

toujours soignée dans ses tailleurs pastel, comme une femme de la télé. Même quand elle portait des jeans, elle avait l'air sur son trente et un avec tous ses bijoux et son parfum qu'on sentait encore longtemps quand elle avait quitté la pièce.

Après la grisaille d'Aberdeen, cette grande maison majestueuse dans une rue convenable de Canterbury me donnait l'impression que nous allions habiter nous aussi dans un programme télé.

Je me souviens de maman assise sur la couchette inférieure des lits superposés qui prenaient la moitié de la chambre. Elle regardait Mrs Stone pendant que celle-ci énumérait les règles et que j'inspectais le plateau du petit déjeuner, son pain enveloppé dans du film alimentaire et ses irrésistibles petites boîtes de céréales.

La maison nous était interdite de 10 heures à 17 h 30 et il nous faudrait payer un « complément » pris sur notre aide sociale en plus de notre allocation logement. Mrs Stone nous apporterait en personne le plateau hebdomadaire du petit déjeuner qu'il faudrait aussi payer.

Je suis à peu près certaine que ma mère commença alors à comprendre que Mrs Stone essayait de nous baiser.

J'entendis le grognement familier dans la voix de ma mère, je vis sa bouche se pincer, ce qui signifiait qu'elle était sur le point d'« exploser ». Rien que d'y penser, je sens la panique dans mon ventre. Je ne comprenais rien, sinon que je voulais rester dans cette chambre chauffée, dormir dans les lits superposés avec ma mère et manger les céréales dans leurs petites boîtes de poupée. Je ne voulais pas retourner à la cabine téléphonique, dans un autre bus ou dans un autre café où nous ne pouvions nous permettre de ne prendre qu'une boisson. Je voulais rester dans cette histoire, dans cette chambre miniature qui appartenait à cette femme miniature et manger ces petits déjeuners miniatures.

Je ne compris pas que Mrs Stone, avec ses bagues en or et ses cheveux coiffés comme Alexis dans *Dynastie*, nous exploitait. Je ne compris pas que le plateau du petit déjeuner merdique dont elle semblait si fière nous coûterait le double, peut-être le triple, de ce qu'il lui coûtait et que, avec le supplément de loyer, il nous prendrait toutes nos allocations, dont le montant était déjà calculé au minimum pour vivre, et nous priverait de tout sauf des choses de première nécessité et souvent de celles-ci également. Je ne compris pas combien les longues journées où nous étions contraintes de quitter la petite chambre sembleraient vides et pleines d'ennui, ni à quel point j'aurais faim quand ma mère n'aurait plus assez d'argent pour acheter des casse-croûte parce qu'elle avait déjà payé deux livres une tranche de pain enveloppée dans du film alimentaire, une petite plaquette de beurre rance et une petite boîte de céréales que j'avais mangée trop vite le matin.

Je ne savais pas combien maman serait peinée de m'entendre me plaindre de ces journées froides et assommantes, dire que j'avais faim ou soif, la supplier de rentrer, de chercher un jouet ou de regarder la télé.

Mais j'ai vite appris et j'ai arrêté.

Je ne compris pas quand, au bout de quelques semaines, Mrs Stone m'apporta une pile de cadeaux d'anniversaire bien emballés et que maman en furie déclara : « Elle les a achetés avec notre argent. En réalité, ces cadeaux viennent de moi. »

Je finis toutefois par comprendre. Des années après notre départ du B&B, Mrs Stone devint la méchante de notre théâtre familial. Il nous arrivait même, dix ans plus tard, de nous asseoir autour de notre petit chauffage électrique et de la traiter de garce. Quand j'étais adolescente, ma mère me raconta que Mrs Stone avait été dénoncée comme marchande de sommeil dans *Watchdog*. Malheureusement, je n'en ai trouvé aucune preuve. Ce n'était peut-être qu'un vœu pieux. J'aurais bien aimé constater qu'elle avait eu ce qu'elle méritait.

Canterbury a été ma première expérience des « possédants ». Mrs Stone possédait. Elle possédait un endroit où nous loger, ce qui signifiait qu'elle avait du pouvoir et utilisait ce pouvoir pour gagner plus d'argent et plus de pouvoir, tout en s'assurant que ma mère et moi descendions encore un peu plus dans l'échelle sociale, tandis qu'elle offrait des cadeaux avec bienveillance et riait de son rire de clochette.

Je ne sais pas comment nous avons réussi à vivre toutes les deux dans cette petite chambre. Je me rappelle que grand-mère débarqua pour mon anniversaire, m'apporta comme cadeau une trousse de maquillage avec un bâton de rouge à lèvres rose brillant, et repartit tout aussi soudainement.

J'avais six ans et j'apprenais sans arrêt. Nous avons glissé encore plus bas sur le toboggan des critères de vie dévalorisants. Nous n'habitions plus dans un appartement à nous, avec nos meubles, dans une ville que ma mère connaissait et avec notre famille autour de nous. Nous étions seules avec juste quelques valises, plus pauvres que jamais.

Je pense que ma mère supposait naïvement qu'avec une enfant en bas âge elle obtiendrait un logement social. Et pourquoi ne l'aurait-elle pas cru ? On entendait tout le temps aux informations que les mères célibataires y avaient droit. Mais à Canterbury, on lui dit qu'elle se retrouvait « volontairement sans abri » après avoir quitté son logement social d'Aberdeen sans préavis. Pour eux, nous avions un « logement » chez Mrs Stone (même si, à mon avis, ce mot est très exagéré pour des lits superposés, un lavabo et une bouilloire de voyage).

Dès le plus jeune âge, presque avant de savoir écrire mon nom, j'étais capable de réciter toutes les subtilités du système d'aide au logement et d'allocations. Des termes comme les « points » (le nombre de points de logement qui correspondait à la durée d'attente avant d'être relogé), les « suppléments » (le montant qu'il fallait trouver en plus de l'allocation logement) et « volontairement sans abri » devinrent des éléments de mon vocabulaire. Maman me racontait tout et je posais des questions, assimilais les mots, apprenais comme tous les enfants.

Je ne sais pas combien de temps nous sommes restées dans l'asile de nuit de Mrs Stone. Je sais que j'ai commencé l'école, puis, je crois, j'ai quitté l'établissement pour un autre. Nous avons déménagé dans un autre B&B, plus loin du centre-ville, qui paraissait immense après celui de Mrs Stone. Tous les matins, en nous levant, nous prenions un petit déjeuner frit avec les autres occupants – une femme qui avait un cancer, un gros homme plus vieux qui venait de Londres, une jeune femme qui avait donné un rein à quelqu'un (« Putain, c'est bizarre », déclara maman). Nous dormions toujours dans des lits superposés, mais dans une chambre plus grande et moins meublée.

Je garde le souvenir que cet endroit ressemblait à une institution : Formica gris, odeur de détergent, impression déprimante de gens qui tuaient le temps, grandes tasses de thé au goût métallique et pour la première fois la saveur du pain frit sur ma langue. Tous les matins, je descendais en courant et le gros Londonien en T-shirt pas très net qui préparait le petit déjeuner me donnait une tranche supplémentaire.

Quand nous avons de nouveau déménagé pour notre dernier B&B de Canterbury, j'ai pleuré parce que je ne pouvais plus avoir de pain frit. Ce qui est drôle, c'est que je ne le supporte plus.

Il existe une hiérarchie des logements temporaires pour les sans-abri. Une échelle de la merde. Tout en bas se trouvait celui de Mrs Stone qui, bien que propre et chauffé correctement, était conçu par tous les autres aspects pour étrangler les clients le plus possible, pour réduire leurs journées à essayer simplement de survivre à cette expérience. Le suivant ressemblait à la salle d'attente d'un hôpital où l'on doit passer la nuit, dont la cafétéria ne sert que des petits déjeuners frits (ceux-là au moins étaient compris dans le loyer). Notre troisième B&B de Canterbury nous fit remonter sur l'échelle de la merde. Oui, nous vivions toujours dans une pièce unique au dernier étage, sans rien d'autre qu'un lit double et un lit de camp pour moi, mais la maison possédait un petit jardin où poussaient des perce-neige, il y avait un parc à côté où nous allions nous promener et un fish and chips avec une enseigne orange éclatante où j'entrais en courant pour demander un sac de « débris » (les restes de pâte à frire ramassés au fond de la vitrine en verre chauffée).

Le B&B était tenu par un homme qui s'appelait Majid et que maman semblait apprécier. Nous avions un placard personnel dans la cuisine et une impatiens que j'avais la permission d'arroser tous les matins, tandis que maman passait son temps à la table commune à bavarder avec les autres occupants. J'étais la seule enfant et les gens me gâtaient, disaient que j'égayais la maison.

Les choses semblaient s'arranger. J'ai assurément de bons souvenirs : jouer au parc, entrer chez le traiteur de la rue principale pour acheter quelques tranches de jambon avec des mouchetures de poivre et les manger à même le papier d'emballage, sauter depuis les plans de travail de la cuisine et jouer dans toute la maison comme si c'était la nôtre. Maman m'acheta quelques albums de *Twinkle* et quelques peluches d'occasion dans une boutique solidaire. Durant des mois je fus Nurse Nancy, je soignais mes poupées et mon lapin rose pâle à la fourrure tachée et aux moustaches en plastique mâchonnées.

Comme les os tendres et malléables des enfants, flexibles jusqu'à la cassure, recollés sans plainte, bien que pas tout à fait dans l'axe, j'ajustai ma notion de « maison ». Peut-être impliquait-elle beaucoup de monde, pas seulement maman et moi. Peut-être était-ce notre petite chambre, après tout, qui faisait que j'étais plus proche de maman.

Les insinuations selon lesquelles notre situation n'était pas rose venaient des autres. Réactions de la classe quand quatre ou cinq d'entre nous, qui mangions gratuitement à l'école, se regroupaient pour obtenir nos tickets verts, la honte que je ressentais dans mon ventre avant même de comprendre pourquoi. Mon amitié avec le garçon qui habitait à côté du B&B, dont la famille de trois personnes vivait dans une maison grande comme celle où s'entassaient de nombreux adultes. Ils avaient une grande boîte à biscuits remplie de bonbons et un jour je convainquis le garçon de m'en apporter quelques-uns. Quand sa mère s'en aperçut, je captai les émotions qui se succédaient sur son visage – je ne valais rien, une mauvaise influence, je n'étais qu'une gamine, une pauvre gamine qui vivait dans un foyer. Elle me demanda : « Tu les as volés parce que tu avais faim ? Si tu as faim, tu peux toujours venir ici demander un sandwich, nous te donnerons à manger, mais tu ne dois pas voler. » Je n'avais pas volé parce que j'avais faim. J'avais volé parce que j'étais une gamine et qu'il y avait une boîte pleine de bonbons dans un placard – quel enfant ne l'aurait pas fait ?

Peu de temps après, le garçon cessa de sortir jouer avec moi. Ce fut la première fois d'une longue série que je vis les parents de mes amis m'observer et désapprouver ce qu'ils avaient sous les yeux.

Maman trouva un travail de femme de ménage, payé en espèces. Elle m'emmenait avec elle, je m'installais à plat ventre et je coloriais. Aller dans cette maison – si propre, si friquée, si lumineuse – était comme visiter une autre planète. La femme, « appelez-moi Gillian », était correcte avec maman. Je suis sûre qu'elle cherchait à dépasser les frontières des classes sociales.

Gillian m'emmena un jour avec son neveu au concert d'une femme blonde d'âge moyen, peut-être Elaine Paige, puis dans un vrai restaurant chic pour manger une bombe au chocolat. Un verre de vin se cassa sans raison sur la table et, alors que je n'étais pas à proximité, Gillian et son amie me regardèrent comme si je l'avais brisé par la pensée. « Tu es sûre de ne pas l'avoir touché, Kerry ? » Si j'avais été plus vieille, je leur aurais demandé si leur propre sentiment de culpabilité n'était pas à l'origine de leur pauvre démonstration de bienveillance progressiste.

Gillian errait dans les nombreux étages de sa maison reluisante aux toilettes briquées à quatre pattes par ma mère. Toutefois, à la fin de la journée, maman recevait quelques billets maladroitement pliés et nous rentrions dans notre chambre de six mètres carrés, contentes d'avoir un peu d'argent. J'imagine qu'elles étaient aussi amies que le permet une situation où l'une paie l'autre pour nettoyer ses cabinets.

C'est à peu près à cette époque que maman commença à faire des « siestes ». Elle pouvait dormir des heures. Je pense aujourd'hui qu'elle était en dépression ; le fardeau des quelques derniers mois difficiles pesait sur elle et elle savait qu'elle pouvait enfin se reposer et que j'étais en sécurité dans cette maison. Je comprends pourquoi elle avait envie de se pelotonner en jean et T-shirt sous une couverture en chenille. De mon côté, je continuais à jouer à l'hôpital de poupées, à inventer des conversations avec mes jouets, à aligner mes crayons de couleur encore et encore jusqu'au début de soirée, quand maman se levait.

Lorsqu'elle se réveillait et m'accordait son attention, j'étais la petite fille la plus heureuse du monde. Elle lissait ses cheveux décoiffés par l'oreiller et m'emmenait au parc. Je me souviens encore de cette euphorie, de la façon dont je m'ouvrais à elle à la manière des enfants tout en glissant du haut de l'unique toboggan de l'aire de jeux.

Il s'appelait Richie. Il ne s'habillait pas comme les autres. Il ne portait que des survêtements kaki. Il me semblait géant, bien que je sache aujourd'hui qu'il était juste grand. Nous le retrouvions toujours à la cuisine où il avait élu domicile, les jambes écartées en fumant des petites clopes roulées et grises qui ressemblaient à des vers. Il n'était pas beau, avait des dents pourries, un gros nez, une tignasse blonde et bouclée. Mais il était écossais, sûr de lui et avait du bagou. Il pouvait se montrer charmeur, drôle. Il chantait à ma mère – « I dream of Jeannie with her light brown hair[1]». Ils jouaient au gin-rami, il lui proposait de boire un verre avec lui. Cela devait faire du bien à maman d'avoir de la compagnie, de l'attention.

« Il va prendre soin de nous », disait-elle. Il voulait que nous sachions qu'il avait été militaire. Il courait le matin, raison pour laquelle il restait assis en survêtement le reste de la journée. Il venait d'arriver et on avait l'impression qu'il avait toujours été là.

Il trouva un job de livreur de viande et, par le chemin des écoliers, il nous menait à un parc où je donnais à manger aux oies. Le congélateur se remplit soudain de viande et ma mère faisait cuire d'énormes rôtis le dimanche pour toute la maisonnée.

Majid quitta le B&B, et maman, Richie et moi nous installâmes dans son studio au rez-de-chaussée dont la grande porte-fenêtre donnait sur le jardin. Nous avions l'impression d'être dans un palais après notre petite chambre au dernier étage.

Richie nous conduisit dans une ferme où l'on cueillait soi-même les mûres qu'on payait au poids. Il cacha une barquette pleine dans son chapeau en toile et le jus rouge dégoulinait sur son visage en sueur tandis qu'il se tenait devant la balance, et que maman et moi le regardions faire en croisant les jambes pour ne pas pisser de rire.

J'émettais toutefois des réserves sur ce géant bizarre. Il était strict, il me grondait souvent, même si – les choses étaient claires à ce sujet – seule maman

1. Chanson de Stephen Foster (1826-1864). *(Toutes les notes sont de la traductrice.)*

pouvait le faire. Les enfants, on doit « les voir et pas les entendre » était son dicton favori, ainsi que : « Ne donne jamais une chance à un imbécile. » Il disait souvent : « Je ne lèverai jamais la main sur toi », comme s'il méritait une médaille. Il buvait tout le temps et donc maman aussi, et je détestais la voir boire.

Un jour mon père nous rendit visite brièvement et m'apporta un vieux violon d'enfant. Je pris des leçons à l'école, la main crispée pour tenter d'atteindre les petits autocollants orange, mais chez nous personne ne m'encouragea. L'instrument fut finalement mis en gage pour quelques billets de vingt. J'obtins à la place une fausse Barbie au corps orange et creux, un mini-service à thé avec des tasses de la taille d'un dé à coudre venant de la Maison de la presse. Maman et Richie passèrent un bon nombre de soirées à picoler et à fumer tout leur soûl.

J'avais vécu seule avec maman et maintenant cet homme avec ses manières étranges, ses opinions affirmées sur la manière de punir un enfant prenait toute la place, pétait et faisait des blagues à mes frais.

Tout de même, maman travaillait pour quelqu'un qu'elle aimait bien, elle riait davantage et avait cessé ses longues siestes. Nous vivions dans un petit appartement. J'avais quelques amis à l'école. Je me sentais chez moi. Une sorte de chez-moi, en tout cas.

Ils ne me dirent pas qu'ils allaient se marier, ils m'annoncèrent simplement que j'allais avoir un nouveau papa. Richie ne devait pas avoir dépassé la trentaine quand ils se rencontrèrent, mais il me paraissait tellement plus vieux. Il avait reçu une éducation stricte, avait une mère timide et des frères avec qui il buvait, se battait et faisait des blagues. Il avait travaillé comme ouvrier toute sa vie, avait été dans l'armée. Il avait ses habitudes, aimait se considérer comme l'idole de ces dames. Il lissait ses boucles blondes à la Brylcreem et ne se mettait jamais à l'abri pendant une averse. Il prenait plaisir à relever son col et à flâner avec un « calme olympien », comme il disait, en passant devant tous ceux qui se réfugiaient en se recroquevillant devant les magasins. Il adorait Laurel et Hardy, la musique classique, les mots croisés, les échecs et les cartes. Il voulait être écrivain et on le retrouvait souvent, ses jambes massives écartées, devant une machine à écrire d'occasion sur laquelle il tapait avec ses deux gros index aux ongles rongés. Je crois qu'il écrivait des poèmes à ma mère.

Il lui arrivait d'être gentil. Quand il le voulait, il pouvait se montrer patient avec maman les jours où elle partait en vrille. Je comprends pourquoi elle s'était cramponnée à lui, à sa rigidité, à ses points de vue démodés et tranchés sur tout, comme on s'accroche à un gros bout de bois après un naufrage.

Il aimait aussi tricher aux cartes, même avec sa belle-fille de six ans, obtenir quelque chose en truandant ou de la part d'idiots. Courir, fumer, boire et parier, même avec l'argent qui nous servait à acheter de quoi manger. Refuser obstinément de changer d'avis s'il avait tort. Prendre un travail et le quitter parce qu'il ne voulait pas s'emmerder.

Je l'appelais papa comme le voulait maman, mais nous étions tous trois enfermés dans un rapport de force constant. Il voulait être le chef de famille, exigeait le respect. Ma mère voulait un homme fort, mais n'avait jamais de sa vie respecté ni obéi à quiconque. Moi, je voulais un père, que ma mère soit heureuse, que nous soyons de nouveau seules toutes les deux et je n'acceptais pas cet étranger qui me disait ce que je devais faire.

Je crois qu'ils se sont mariés un mois ou deux après s'être rencontrés. Ce fut rapide, en tout cas. Je ne sais pas où ils ont trouvé l'argent, mais je me souviens que la bague de fiançailles a été mise en gage et rachetée au cours des quelques mois durant lesquels nous sommes restés à Canterbury. Ils se sont mariés au bureau d'état civil en présence de ma grand-mère, de Stewart, le frère de Richie – grand et maigre, aux cheveux argentés –, de ma tante Allie, de Gillian et de quelques occupants du B&B. Ma mère voulait que les invités soient habillés en bleu-vert pour la fête. Elle et ma grand-mère se sont disputées à ce sujet. Des années plus tard, quand nous parlions de cette journée, ma mère disait : « Et, même ce jour-là, elle n'a pas fait ce que je demandais. »

Je crois que Gillian nous a conduits au bureau d'état civil. Ou peut-être avons-nous juste pris un taxi. Un ruban décorait la voiture. Sur la seule photo qui existe, prise par Gillian, maman porte une robe fourreau turquoise d'occasion, une petite branche de gypsophile dans les cheveux. Je me tiens contre elle dans un ensemble vert clair acheté au marché et je serre ma poupée en porcelaine (encore un cadeau extravagant de mon père qui ne payait toujours pas la pension pour la nourriture, les vêtements et le logement) en plissant les yeux à cause du soleil. Je me souviens encore de la raideur de ce petit ensemble, de l'impression d'être exceptionnelle qu'il me donnait tandis que je tournoyais et que la jupe plissée en polyester bruissait comme pour chuchoter sans doute « ne t'approche pas du feu ».

Maman est très belle sur cette photo. Jeune et mince, comme un mannequin, elle sourit à l'objectif, pleine d'espoir. Mon nouveau père, une main dans la poche d'une veste beige achetée dans une boutique solidaire, la chemise un peu serrée sur le ventre, une cigarette roulée dans l'autre main, sourit aussi, un demi-sourire entendu, comme s'il venait de tirer son épingle du jeu. Ce sourire que j'appris vite à reconnaître quand il me faisait marcher ou qu'il marquait les cartes du gin-rami.

Après le mariage, il y eut une sorte de buffet au B&B. Tout le monde apporta une bouteille et nous nous entassâmes dans notre petit studio. Il n'y avait jamais eu autant à manger et je me gavai de chips et de minifriands. Gillian vint aussi et se percha, mal à l'aise, sur le bord du canapé. Elle n'avait pas apporté de bouteille (chose souvent rappelée quand on évoquait cette journée), mais elle offrit un cadeau, une planche en marbre avec un fil de fer pour couper des tranches de bons fromages. Comme si nous achetions régulièrement une part de brie pour la fin du repas. Nous l'avons emportée dans tous nos déménagements (après avoir essayé de la vendre sans succès) et nous nous en sommes servis pour couper nos gros morceaux de cheddar doux et suintant pendant des années.

Mon nouvel oncle Stewart chanta et joua de la guitare. Ma tante Allie, qui avait une jolie voix, chanta aussi, mais contrainte et forcée car elle avait toujours été timide. L'après-midi s'écoula, l'alcool suintait de tous les corps et les disputes commencèrent. À un moment, ma petite poupée en porcelaine fut cassée. Je dus dormir avec ma grand-mère alors que je voulais maman, ce qui me mit dans une colère noire.

Maman, Richie et moi avons quitté Canterbury et le B&B peu après le mariage. Comme d'habitude, il n'y eut guère de préavis avant le départ. Je ne sais pas pourquoi nous sommes partis. Richie voulait peut-être se rapprocher de sa famille. Il avait été viré de son travail quelque temps auparavant, donc ce n'était pas la raison. C'était peut-être la promesse inévitable et ténue d'un « nouveau départ ».

Nous avons chargé la plupart des meubles du B&B dans une camionnette de location. Je me rappelle mon indignation. Dans ma tête d'enfant, cela revenait à les prendre à la famille. Mon nouveau père rit aux éclats : « Il va falloir qu'on l'endurcisse. » Il répéta souvent cette phrase les années suivantes.

J'appris une nouvelle expression, « déménager à la cloche de bois », quand nous sommes partis à toute allure dans la camionnette remplie de meubles, de manteaux pour l'hiver et de chaussures pour l'école trouvés sur catalogue, défilant dans la stéréo une cassette de *La Guerre des mondes* que nous n'avions pas l'intention de payer et moi qui râlais parce que je voulais m'asseoir sur les genoux de maman.

Richie adorait conduire et prit le chemin des écoliers tout du long. Nous avons dormi sous la couette à l'arrière de la camionnette et avons mangé beaucoup de chips. Je me souviens d'un étrange pub désert aux murs rouge sang et d'une tête de cerf empaillée. Quelque part après Newcastle, ma mère se rendit compte que nous aurions dû prendre l'autoroute et non une route de campagne au milieu de collines majestueuses, car elle allongeait beaucoup le voyage. Elle le fit s'arrêter, cria qu'il n'était qu'un salaud égoïste et que c'était terminé.

Mais avait-elle vraiment le choix ? Elle était en rase campagne, sans un sou. Elle était aussi enceinte.

Nous sommes remontés dans la camionnette et, le temps que je mange un paquet de chips au fromage et aux oignons, ils s'étaient réconciliés. Nous avons poursuivi notre voyage sur cette petite route en fonçant vers le nord.

11

LIVERPOOL
2018

Deux semaines avant notre mariage, nous avons adopté un petit chaton noir. Je me sentais seule à la maison et j'avais envie d'aimer un animal. Nous l'avons appelée Dora car, bien que tenant dans la main de Peter, elle voulait explorer le moindre recoin de notre appartement. Puis, le 12 avril, j'ai épousé Peter à la mairie de Liverpool. Juste nous et deux amis chers comme témoins. Je portais une robe achetée vingt-cinq livres. Nous avons ri – « Grosses articulations », ai-je grimacé en m'efforçant d'enfiler l'alliance au doigt de Peter – et pleuré tout au long de la courte cérémonie dans la plus petite salle tout en haut du bâtiment. Nous avions préparé nous-mêmes un *persian love cake* et nous en avons distribué des tranches avec du champagne dans de petites tasses en plastique aux passagers du train qui nous emmenait au Pays de Galles pour notre nuit de noces.

J'avais toujours un peu redouté un mariage en l'absence totale de ma famille. Mais finalement, j'avais là tout ce qu'il me fallait.

Mon moment préféré fut quand je me maquillai

devant le miroir de la salle de bains à l'hôtel, le lendemain. Peter entra, une cafetière argentée à la main, et me versa une tasse. Il me prit par la taille, me donna un petit baiser dans le cou et sortit distraitement pour faire les bagages. Nous n'avions pas prononcé un mot, mais je savais que nous étions unis. Je n'avais jamais senti un sol aussi ferme sous mes pieds. Sentiment si bon et agréable qu'il se répandit dans tout mon corps.

12

CANTERBURY

2018

Je suis arrivée à Canterbury dans un bus National Express comme plus de trente ans auparavant. Le bus vomit ses passagers dans une gare routière encombrée au centre-ville. L'une des nombreuses choses qui n'avaient pas changé au cours de ces décennies, c'était bien les toilettes des bus. Je me dirigeai directement vers le grand magasin Fenwick. Son côté rutilant détonnait – maquillages de créateurs, sacs à main et crèmes pour le visage qui coûtaient aussi cher que mon loyer – après le bus qu'on ne prend, comme chacun sait, que si on est radin. On se sent fauché quand on prend le bus, comme si les économies étaient pompées par l'œil rotatif des climatiseurs qui crachotent en gémissant un air tiède. Adulte, j'ai souvent eu honte d'avouer que j'étais arrivée en bus – comme si ne pas avoir les moyens de prendre un billet de train constituait la preuve d'un manquement moral.

Devant les toilettes de Fenwick, une bande de collégiens qui avaient desserré leur cravate se tenait à côté d'un salon reconstitué : canapé en L rouge vif, table basse en verre et chrome, immense télé et tableau expressionniste représentant un champ de coquelicots. Ils formaient un groupe et bavardaient, l'une passait le pouce sur l'écran brillant de son téléphone. Mais un garçon restait en retrait, mains dans les poches, et regardait les meubles. Une des filles l'appela et il les rejoignit en secouant la tête : « Tu t'imagines vivre dans un endroit comme celui-là ? » Et après un dernier regard en arrière, il partit avec les autres.

Je le regardai s'éloigner, le cœur comme une pierre sous mes côtes. Parce que je voyais, à la façon dont on reconnaît son semblable, qu'il ne venait pas d'un milieu où le luxe d'un magasin comme celui-ci était accessible. Cependant, je projetais peut-être. Je savais trop bien comment on imaginait la vie des autres, l'envie et la haine simultanées. Je faillis le suivre pour lui dire qu'il pouvait avoir tout ce qu'il voulait, mais que le tableau des coquelicots était vraiment horrible et qu'il devait se souvenir que l'argent n'achète pas le bon goût.

Je me laissai guider par mon téléphone jusqu'à mon Airbnb qui promettait une « cachette bohème ». Une impression de déjà-vu me saisit en arrivant à un carrefour compliqué que je ne voyais pas comment franchir. Mes pieds me guidaient dans une longue rue. La dernière fois que j'avais pensé à cette rue, j'étais au Viêtnam et j'écrivais mon premier roman. Je l'avais recréée *bordée d'une succession ininterrompue de magasins vendant de l'alcool, de bureaux de paris et de marchands de kebab*. Si les boutiques paraissaient un peu moins moches – l'une ne vendait que des boutons de porte décoratifs –, c'était indéniablement la même rue. Je retrouvai la friterie, peut-être le traiteur où maman achetait cinq tranches de salami pour quelques pence et, oui, le brocanteur chez qui

Richie tentait continuellement de vendre tout ce qui pouvait avoir la moindre valeur, y compris, je pense, mon petit violon.

Stupéfaite d'avoir réservé une chambre dans mon ancien quartier sans avoir la moindre idée de son emplacement, je ne tins pas compte du bourdonnement insistant de mon téléphone m'indiquant quelle rue prendre. Tel un limier, j'explorai chaque ruelle, essayant de retrouver notre B&B, celui où maman avait fait sa fête de mariage et où nous avions vécu la grande tempête de 1987, assis dans la cuisine, mangeant ce qu'il y avait dans le congélateur et utilisant le four à gaz pour nous chauffer.

En sueur, traînant ma valise, je tournai rapidement dans une rue puis une autre, mais elles ne ressemblaient pas tout à fait à ce que je cherchais. Je me retrouvai, toute rouge et échevelée, à regarder aux fenêtres et à monter les marches jusqu'aux paliers pour voir si par hasard c'étaient ceux où nous nous tenions ma mère, Richie et moi, avec nos tasses de thé et d'où nous observions les martinets qui fendaient le ciel. Richie s'était tourné vers moi : « Ils volent le bec ouvert pour manger des insectes », j'avais répondu, furieuse : « Non, pas du tout ! Ils volent pour le plaisir. »

J'avais déjà une demi-heure de retard pour me présenter au B&B. J'obéis enfin à mon téléphone et suivis les rues qu'il m'indiquait. Le B&B était effectivement assez bohème : nombreux tableaux de nus et piles de beaux livres poussiéreux.

Je sortis en ville pour dîner. Même si, quand j'étais enfant, je trouvais belle la ville de Canterbury, en tout cas plus que Torry, mes souvenirs se limitaient à nos B&B, à ces rues miteuses et au parc où maman m'emmenait en début de soirée pour jouer sur l'unique toboggan, seul indice d'un terrain de jeux.

En marchant dans les rues pavées, en regardant les menus des bistrots et les vitrines d'innombrables boutiques d'artisanat, je trouvai inconcevable que tout cela ait fait partie de mon enfance. Sauf que, bien sûr, ce n'était pas le cas. Moi, je demandais des miettes au fish and chips, je m'occupais durant les attentes interminables au bureau d'aide sociale, je faisais grincer les lits métalliques superposés utilisés par d'innombrables sans-abri avant maman et moi.

J'entrai dans un café tapissé de velours, meublé de grands fauteuils et de miroirs dorés. Je commandai une galette au jambon de Parme avec du vinaigre balsamique et une théière d'Earl Grey. Mais tout cela me restait en travers de la gorge. Je me demandai à quel point ma vie aurait été différente si j'avais grandi dans un endroit aussi beau, doté de deux universités remplies de jeunes gens brillants qui allaient faire quelque chose de leur vie. Je me demandai de quelle manière ma vision du monde et de l'avenir aurait été affectée. Pourquoi maman nous avait-elle fait quitter cette ville où il semblait y avoir tant de possibilités et de perspectives pour le North Lanarkshire qui, même à l'époque, connaissait un déclin rapide ? Peut-être parce que Richie le voulait, mais je pensai alors au garçon qui rêvait devant le salon de Fenwick. Je pensai au psychologue de la London School of Economics à qui j'ai un jour parlé et qui disait que la comparaison était la source de l'insatisfaction. Que, selon une expérience, les mêmes personnes se sentaient riches ou pauvres simplement à cause de la place qu'elles occupaient sur différents éventails de revenus, alors que seules changeaient les tranches au-dessus et en dessous de la leur, mais pas leurs propres revenus.

En fait, la « studentification[1] » est devenue un problème à Canterbury. Les avantages que procurent deux universités prospères constituent, bien sûr, des bienfaits indéniables à la fois pour la ville et pour ses habitants plus pauvres – stimulation de l'économie (l'emploi pérenne dépasse la moyenne nationale), énergie apportée par les jeunes gens brillants, probabilité qu'au moins quelques-uns s'y installent, vote des jeunes ayant sans doute assuré la première victoire des travaillistes à Canterbury depuis un siècle aux élections de 2017.

Mais certaines difficultés sont très palpables. Le nombre de logements occupés par leurs propriétaires est le plus bas du Royaume-Uni (43 % seulement) et David Kemsley, vice-président d'une importante association de résidents, a récemment déclaré qu'il pensait que neuf cents maisons comportant plusieurs appartements étaient inoccupées, bien que plus de deux mille noms figurent sur la liste d'attente pour des logements sociaux. On comprend pourquoi les familles comme la mienne qui vivent dans des logements temporaires ou merdiques en viennent à en vouloir aux étudiants, même si, bien sûr, la faute en incombe aux propriétaires et aux universités. Les étudiants doivent bien vivre quelque part, mais laisser des maisons vides dans l'espoir que des locataires étudiants vont se présenter implique que les logements disponibles et bon marché sont bloqués, alors que des gens se morfondent dans le flou du statut officiel de sans-abri. Autre problème, beaucoup d'étudiants ne paient pas d'impôts locaux,

1. Concentration de logements étudiants.

ils n'ont en général pas d'enfants et les quartiers se transforment à cause d'eux et de leurs moyens – fermetures d'écoles primaires et ouvertures de night-clubs. Et souvent, mais pas toujours, ils ne s'impliquent pas dans la communauté locale car ils savent qu'ils sont seulement de passage.

Les statistiques de 2017 sur les profils de santé de Public Health England[1] relèvent des taux de séjour à l'hôpital pour consommation d'alcool et tentatives de suicide, de violence et de sans-abri reconnus plus élevés que la moyenne nationale.

Maman a peut-être été plus maligne que je ne le pensais. À Airdree, nous étions dans la merde, mais au moins presque tout le monde était dans la merde. On pouvait toujours obtenir un logement social dans le North Lanarkshire, car personne n'en voulait.

Je renonçai à manger, rentrai par les rues bruyantes, alcoolisées d'un samedi soir jusqu'à ma chambre, ses crânes de bélier et ses puces qui sautaient sans arrêt sur mes chaussettes. Je dormis du sommeil agité de ceux qui se trouvent loin de chez eux, dans tous les sens du terme.

Le lendemain matin, avant le petit déjeuner, je décidai de remonter la rue afin de voir si d'autres souvenirs me revenaient. Il faisait beau, le ciel était d'un bleu intense et le soleil illuminait tout autour de moi.

J'entendis les enfants avant de voir la grille. À l'intérieur, je découvris une aire de jeux flambant neuve avec tout ce dont on peut rêver : des toboggans de toutes les tailles, une structure pour grimper par de multiples voies

1. Agence du ministère de la Santé et des Affaires sociales du Royaume-Uni.

avec des filets, des tunnels et des cachettes, trois types de balançoire dont une ronde et plate pour s'allonger en regardant le ciel, des animaux en bois sur ressort et une tyrolienne.

Au milieu du parc, quelqu'un avait laissé une pomme sur le tronc d'un arbre abattu, large d'environ un mètre cinquante. Je posai les mains sur le bois tiède. J'avais bien connu cet arbre, j'avais joué dessous et posé la tête sur les genoux de ma mère dans son ombre mouchetée. J'avançai jusqu'à l'endroit vide à présent où se trouvait mon toboggan. Je ne me souviens d'aucun autre enfant dans ce parc, seulement de moi et maman, du vieil arbre qui nous abritait et du toboggan vert en métal rouillé avec les bosses faites par les talons des enfants sur la pente argentée et brillante.

Je m'assis un moment sous un arbre et regardai les enfants jouer, les mères traîner les poussettes d'un endroit à un autre, un œil constamment sur leurs bambins, une main toujours tendue, même si elles les laissaient grimper sans intervenir.

Je dois peut-être accepter d'être beaucoup de choses à la fois, me dis-je en quittant le parc pour me retrouver dans la rue passante qui avait jadis constitué toute ma vie.

13

AIRDRIE
1987

Des gris humides, des verts mousseux, un centre-ville encombré, un amas concentré de boutiques et de cafés toujours embrumés par les fontaines à thé et la fumée des cigarettes, telle fut ma première impression en arrivant à Airdrie.

Il était peu commode pour la famille de nous accueillir, ma mère et moi. Le frère le plus proche de Richie, Stewart, qui était venu au mariage, un homme grand et maigre aux yeux bleu clair, un Paul Newman du Lanarkshire, vivait dans ce que Richie appelait sa « piaule de célibataire » pas loin de chez leur mère.

Stewart était souvent au chômage, aimait les cartes et la picole comme son frère. Richie lui fit un jour couper la jambe de son pantalon à la suite d'un pari. Il avait couvert tout un mur du salon de son petit logement social d'une photo représentant un moulin à eau dans une forêt.

L'appartement de leur mère, ma nouvelle grand-mère, était arrangé de la même manière que celui de Stewart : un tout petit salon, une chambre, une salle de bains, une cuisine minuscule et, derrière, un long jardin étroit apparemment toujours couvert de givre. Mais chez « Grannie Pat » l'air sentait les biscuits sablés et les légumes trop cuits.

Après avoir mis en place sa photo de moulin à eau, Stewart en avait installé une dans le salon de sa mère : un coucher de soleil sous les tropiques avec palmiers, vagues turquoise et horizon couleur mangue et pastèque. En arrivant, je me dis que je n'avais jamais rien vu d'aussi beau. Je m'allongeais devant sur la moquette peu épaisse qui sentait le moisi, imaginais que je me dorais au soleil, et que j'allais bientôt me lever d'un bond dans cette petite pièce froide et courir plonger dans les vagues. En écrivant ces mots, j'éprouve une sorte de triomphe d'en avoir fait exactement autant, une fois adulte, sur plus d'une plage tropicale lointaine, comme si avoir tant désiré ce rêve l'avait rendu réel.

Bruce, le frère aîné, avait un vrai travail, quelque chose d'important, peut-être en rapport avec l'industrie du gaz ou du pétrole. Richie et Stewart le décrivaient comme « plein aux as ». Ils l'appelaient *The Big Yin*[1], mais on sentait qu'ils lui en voulaient un peu d'avoir ce qu'eux n'avaient pas.

Nous avons d'abord habité chez Grannie Pat, entassés dans son appartement. Elle devait avoir dans les soixante-dix ans et, en y repensant, je crois qu'elle était atteinte d'un début de démence sénile. Elle était très croyante et son visage profondément ridé et bizarrement hâlé, comme un sac en papier froissé, faisait vingt ans de plus que son âge. Son dentier était d'un blanc éclatant et les mèches de ses cheveux entouraient sa tête comme une auréole. Elle avait l'air d'un savant fou retiré en Floride.

1. Surnom de l'acteur Billy Connolly.

C'était une femme douce, calme. Elle s'arrêtait souvent au milieu d'une phrase et sa voix déjà basse se transformait en chuchotement, s'estompait, mais avec une expression qui vous suppliait de comprendre et de la libérer du supplice de former plus de mots.

Elle s'était mise à découper tout ce qui lui tombait sous la main – les taies d'oreiller, ses vêtements, les torchons – puis à recoudre. Toutes ses robes avaient été coupées en deux et recousues à grands points, comme si elle réalisait un projet artisanal. L'une des pires disputes entre maman et Richie surgit parce qu'elle avait découpé et recousu ses « torchons du mariage ». Maman était certaine que c'était par malveillance, « elle sait très bien ce qu'elle fait », mais Richie lui avait répliqué : « Elle les a recousus, non ? »

Ma nouvelle grand-mère était ravie de la présence d'une enfant chez elle et du retour de son petit garçon. Elle fut peut-être moins contente quand elle découvrit que je disais et faisais largement ce que je voulais, que « voir et ne pas entendre les enfants » était pour moi un oxymore.

Elle était certainement moins ravie de voir ma mère en jean et pull, avec sa coupe de cheveux maison, jurer, picoler, fumer, rire de son rire tonitruant et se mettre dans des colères encore plus bruyantes. Ma mère saturait l'atmosphère d'une sorte de révolte. Ma mère, qui s'était enfuie à Londres, qui avait vécu dans des squats, qui aimait les punks et avait de drôles d'idées sur le rôle des femmes, qui avait elle-même une mère peu commode et n'avait pas besoin de se voir désapprouvée par une autre, n'était pas faite pour vivre dans une maison catholique stricte. Ces femmes n'auraient pas dû vivre ensemble dans ce petit appartement. Elles n'auraient même pas dû se côtoyer.

Elle était toutefois gentille avec moi, Grannie Pat. Elle cherchait toujours dans son porte-monnaie une pièce de 20 pence bien brillante ; elle me montrait comment faire du porridge, un disque lisse et salé flottant dans du lait sucré. Elle m'emmenait à l'église, espérant peut-être qu'il n'était pas trop tard pour moi.

Je me demande comment nous dormions. Je suppose que maman, Richie et moi prenions le lit double et qu'elle s'installait sur le canapé. Lentement, maman et moi avons occupé en regimbant ce monde de pain moulé, d'œufs, de frites et de haricots. Ce monde où « on ne prononce pas le nom de Dieu en vain », où Richie allait au pub Dillets, au bureau de paris ou chez Stewart pour boire et jouer aux cartes. Et maman voulait y aller aussi, mais elle était coincée à la maison à cause de moi et s'inquiétait de l'argent dépensé. Ce monde de processions et d'un nouveau bureau d'aide sociale. De fréquentes disputes entre maman et Richie. Du parc et du choix à faire entre les Celtic et les Rangers sans comprendre pourquoi la mauvaise réponse me valait d'être poursuivie jusqu'à la maison. Ce monde où le froid semblait dépouiller mes jambes de leur première couche de peau. Ce monde de « ruées » après les mariages où les enfants du lotissement attendaient devant l'église que les invités lancent des pennies qu'ils attrapaient en se bousculant. Ce monde où je compris, tout comme maman, que nous nous étions fourrées dans une petite boîte grise et froide qui ne nous convenait pas du tout. Au sein d'une famille traditionnelle, catholique et patriarcale, dans une ville où nous ne connaissions personne et ne comprenions ni le pourquoi ni le comment de ce qui se passait.

Mon beau-père me disait sans cesse : « Tu sais ton problème ? Tu es trop sensible. Il faut t'endurcir. » Ma mère reprit elle aussi cette injonction. Et c'était vrai, j'étais trop sensible pour la violence primaire de la cité, les cris, la bousculade pour ramasser des pièces, qu'il y ait ou non un mariage ce jour-là. J'étais trop sensible pour grandir dans une maison où ma mère était profondément, désespérément, furieusement malheureuse avec un homme qui, je crois, m'en voulait d'être une bouche de plus à nourrir alors qu'il aurait pu dépenser cet argent en vin Buckfast et en clopes. J'étais trop sensible pour les aires de jeux et les gamins qui se moquaient de mon drôle d'accent et de mes vêtements.

Je me trouvais en porte à faux, aussi bien à l'intérieur qu'à l'extérieur, avec comme options pleurer, me battre ou disparaître. Je pleurais, je me battais et j'enrageais tout le temps. Mais au moins, je n'ai pas disparu.

Nous avons déménagé dans un logement social en sous-location, celui d'un ami d'ami d'ami. Je m'en souviens mal : comme toujours le chauffage électrique à quatre barres, la moquette marron à l'odeur aigre, les meubles d'occasion vieux d'au moins dix ans. Il y avait des bibelots en bois sculpté qui devinrent mes jouets préférés. En revanche, je me souviens très bien du stress permanent car il ne fallait pas que nous soyons découverts sous peine de nous retrouver à la rue, des mensonges à apprendre pour justifier notre présence. J'ai commencé à aller à l'école et j'en suis partie quand on nous a attribué notre appartement « permanent ». Et quel appartement !

Il y a une grande différence entre vivre dans une cité quand on est bébé ou quand on a trois, quatre ans, et quand on en a sept. Jusqu'à cinq ans, le monde est un mélange de confusion et de plaisir, et tout peut s'arranger quand on se réfugie sur les genoux de sa mère, la tête sur sa poitrine, en respirant son odeur qui représente le foyer. Les jours passent pêle-mêle et les mauvais moments sont ressentis avec une brusque intensité, puis oubliés grâce à une barre chocolatée, un petit dodo ou une émission à la télé – du moins ils paraissent oubliés. Le fait que j'écrive ce livre indique que ces moments d'intense émotion s'enfouissent profondément en attendant leur tour des dizaines d'années plus tard.

À notre arrivée à Airdrie, si je tombais, si j'avais faim, si j'avais peur, si j'étais excitée, je courais encore dans les bras de ma mère. Quand nous avons emménagé dans ce nouvel appartement, ce fut comme si on m'avait donné des lunettes et ce qui jusqu'ici me semblait flou, ce dont je ne distinguais que la forme vague, m'apparut plus clairement. Les lunettes n'étaient pas parfaites car je ne comprenais pas encore les détails, la construction, la composition des choses, mais je commençais à me rendre compte que tout n'allait pas pour le mieux. Que peut-être maman ne pouvait pas toujours me protéger. En fait, qu'il me faudrait peut-être la protéger, elle.

Notre appartement se trouvait en haut d'une des nombreuses tours de Balquider Court à Holehills, entourées d'endroits aux noms tels que Thrashbush. « Hellholes[1] », disait ma mère, « Thrustbush[2] ! » Elle renversait la tête en arrière et riait tandis que Richie restait de marbre et ôtait de sa langue un brin de tabac avec ses gros doigts. Il voulait que sa femme se comporte comme une « dame ».

En écrivant ces mots, j'ai trouvé une photo d'archives

1. Littéralement : trous de l'enfer.
2. Littéralement : buisson de grives.

de Balquider Court et du local des poubelles en béton, juste à côté, dont je sens encore l'odeur – une odeur de paillis, animale, qui me reste dans le nez. Les tours, plus petites que dans mon souvenir, ne sont pas des doigts gris pointant tout là-haut dans le ciel, mais des immeubles ternes de seulement six ou sept étages.

Notre appartement sentait la peinture fraîche et la fumée de l'incendie qui avait fait partir les anciens locataires et nous avait donné un endroit où habiter. Ma mère n'en voulait pas et, pour la rassurer, Richie cloua au mur près de la fenêtre un grand rouleau de corde orange en nylon.

« Pour quoi faire ? demanda maman.

— On jette les couvertures, les matelas et on descend avec la corde.

— On va se tuer. »

Richie se tourna vers moi en souriant. « Quelques os cassés n'ont jamais fait de mal à personne. »

L'appartement semblait très grand après celui de Grannie Pat et la sous-location, mais personne ne voulait vivre en haut d'un immeuble dont les ascenseurs ne marchaient jamais et avec le local des poubelles juste devant l'entrée. L'ascenseur était couvert de graffiti et sentait la pisse. Une odeur de désinfectant se dégageait toujours d'un palier et j'étais triste pour la femme, car c'était certainement une femme, qui sortait tous les jours avec son seau afin d'essayer désespérément de freiner la détérioration de l'immeuble et des alentours de son appartement.

Des garçons entraient dans le local des poubelles avec de vieilles raquettes de tennis et des planches de bois. Ils délogeaient en les frappant les petits oiseaux qui nichaient dans les poutres. Maman descendait et leur criait dessus. J'étais très fière d'elle et la trouvais très courageuse. Richie ne bougeait jamais de sa chaise et de sa petite table sur laquelle s'étalaient son papier à cigarettes, son tabac, son Buckfast qu'il buvait dans un petit verre comme si c'était un bon vin français.

Ces locaux de poubelles furent apparemment démolis à la fin des années quatre-vingt, sans doute à cause de la vermine et du fait qu'ils constituaient un désastre sanitaire. La présence de monceaux d'ordures qui pourrissent au milieu de six immeubles d'habitation, là où jouent les enfants, comme un jardin plein de détritus devant une maison, est un marqueur accablant des quartiers pauvres.

Peu après notre emménagement à Balquider, le ventre de maman commença à grossir à cause du bébé. Je jouais dans le lotissement où la question des Rangers et des Celtic demeurait la plus importante à laquelle il fallait répondre. Je me fis quelques amis, j'allais à l'école. Je me mis à fouiller dans les bennes à ordures et trouvai un kit à moitié complet « Fabrique ton ours en peluche », dont je me servis pour coudre des vêtements en fausse fourrure orange à ma Barbie. Aux anniversaires je dansais sur les chansons de Yazz. Je voulais être danseuse ou styliste.

En montrant nos livrets d'aide sociale, nous avons reçu des boîtes de conserve de viande sans étiquette et d'énormes morceaux de fromage distribués à l'arrière de camionnettes qui faisaient le tour de la cité. Richie arriva en paradant comme s'il portait un cerf primé sur les épaules, mais maman refusa de servir la viande en disant qu'on ne savait pas quelle saloperie contenait la boîte. Nous nous lavions, corps et cheveux, avec la même grande bouteille de Fairy Liquid qui servait à nettoyer nos vêtements, la maison et la vaisselle. Mais nous avions un tourne-disque et un magnétoscope

Betamax grâce auquel Richie regardait *Rambo* sur un écran coupé en deux par une ligne sinueuse de parasites.

Richie et maman se disputaient toujours plus. Il disparaissait régulièrement, souvent plusieurs jours de suite. Nous avions parfois de l'argent – quand Richie gagnait au bureau des paris –, mais la plupart du temps nous n'en avions pas. J'appris à imiter ma mère quand je sortais avec Richie – « Maman a dit que tu ne dois pas dépenser de l'argent pour parier. Maman a dit d'acheter du pain, pas un Pot Noodle ». Je l'asticotais comme une petite femme, aussi énervée et impuissante que la vraie.

Ma grand-mère d'Aberdeen nous rendit visite à la fin de la grossesse de maman, mais elle partit brusquement au bout de quelques jours durant lesquels ils picolèrent tous ensemble. Maman essayait de peindre une chambre pour le bébé et criait qu'ils se liguaient contre elle « comme des larrons en foire », tandis qu'ils buvaient tous ensemble jusque tard le soir. La peinture fut projetée à travers la pièce ou peut-être était-ce une autre fois. À mon avis, maman pensait que grand-mère draguait Richie. Ça ne m'aurait pas étonnée de sa part.

J'eus finalement une sœur. Un petit paquet aux beaux yeux bleus. Maman resta à l'hôpital pour se faire ligaturer les trompes. Quand elle rentra, on me demanda de ne faire aucun bruit pour ne pas la déranger. Richie s'énervait de plus en plus souvent contre moi. Je comprends aujourd'hui que mon beau-père paniquait sous le poids de ses responsabilités qui s'opposaient fortement à son besoin de ne penser qu'à lui-même.

J'avais sept ans quand elle naquit. J'adorais ma sœur. Je lui achetais des sucettes avec mon argent de poche, sachant qu'elle ne mangeait rien de solide. Je rentrais de l'école en courant tous les jours pour lui donner son biberon. Je la traitais comme si elle était ma petite poupée. Un jour, elle glissa du lit et se brûla le nez sur la moquette. La marque resta des mois et elle gagna son surnom, Cherry Nose.

Des signes, très nombreux, montraient que tout n'allait pas bien à la maison, mais quand on est enfant le malaise se manifeste surtout par des maux de ventre sans raison, la perte du sommeil, le fait d'avoir faim en sachant qu'on ne doit pas demander quelque chose à manger en plus.

Ma mère dut s'absenter pour les obsèques de son oncle Robert, un alcoolique qui, s'il faut en croire la légende familiale, se rendit après avoir picolé au foyer pour enfants dans l'intention de leur donner de l'argent à l'approche de Noël, se vit refuser l'entrée par le personnel et fut renversé par une voiture en traversant la rue. C'était ce qui ressemblait le plus à une histoire de martyr dans la famille et tout le monde était ravagé par la nouvelle. Comme chaque fois qu'elle voyait sa famille d'Aberdeen, maman revint livide, épuisée et manifestement pas bien, même aux yeux d'une petite fille de sept ans. Il y avait évidemment eu une dispute aux obsèques. Je n'ai jamais vu de famille où l'on se disputait autant que dans la mienne. Comme s'ils luttaient pour leur vie.

Pendant l'absence de maman, Richie perdit l'argent de nos allocations et nous avons dû aller au bureau d'aide sociale pour obtenir une allocation d'urgence. Il prétendit que l'argent était tombé de sa poche arrière. Ma mère lui jeta à la figure le grand faitout de pommes de terre au curry qui devait nous permettre de dîner toute la semaine. Un tel geste n'arrangea rien, mais comment lui en vouloir ?

Je crois qu'à cette époque elle bouillait de rage, de déception, de tristesse. Je ne sais pas ce que les voisins ou mes institutrices percevaient quand ils me regardaient, mais ils auraient dû voir une famille qui implosait, qui galérait, qui tenait à peine.

La première fois que Richie partit pour de bon, ma sœur n'avait pas un an. Il sortit au milieu de la nuit en ne nous laissant rien, sinon un long trajet jusqu'au bureau d'aide sociale où il nous fallut demander une autre allocation d'urgence.

Les gens de l'aide sociale avaient raison sur un point : il semblait vraiment y avoir toujours une urgence chez nous.

Nous avons emménagé dans un autre immeuble d'une autre cité d'Airdrie, mais suffisamment proche pour que je ne change pas d'école. L'appartement était au rez-de-chaussée. Je pense qu'il nous avait été attribué parce que maman était parent isolé et qu'on ne pouvait pas lui demander de monter l'escalier avec les courses et la grosse poussette antique de ma sœur.

C'était un vieil immeuble et l'hiver était rude. L'humidité s'infiltrait par les fenêtres où s'accumulait un magma noir immonde, qui grimpait sur les murs. La peinture laquée que ma mère trouva en solde ne fit qu'aggraver les choses. Se sécher après un bain, se changer, manger, toutes ces activités se déroulaient le plus près possible du radiateur électrique à quatre barres du séjour.

Maman se mit à faire de la pâtisserie en suivant les recettes d'un livre de la bibliothèque avec des petits paquets de farine et de sucre trouvés en ville. Durant quelque temps, il y eut toujours des biscuits et des gâteaux. Difficile d'imaginer que nous, enfants d'une cité, mangions de délicats palmiers enrobés de sucre, faits maison, dans notre appartement humide.

Cette année-là, nous avons eu un beau sapin de Noël et nous avons adopté un chat noir que nous avons appelé Squeak 2. Mon père vint nous voir et tout avait l'air d'aller bien. Nous avons fait une bataille de spaghetti hilarante, tellement drôle, jusqu'à ce que, en plein milieu, maman se mette à crier, furieuse, que nous avions fichu la pagaille, alors que c'était elle qui avait commencé. Mon père ne resta qu'un ou deux jours, mais veilla à laisser un bon souvenir en m'offrant une paire de bottes de cow-boy, en cuir blanc avec des franges, qui me valut un moment une certaine popularité auprès des autres filles.

Je ne sais pas quand Richie réapparut. Je ne me rappelle pas s'il habita avec nous ou dans sa famille. Je me souviens seulement de la dispute. Maman et lui, debout dans le parking sombre et vide d'un pub, chacun hurlant que ma sœur lui appartenait, et moi qui leur criais d'arrêter jusqu'à ce qu'un autre adulte m'écarte. Dans ce pub malfamé, à la limite d'une cité difficile, je me souviens de l'effroi gravé sur le visage de l'assistance. Je compris que c'était sérieux car il en fallait beaucoup pour choquer les gens du quartier.

Une autre fois, peu après, alors que Richie était de nouveau parti, maman passa une soirée à picoler avec les voisins du dessus. Une fois redescendues chez nous, nous avons farfouillé dans la boîte à biscuits où il ne restait plus que des morceaux de sablés et peut-être un ou deux biscuits de Nice. J'étais, comme toujours, furieuse contre ma mère à cause de sa perte de contrôle, de ses insultes, de sa tête qui dodelinait et de son rire énorme. J'avais mal au ventre. Je lui lançai un petit biscuit en criant : « Tu es soûle ! » Elle rit, alors je lui en lançai un autre. Je ris aussi et continuai à lui en lancer. Et tout à coup, elle se mit à me détester.

Elle me traita de petite conne égoïste, de vilaine petite garce. Elle grondait, trop ivre pour élever la voix. « Allez, va-t'en. J'en ai marre de toi. » Je lui criai certainement que je la détestais, qu'elle était méchante. « Oh, tu me détestes, hein ? » Elle me traîna au-dessus, chez les voisins. Je me mis à pleurer, déroutée.

Les voisins ouvrirent la porte avec un sourire qui s'effaça dès qu'ils comprirent que ce n'était pas une visite de courtoisie. Ma mère déclara qu'elle ne voulait plus de moi. Qu'ils devaient m'héberger jusqu'à l'arrivée des assistantes sociales le lendemain. Ils tentèrent de la raisonner. Non, elle en avait marre, j'étais une petite conne ingrate.

Derrière les voisins, se tenaient leurs enfants en pyjama, abasourdis. Une vague brûlante d'humiliation m'envahit. Finalement, la mère de famille me fit entrer, me donna un pyjama. Le lendemain matin ou peut-être le soir même, les gamins, horrifiés à l'idée qu'on pouvait abandonner un enfant, me demandèrent : « Qu'est-ce qui va se passer ? » Je répondis : « Je ne sais pas, elle ne veut pas de moi. – Et ta sœur ? » Je haussai les épaules et répétai : « Je ne sais pas. »

Ma mère monta le lendemain matin, pâle, les cheveux lissés en arrière après une douche. Elle s'excusa auprès des voisins et me ramena chez nous. Elle me dit qu'elle ne me ferait jamais de mal, qu'elle m'aimait, qu'elle ne recommencerait jamais plus. J'ai dû lui demander de ne plus boire, je le faisais toujours. Mais je ne me souviens pas de sa réponse.

Peu de temps après, en rentrant à la maison, je la trouvai en train de faire les bagages avec la frénésie habituelle qui accompagnait un « nouveau départ ». Nous avions reçu une carte postale de Richie, au dos de laquelle figurait sa grosse écriture au stylo. Il était à North Shields. C'était un « endroit génial ! » avec « des tonnes de boulots ! » Nous avons donc fait nos bagages et sommes montées dans un autre bus National Express vers une autre destination.

14

AIRDRIE

2018

Le Love N Light Recovery Cafe était hébergé dans une église, pas très loin de la gare d'Airdrie. J'avais cherché sur Facebook le groupe de la communauté d'Airdrie et j'étais tombée sur le café de Bill et Julie.

J'y suis allée directement en sortant de la gare, car je tenais à éviter pendant encore une heure d'affronter mon passé. Le ciel d'Airdrie était aussi bas et chargé de pluie que dans ma mémoire, ce que je trouvais quelque peu réconfortant. En entrant, je vis une femme vêtue d'un T-shirt rouge avec au dos le mot « RECOVERY ». Elle avait l'air un peu stressé. « Ne laissez pas traîner votre sac », dit-elle. J'ai supposé qu'elle était Julie. Je me suis approchée, mais elle a levé une main et secoué la tête.

« Allez voir Bill. J'ai une réunion de femmes. »

Un gros homme portant une veste North Face et en pendentif une lourde chaîne en or avec des mains en prière apparut. Il avait le crâne rasé, un visage qui en avait manifestement vu d'autres et des yeux bleu clair qui cherchaient constamment le contact. Il se présenta. Je lui expliquai que j'avais vécu dans le coin quand j'étais petite et que je voulais rencontrer des gens qui me racontent leur expérience pour le livre que j'écrivais.

Bill parlait avec un fort accent, mais doucement pour un homme aussi gros. La première chose qu'il me dit, c'est qu'il était lui-même un ancien toxicomane, « un ancien cocaïnomane, héroïnomane… et tout le reste ».

Je lui demandai comment le café avait été ouvert.

« Un comité a identifié un besoin dans le North Lanarkshire. Pour les familles et les enfants qui ont connu la tourmente de l'addiction. On a remarqué que personne ne faisait rien pour eux. Je crois que c'était écrit. Je crois en l'univers, en Dieu, quel que soit le nom qu'on Lui donne. Je crois que c'était une intervention divine. »

J'étais mal à l'aise, comme chaque fois que je me trouve avec des gens croyants. Je ne veux pas avoir à repousser leurs avances bien intentionnées pour sauver mon âme. Mais il affirma qu'il ne voyait pas cela comme étant du domaine de la religion.

« Si vous voulez mettre une étiquette, disons que c'est spirituel. Mais nous employons rarement ce terme dans la communauté. Spirituel dans le sens de tout ce qui contribue au bien d'autrui ou de la communauté. »

Il me fit faire le tour de la petite pièce et me présenta quelques volontaires, deux adolescentes, l'une aux cheveux roses comme ceux d'une Barbie, l'autre avec un appareil dentaire, toutes deux portant les mêmes T-shirts rouges. Tous les samedis, de midi à 16 heures, les Love N Light servaient des repas aux familles affectées par une addiction et proposaient des ateliers, parfois de la musique ou des divertissements. Des tables à tréteaux étaient dressées, l'une où se trouvait de la documentation sur le développement personnel consacrée principalement aux douze étapes, la « bibliothèque du rétablissement » comme ils l'appelaient, une autre où une femme tricotait des vêtements compliqués pour bébés qu'elle offrait à ceux qui en avaient besoin, une autre encore était chargée de paquets de pain donnés par un supermarché et que les visiteurs pouvaient emporter.

À l'extérieur, près de l'entrée plus calme, Bill m'expliqua que le but n'était pas seulement d'aider les toxicomanes, mais aussi leurs familles, pour tenter de briser le cycle du dysfonctionnement. J'approuvai : « Je vivais dans une famille où l'addiction sous différentes formes était un vrai problème. Dans le livre que j'écris, il est beaucoup question du dysfonctionnement qui se transmet de génération en génération et de comment y mettre un terme. »

Nous sommes restés silencieux un moment car nous en avions tous deux vu et connu assez pour remplir les vides entre mes mots et comprendre ce que signifiait une simple phrase. Un instant, un peu honteuse, je sentis les larmes me monter aux yeux et je sortis mon téléphone pour faire des photos de leur banderole. Bill me regarda prendre ces clichés dont je n'avais pas besoin. « Nous comprenons – 85 % des volontaires ont connu la même chose. Nous savons. »

Il entama un rapide monologue que j'interrompais quand je pouvais en marquant mon approbation.

« On peut parler tant qu'on veut du problème, mais nous vivons la solution et, la porte de sortie, c'est de dépasser la honte. Vous savez, on peut vivre quarante ans avec la honte et mourir avec, ou subir deux minutes la honte, entrer et dire : "Vous pouvez m'aider ?" Trente secondes pour dire : "J'ai un problème." C'est donc quarante ans opposés à deux minutes. »

Il m'expliqua qu'ils essayaient de traiter les problèmes liés à la vie assujettie à l'addiction le plus tôt possible pour les enfants. De travailler avec les parents pour identifier la racine de leurs problèmes et s'y attaquer. « Il se trouve que nous sommes confrontés à une épidémie d'addiction à l'héroïne. Et la vie va de plus en plus vite. Avec l'arrivée de l'Universal Credit[1] ça va encore grossir. Les gens comme nous qui cherchent des subventions pour aider ces personnes se voient répondre qu'il n'y a pas d'argent. Et donc on en vient à mendier beaucoup d'actions caritatives auprès de gens eux-mêmes dans le besoin. »

Nous sommes retournés dans le café où les gens me regardaient, peut-être avec curiosité, peut-être avec un peu de méfiance, en dépit du fait que Bill se trouvait à mes côtés. Il me raconta que tous les ans ils envoyaient des familles, qui sinon ne partiraient pas, faire une retraite où elles apprenaient des techniques pour les aider à se reconstruire. Ils incitaient les toxicomanes à écrire leur passé sur de longs rouleaux de papier qu'ils jetaient dans un feu de joie le dernier soir – « l'écriture est thérapeutique ». Comment n'aurais-je pas été d'accord ? Il me surprit quand il me dit qu'il avait appris la pratique tibétaine de la thérapie par les bains sonores.

« Oh, j'ai fait ça un jour. À Dharamsala, en Inde. C'était merveilleux, mais je me suis endormie. »

Il était déjà passé à autre chose et me donna sa carte pour que je lui envoie des conseils sur l'écriture d'un livre de reconstruction. Je lui assurai que je ferais de mon mieux et lui notai mes coordonnées. Julie sortit de sa réunion et me cria : « C'est à vous ? »

1. Fusion de six dispositifs d'allocations.

J'avais laissé mon ordinateur et mon sac bien en vue sur la table de l'entrée. « Mon Dieu, oui.

— Je ne vous avais pas dit de faire attention à vos affaires ?

— Si. Désolée ! »

Je les rassemblai tandis qu'elle me regardait en secouant la tête.

« Nous sommes des toxicos, ici, vous savez. Il ne faut pas nous tenter. »

Elle plaisantait, du moins en partie, mais je m'excusai tout de même et leur dis au revoir.

En partant, j'avais envie de sucre, de chaleur et de tranquillité, comme si je venais de donner mon sang. Dans une petite rue, j'entrai dans un café dont un mur était couvert de salières et poivrières Novelty. Je commandai un Twix et un thé dans une tasse avec une anse en forme de perroquet. J'étais très émue par l'action de Love N Light, même si l'élément religieux des Douze Étapes me gênait. Il n'était certainement pas facile d'encourager les gens à réfléchir sur leurs habitudes à Airdrie, du moins pas dans la ville que j'avais connue. Et ces gens simples avaient identifié un besoin et y avaient répondu. Malgré tous mes voyages et mes succès, j'avais l'impression d'être redevable d'une dette que je n'avais pas même commencé à rembourser.

Je gravis ensuite la colline qui menait aux tours. Je traversai la cité où les bâtiments s'étaient beaucoup dégradés avec le temps. Des corbeaux noirs sautaient d'un toit à l'autre. Tout était calme, à part quelques gamins qui jouaient, une femme qui tirait la luge de son enfant sur une pente couverte d'une mince couche de neige. Je souris quand le petit lui cria « Encore ! » et qu'elle leva les bras au ciel. « Je n'avais pas réfléchi. »

Ma cité avait maintenant un « concierge », comme si on entrait dans un bon restaurant ou qu'on vous réservait des places au théâtre. On l'appelait sans rire « gardien chargé de la sécurité ». Assis dans une baraque en brique rouge, il était censé contrôler les personnes autorisées à franchir les grilles électriques. J'appris plus tard qu'il s'agissait d'une nouvelle initiative dans les cités difficiles. Des caméras partout et le contrôle des gens qui entraient et sortaient. Mais le concierge n'était nulle part en vue et les grilles étaient grandes ouvertes. Je décidai de tenter ma chance.

Je marchai jusqu'à l'endroit où Richie m'avait appris à faire du vélo. Considérant qu'il pensait que pour apprendre à nager à quelqu'un, il suffisait de le jeter dans le grand bain, je n'en garde pas un trop mauvais souvenir. Au même endroit, j'avais dit au revoir à ma grand-mère remplie d'indignation après sa visite désastreuse au moment de la naissance de ma sœur.

Ça ne me plaisait pas d'être là. Tout était calme, mais j'avais la nette impression de marcher sur des œufs depuis que j'avais franchi la grille. Mon sourire habituel, ma façon de parler de mon héritage et de ma nostalgie ne feraient pas l'affaire.

Devant moi, un type en survêtement, le visage encore gonflé de sommeil, s'appuyait contre une camionnette de glacier pour parler à l'homme à l'intérieur. Les deux hommes me fixèrent d'un regard dur jusqu'à ce que je détourne les yeux, comme j'avais appris à le faire depuis le plus jeune âge, et je partis dans la direction opposée. Je me demandai si on laissait souvent cette camionnette franchir les grandes grilles électrifiées.

Je repérai un homme qui allait entrer dans la cité et

lui demandai où je pouvais prendre le bus pour revenir en ville. Je l'avais abordé parce que son bonnet et son écharpe jaune moutarde lui donnaient un air loufoque et inoffensif. De plus près, je vis sa peau veinée de rouge, son nez comme une betterave : un alcoolique. Je les reconnaissais bien à cause de ceux de ma famille. Il me demanda d'où venait mon accent et je répondis comme toujours que j'étais un « mélange », que j'avais ramassé des fragments d'accents partout. Il me dit que ses deux filles parlaient avec un accent irlandais.

« Je vivais ici dans les années quatre-vingt. C'était plutôt dur à l'époque, pour tout dire. Comment c'est maintenant ? »

Il sourit. J'eus l'impression qu'il était content d'avoir quelqu'un à qui parler, qui l'écoutait. Il me dit que pour lui ça allait. « J'ai eu quelques crétins à ma porte et je leur ai dit (il éleva la voix) "Vous foutez le camp d'ici." »

Je désignai les grilles et la baraque en briques inutile. « Alors ça fonctionne ?

— Ils ne peuvent rien faire. La vidéosurveillance de la porte va jusqu'à l'extérieur. En tout cas, moi ça va. J'habite au dernier étage à l'angle, je reste dans mon coin et personne ne m'embête. Mon frère les appelle les Trump Towers. »

Je ris et nous nous saluâmes.

Il me restait encore un endroit à voir. Je descendis la colline, m'éloignai des tours. Je suivais un chemin que ma tête de huit ans avait tracé. Je vis deux enfants, un frère et une sœur, aux prises avec un jeune colley hyperactif et je m'arrêtai pour le caresser. Le chiot sautait sans arrêt, aboyait et léchait le visage du petit garçon.

« Est-ce qu'il aime la neige ? » demandai-je.

Il sourit. « Il n'aime pas la neige. Il m'aime, moi. »

Juste à côté, se trouvait St Serfs, mon école, où nous récitions six fois par jour « Je Vous salue Marie » et « Notre Père », et où on nous disait que nous finirions sans doute en enfer tout de même. Où j'appris à confesser mes péchés et où je m'asseyais dans le placard des fournitures pendant que tout le monde préparait sa première communion, car maman n'était pas croyante. Une gentille institutrice m'avait apporté un dinosaure à colorier et un gros paquet de feutres quand j'avais pleuré parce que toutes les autres recevaient des robes neuves et des cadeaux pour leur première communion.

Je gravis la colline jusqu'à notre quatrième appartement à Airdrie. De gros immeubles gris, avec une chaîne métallique qui protégeait à présent le rez-de-chaussée où nous avions habité. La neige montait jusqu'aux genoux sur la colline. J'avais les pieds trempés, l'air glacial me mordait le visage et le soleil m'aveuglait, mais là, debout devant cet appartement où j'avais peu de bons souvenirs, j'éprouvai une certaine allégresse.

Je marchai jusqu'à l'unique poteau de but rouillé dressé devant les immeubles. J'avais l'habitude de m'y pendre et de tourner autour, chaussée de mes chères bottes de cow-boy blanches. À présent, il m'arrivait à peine à la poitrine. Je touchai le métal froid en remerciant intérieurement d'être celle que je suis aujourd'hui, de retour à cet endroit, et non toutes les autres versions que j'aurais pu devenir, les versions fracturées qui auraient facilement pu être moi.

Dans le train pour rentrer à Glasgow, je cherchai « Airdrie » sur Tweeter et lus des tweets sur les

« alcoolos », sur le fait qu'il n'y avait pas de « mauvais crack », sur le « trafic de drogue » et qu'on ne voulait surtout pas aller à Airdrie.

C'est ce que j'avais aussi senti, mais plus maintenant. Ce n'était ni l'endroit ni les gens qui y rendaient la vie difficile. C'était tout le reste, ce qui entrait ou sortait d'une petite ville défavorisée comme Airdrie. Elle était à la fois tristement célèbre et oubliée.

En une demi-heure j'étais de retour à Glasgow, mais j'aurais aussi bien pu me retrouver sur un autre continent. J'éprouvais un élan fort et déroutant de loyauté et de colère en faveur des gens bien de cette ville, qui faisaient de leur mieux tandis que la vie devenait de plus en plus difficile.

15

NORTH SHIELDS
1988

Je ne sais pas ce que Richie avait promis, mais nous avons atterri dans une ville industrielle sur la rive de la Tyne. Il nous avait trouvé une location privée dans une rangée de maisons mitoyennes en brique rouge. C'était coquet comparé à ce que nous avions quitté. Il y eut quelque temps un semblant de paix. Richie m'apprit à jouer aux échecs, nous jouions aux cartes, il trichait toujours mais moins. Nous n'avions pas la télé, car Richie la méprisait, et pas non plus de micro-ondes car il prétendait que cela remplissait les aliments de radiations.

Il y avait des meubles, provenant de je ne sais où, et un joli parc tout près. Ce n'était pas trop mal. Mais tout s'écroula, Richie disparut de nouveau et il nous fallut quitter cette maison pour aller vivre dans un B&B.

Le B&B était immense et presque en face de ma nouvelle école. La plupart des résidents étaient des hommes assez âgés. C'était surtout un refuge pour les sans-abri. Le petit déjeuner était inclus, mais ma mère le fit déduire du loyer parce qu'elle n'aimait pas l'idée de manger avec ces hommes.

Nous logions sous le toit en pente dans une chambre meublée de lits superposés et d'un lit de camp, avec une toute petite fenêtre rectangulaire. Derrière une cloison en plâtre, il y avait un minifrigo, une petite plaque électrique et un évier. Cela s'appelait un studio. Les douches communes coûtaient 20 pence. Nous en prenions deux par semaine, jusqu'au jour où nous nous sommes rendu compte qu'on pouvait s'y glisser et se doucher rapidement après quelqu'un qui avait payé. Maman gardait la porte.

Les « managers », un jeune couple, n'arrêtaient pas de se câliner, portaient les mêmes pulls flottants et vivaient au rez-de-chaussée. Ils avaient un immense tableau où figurait une liste de films. Je descendais choisir *Footloose*, *Dirty Dancing* ou les deux. Le film apparaissait comme par magie sur notre télé au dernier étage quand on sélectionnait une certaine chaîne. Je les regardais en boucle tout en dansant devant l'écran et en faisant trembler le plancher, au-dessus de la tête des autres occupants qui tuaient le temps. Du moins jusqu'à ce que les résidents commencent à se plaindre, expliquant qu'ils en avaient marre de ces films, et que l'on me dise que je n'y avais plus droit qu'une fois par semaine.

C'était l'année du premier Téléthon de Comic Relief[1]. Maman voulut que nous le regardions en entier et j'eus envie de devenir amie avec tous les enfants. Nous mangions beaucoup de crêpes écossaises garnies de confiture et de crème en boîte, ainsi que des saucisses avec de la moutarde. Ma sœur, qui n'avait pas encore deux ans, et moi-même étions assises à quelques centimètres de l'écran.

1. Organisation caritative.

J'allais à l'école en traversant la rue et le parc. C'était une petite école qui mettait l'accent sur le cricket. Les enfants apprirent que j'étais écossaise et m'appelèrent le monstre du Loch Ness.

Plus tard dans l'année, certains découvrirent que je vivais dans un B&B. Je suppose que la plupart des élèves passaient devant en allant à l'école. Je niai. Ils me suivirent un jour et, n'ayant pas réussi à les semer dans les petites rues, je choisis une belle maison avec une serre, allai jusqu'à la porte et me cachai dans le jardin. La propriétaire sortit et me demanda ce que je faisais là. Je lui expliquai pourquoi dans un flot de paroles et de larmes, puis m'enfuis devant sa tristesse compréhensive.

Mon père restait en contact et payait une pension sous forme de cadeaux coûteux. Le dernier était un magnifique chat en peluche grandeur nature appelé simplement « Chat noir ». J'étais sans doute trop grande pour le trimballer partout, mais j'y étais attachée et toujours ravie quand quelqu'un faisait comme s'il était vivant.

Richie revint, encore une fois, et casa sa grande carcasse dans notre petite chambre. L'alcool, les cigarettes et les disputes recommencèrent, jusqu'à son départ, aussi soudain que son arrivée. Ma sœur était encore trop jeune pour comprendre ces changements dans notre vie quotidienne. Elle tombait en avant sur sa grosse tête, ignorant ce qui était normal et ce qui ne l'était pas. Tout comme moi jusqu'à l'année où la réalité commença lentement à s'infiltrer avec anxiété dans mes petits os.

Une nuit, aux premières heures du jour, tous les résidents du B&B furent évacués. On se regroupa sur le trottoir. J'étais enveloppée dans une serviette sous la lumière bleue du camion des pompiers.

« Il dit qu'il va foutre le feu à la maison, ce connard. Il est cinglé. »

Je regardais sans un mot notre fenêtre en pensant à nos quelques affaires. Je m'inquiétais de n'avoir sur moi qu'un maillot de corps, une culotte et une serviette. On apprit que l'homme avait tenu son briquet sous le détecteur de fumée, s'était enfermé dans sa chambre et qu'il avait fallu le persuader de sortir car il menaçait de mettre le feu à la maison et de brûler dedans.

Il peut bien sûr arriver à n'importe qui de vivre à côté d'un malade mental, mais, pour la première fois, je me rendais compte que nous n'étions pas en sécurité. Je compris soudain pourquoi maman ne voulait pas que nous jouions dans les couloirs, pourquoi elle surveillait la porte de la douche. Je découvris alors qu'il n'était pas normal de vivre dans une maison remplie d'inconnus dont nous ne savions rien sinon que, comme nous, ils avaient d'une certaine manière dérivé en marge de la société.

16

HETTON-LE-HOLE 1989

« Hetton-le-Hole ? Comme *hole*[1] ? » demanda maman et je crois que l'homme qui nous emmenait en voiture se mit à rire. L'homme appartenant à l'association d'aide au logement était venu nous voir au B&B. En entendant maman lui décrire nos difficultés, je claironnai : « Et il faut payer 20 pence pour prendre une douche. » Ma mère me fit taire : « Chut. »

Je ne comprenais jamais quand on pouvait dire la vérité sur nos difficultés, quand il fallait prétendre le contraire, en face de quels adultes et à quel propos. Je n'avais que huit ans, mais je vis qu'il tentait de ne rien montrer de son effarement devant la chambre miteuse, la minuscule fenêtre crasseuse, les lits branlants. Quand il franchit la porte peu épaisse, descendit l'escalier en passant devant les nombreuses portes derrière lesquelles il y avait tous ces gens, maman se tourna vers moi et dit : « Ça s'est bien passé. »

Quelques jours ou peut-être quelques semaines plus tard, nous étions dans sa voiture, en route pour

1. Trou.

visiter une maison. Une maison ! Une vraie maison ! Je n'étais pas souvent montée en voiture, sinon de temps en temps dans un taxi. Cet homme était élégant, il portait une chemise propre, il souriait gentiment à mes bavardages. Ma sœur et moi étions assises à l'arrière et feuilletions les livres d'images de ses enfants, tandis que maman et lui discutaient cordialement à l'avant. Je souhaitais en secret qu'il devienne notre nouveau père.

Ce n'était pas du tout une maison, en réalité. C'était un appartement au deuxième étage d'une petite maison en brique rouge faisant partie d'un lotissement composé d'autres petites maisons en brique rouge disposées en demi-cercle. Je soupçonne qu'au début des années quatre-vingt, c'était censé représenter le summum de l'urbanisme social. Des jardins suspendus plantés d'arbustes, conçus pour le plaisir des yeux et non pour jouer, étaient disposés autour des impasses. Nous, les enfants, nous écorchions les genoux à y monter tout de même.

Au bout du lotissement, à quelques minutes de notre maison, se trouvait un terrain broussailleux avec des balançoires, des chevaux dans un enclos et des jardins ouvriers. Par un étroit chemin de terre le long des jardins ouvriers, on parvenait à des rangées de petites maisons de mineurs mitoyennes, puis, en suivant la ruelle derrière elles, on atteignait le club de cricket et, enfin, après trente minutes de marche en descendant, puis en montant et en redescendant (car Hetton était littéralement dans un trou) on arrivait en ville.

Trou de l'enfer, l'appelait maman. Mais ce jour-là, elle qui rêvait toujours de la grande ville ne dit rien. Sauf peut-être que c'était très « tranquille » ou « à l'écart ».

Il y eut un rafraîchissement soudain dans les échanges entre l'homme et maman après la visite de la maison et du lotissement. L'atmosphère joviale, style « on part à l'aventure », fut remplacée au retour par autre chose. Peut-être trouvait-il qu'elle aurait dû se montrer plus reconnaissante. Peut-être était-il déçu qu'elle soit déçue. Sur le siège arrière, je ne cessais de penser que j'aurais une chambre à moi et que j'apprendrais certainement à monter ces poneys (en fait, de gros chevaux âgés), les doigts enfouis dans leur crinière.

Nous avons emménagé dans l'appartement sans rien. Maman obtint une bourse d'installation pour meubler la maison. Je crois qu'elle se montait à environ 175 livres. Avec cette bourse, qui nous semblait une somme énorme à nous qui n'avions jamais cinq livres devant nous, il nous fallait tout acheter : assiettes, casseroles, couteaux, bols, réfrigérateur, cuisinière, canapé, lits, linge de lit et serviettes, de quoi ranger les vêtements, tapis de bain. Une telle bourse ne permet pas le superflu : tableaux, coussins, tapis ou jouets, rien qui rende une maison accueillante et chaleureuse.

Peu après arriva une bourse pour mon uniforme scolaire. Comme il n'y avait pas d'uniforme dans mon école, maman dut se battre pour obtenir tout de même l'argent. Elle savait toujours très bien se battre. Je me dis parfois que, dans un autre monde, elle aurait pu devenir une grand trader à la City ou peut-être une avocate spécialisée dans les divorces – un métier qui lui aurait permis d'utiliser son instinct de terrier et de mordre à la moindre provocation sans jamais lâcher.

Rétrospectivement, l'absence d'uniforme scolaire était progressiste pour une école dans cette région et à cette époque, mais maman devait tout de même trouver des vêtements qui me rendraient présentable à l'école tous les jours. Mes vêtements usés nous feraient honte.

Elle nous emmena, ma sœur et moi, à Sunderland et, préférant ce qui durerait, sachant que la prochaine bourse n'arriverait pas avant un an, elle m'acheta une jupe et un pull bleu marine chez BHS, ainsi qu'un bel imperméable en cuir verni, soldé. Elle s'était dit que ce serait mon « uniforme ». Et donc, au début à l'école, moi la nouvelle avec un drôle d'accent, j'ai porté les mêmes vêtements tous les jours pendant quinze jours. Je répétais ce qu'avait dit maman : c'était mon uniforme, j'avais d'autres vêtements et les mettais en dehors de l'école, et quand je rentrais ils allaient directement dans le lave-linge (en partie vrai), mais les enfants disaient que je puais. Ce bel imperméable noir (qu'adulte j'aurais adoré) me valut le surnom de « Sac-Poubelle ». Au bout de deux semaines, je rentrai à la maison, me déshabillai et, furieuse, en culotte et maillot de corps, je déclarai que je ne mettrais plus jamais ces vêtements.

Hetton Lyons Primary était une école très unie. Tous les enseignants étaient bons et dévoués. Je sentais qu'ils s'intéressaient à moi. Le directeur, Mr Green, s'attacha tout particulièrement à m'aider en me confiant de petits travaux qui me donnaient l'impression d'être importante. C'était une école à l'ancienne, attachée à ses traditions (cross, danses folkloriques, mât enrubanné, fanfare) mais qui, parallèlement, faisait des efforts pour se montrer progressiste (pas d'uniforme scolaire, sensibilisation à l'environnement alors que c'était encore considéré comme une « idée hippie », enseignants qui jouaient de la guitare et nous apprenaient des *protest songs*). J'ai mieux réussi dans cet établissement que dans tous les autres. Mais je ne pouvais pas y rester indéfiniment.

Quand nous sommes arrivées à Hetton-le-Hole, les

mineurs se battaient pour les tout derniers emplois, les derniers puits fermaient. On voyait que nous étions pauvres, mais nous entrions dans une communauté ouvrière qui comprenait la pauvreté et la traitait avec compassion. Une mère isolée qui vivait dans le lotissement donna à la mienne un gros sac de vêtements. J'adorais les T-shirts Nike trop grands et je les portais sur une paire de leggings usés durant toute l'année scolaire.

Ils avaient connu les grèves et les licenciements, ils savaient à quel point la pauvreté peut miner et survenir à l'improviste, et ils savaient aussi qui en étaient les vrais responsables. J'avais conscience du fait que nous n'avions pas les moyens, que chaque penny comptait, mais je ne m'étais pas rendu compte qu'il y avait une échelle dans la pauvreté. Du moins jusqu'au moment de respecter une autre tradition scolaire : le voyage annuel au printemps. Une gentille institutrice qui s'intéressait à moi convainquit l'école de payer pour moi afin que je ne sois pas la seule à ne pas y participer.

Elle en fit discrètement la proposition à ma mère qui feignit d'être contente et reconnaissante. Mais elle n'était ni contente ni reconnaissante et ne voulait pas me laisser y aller. Je n'aurais pas eu les mêmes affaires que les autres, on allait se moquer de moi, ma sœur et elle n'allaient-elles pas me manquer ? En outre, « on n'a pas besoin de charité, hein ? » Je dis à ma maîtresse que nous n'acceptions pas la charité et je me souviens aujourd'hui encore de sa tristesse. Je suppose qu'elle avait connu beaucoup d'enfants comme moi dans sa classe. Des enfants intelligents qui auraient pu faire quelque chose, mais qui ne feraient probablement rien.

Nous avons passé environ trois ans à Hetton-le-Hole. J'avais deux meilleures amies à l'école. Sonia, géante et menteuse compulsive. Nous adorions Hulk Hogan[1] et chez elle nous embrassions son poster. Mon autre amie, Stacey, était la fille d'un policier. Ma mère se montrait toujours soupçonneuse à son égard. J'eus aussi brièvement une meilleure amie croyante, jusqu'à ce que ses parents fassent ma connaissance et décident que je n'étais pas le genre de fréquentation qu'ils souhaitaient pour leur enfant. La mère d'une fille dont je ne me rappelle plus le nom était méchante avec moi d'une façon ahurissante. « Désolée, Kerry, si j'avais su que tu venais j'aurais fait un gâteau », disait-elle d'un ton sarcastique. Finalement, elle demanda à sa fille de ne plus jouer avec moi.

Dans le lotissement, j'avais une amie de deux ans ma cadette qui vivait aussi seule avec sa mère. Leur maison était jolie, sa mère faisait de la callisthénie, avait un petit ami qui possédait une belle voiture. Elle organisait des réunions Ann Summers[2]. J'essayai de convaincre maman d'en faire une amie. Dans ma logique enfantine, c'était une bonne idée, mais ma mère la méprisait et peut-être même la détestait.

Elle finit par se lier prudemment avec une femme qui habitait dans notre passage. Une femme glamour, toute en épaulettes et cheveux coiffés à la mode des années quatre-vingt, qui, assurait ma mère, « ne parlait que d'elle ». À l'étage en dessous, il y avait Ken, un homme grand et grisonnant qui avait meublé son appartement entièrement en marron. En y repensant, cela m'évoque un saloon. Quand nous avions emménagé, il avait grogné et donné des coups de balai au plafond

1. Catcheur, acteur et musicien américain.

2. Réunions réservées aux femmes, organisées pour vendre de la lingerie et des sex-toys.

à cause du bruit que nous faisions, mais maman était descendue et avait bu un soir un verre avec lui. Après quoi, il ne tapa plus que de temps en temps.

D'autres événements se produisirent entre mes huit et mes onze ans, mais peu m'ont marquée. J'ai fait partie du test de dégustation de glaces pour le journal local et j'ai choisi la moins chère. On m'a trouvé une place dans la fanfare de l'école pour jouer du cor d'harmonie, mais je voulais jouer de la flûte et j'ai laissé tomber. Nous avons adopté un autre chat qui sautait sur la boîte aux lettres pour « frapper » quand il voulait rentrer. Le petit terrain avec les balançoires que je traversais pour aller à l'école était tellement jonché de crottes de chien que maman me dit d'y passer sans m'éterniser, même si mes chaussures étaient trouées et rafistolées à la Patafix. Nous avons toutes eu une terrible intoxication alimentaire après avoir mangé du poulet avarié – la puanteur aigre du vomi continua à se dégager du canapé et de la moquette pendant des mois.

À peu près à cette époque, mon père se mit à envoyer un peu d'argent pour moi, mais cessa brusquement quand il découvrit que maman le dépensait pour nous trois et pas seulement pour moi (je lui avais dit que ma sœur avait eu un tricycle). Tous les dimanches, je descendais derrière les maisons de mineurs jusqu'au téléphone public à côté du club de cricket et l'appelais en PCV. Soit parce que maman me le demanda, soit parce que je le compris par moi-même, les seules nouvelles devaient être de bonnes nouvelles. Je ne devais pas me plaindre, ni raconter des histoires.

Il nous rendit visite quelques jours. Il marchait dans les rues de Hetton-le-Hole comme un touriste fasciné et horrifié. Il buvait tout le temps ; maman aussi. Je les trouvai au lit ensemble. Il se disputa au pub sur la prononciation de ballet (les gens prononçaient le « t ») et avec ma mère sur celle de vermicelli (elle prononçait verma-*selli*). Il partit soudain, toujours bourré.

J'ai du mal à mettre de l'ordre dans cette période. Je vois l'école comme le bon endroit et la maison comme le mauvais endroit. Maman n'allait vraiment pas bien. Un jour elle s'assit et me dit que le bruit que je faisais en coupant une tomate (je préparais des sandwichs pour le déjeuner) lui donnait envie de hurler. Elle buvait beaucoup. Elle arrivait en retard et ivre aux portes de l'école (souvenir désagréable car c'était ce qui avait causé mon placement la première fois, des années auparavant). Parfois elle ne venait pas du tout. Je rentrais et la trouvais assise dans son fauteuil, tandis que ma sœur avait fait des ravages – un jour, elle s'était même préparé un bain de margarine dans une grande bassine. En général, elle était d'abord joviale quand j'arrivais, contente d'avoir de la compagnie et de la distraction, mais quand elle se rendait compte que j'étais contrariée – « Maman, tu es soûle ! » – les choses tournaient mal et elle me traitait de tous les noms.

J'étais de moins en moins sa fille et davantage sa compagne. J'écoutais et partageais ses problèmes, m'occupais de ma sœur, endossais sa rancune contre les gens, la soutenais, la portais et la réconfortais. Je me faisais constamment du souci pour nous trois.

Je ne doute pas que maman se battait. Elle cessa de parler à grand-mère un certain temps, mais grand-mère aimait avoir le dernier mot et finit par appeler la police en prétendant qu'il y avait eu un décès dans la famille et qu'il fallait nous retrouver.

Nous n'avions pas le téléphone, le branchement coûtait trop cher, mais assez vite nous avons trouvé l'argent je ne sais comment. Maman et ma grand-mère se sont alors parlé quotidiennement jusqu'au jour où ma grand-mère demanda de l'argent pour payer sa facture d'électricité. Nous lui en avons envoyé (Dieu sait où nous l'avons trouvé), mais il a ensuite fallu l'entendre se vanter du bien que cela faisait d'avoir de nouveau du vin et des clopes. Même enfant je voyais bien que c'était pourri, elle nous ôtait carrément le pain de la bouche.

Maman reprit ses longues siestes ; parfois je me pelotonnais contre elle ou je surveillais ma sœur. Quand j'eus neuf ans, ou peut-être dix, maman décida que j'étais assez grande pour m'occuper de ma sœur toute seule. J'appris à nous préparer des repas simples, j'avais une liste de numéros de téléphone à appeler si nécessaire, j'avais pour consigne de ne pas laisser entrer des inconnus.

Les choses s'améliorèrent un temps. Elle alla chez le médecin. Elle adhéra à Gingerbread, l'association pour parents isolés, alléchée par la promesse que nous partirions peut-être en vacances (cela ne se produisit jamais). Elle trouva un projet pour les femmes à Sunderland, y rencontra des gens qu'elle aimait bien et prit des cours. Elle fabriqua une petite bibliothèque dont elle était fière à juste titre, elle trouva soudain des amies et commença à lire Germaine Greer. Une fois le projet terminé, elle ne resta pourtant pas en contact avec ces femmes. Elle s'inscrivit à un cours d'anglais à l'Open University, lut Dickens et passa des heures dans son fauteuil, penchée sur son bloc-notes bon marché, armée de son stylo, à essayer de rédiger ses comptes rendus, mais abandonna après le premier en prétendant que son professeur « ne pigeait pas ».

Je pense à cette période avec bonheur et appréhension. À un moment, Richie revint brièvement, nous laissa démunies et s'enfuit dans une caravane à Hartlepool. Après quoi maman et lui se réconcilièrent et nous avons passé des week-ends étranges et froids, à l'étroit dans sa caravane, pour le bien de ma sœur.

Nous n'avions pas de visiteurs. Ma mère ne voulait pas de mes amies à la maison. Elle passait par de longues périodes de dépression, assise en robe de chambre dans son fauteuil près du radiateur, fumait à la chaîne ses cigarettes roulées et me parlait tandis que j'étais assise en tailleur sur la moquette, monologues interminables sur « eux, les autres », m'enjoignait à être une « main de fer dans un gant de velours ». Elle appelait ces longs, longs sermons des « discours d'encouragement », les yeux trop brillants, sans sourire. « Hé, Kerry, Kerry, viens ici. Viens ici, il faut que je te fasse un discours d'encouragement. C'est mon devoir. Je suis ta mère. Je dois te protéger. »

Vers mes dix ans, on me trouva des verrues génitales. Elles étaient très importantes et je dus être traitée plusieurs fois à l'hôpital. On n'imagine pas l'angoisse d'une petite fille traitée par un homme, même si maman était présente dans la pièce.

Le HPV est connu pour être un indicateur d'abus sexuel et ma sexualité changea à coup sûr cette année-là. C'était peut-être simplement le moment pour moi de commencer à être femme, le début de l'exploration de ma sexualité. J'ai souvent craint autre chose, mais je suis incapable d'expliquer cette peur au-delà de l'idée qu'elle vit en moi depuis près de trente ans.

J'ai réfléchi à toutes les autres explications possibles.

La même année, je suis allée avec des amies voir un film chez un homme qui, je l'appris plus tard, avait été accusé de pédophilie. Deux amies m'avaient emmenée chez lui en me disant qu'il proposait des bonbons, des boissons et qu'on pourrait regarder un film. Je ne me souviens pas de ce qui s'est passé finalement. Maman est peut-être venue lui dire de ne pas m'approcher. Mais peut-être n'était-ce qu'un vieil homme solitaire qui aimait bien la compagnie des enfants.

À peu près à la même époque, sur le chemin de terre derrière la maison qui traversait les champs et menait à l'école, je trouvai plusieurs fois des photos arrachées à des magazines porno hardcore montrant des femmes aux jambes écartées, vagin béant.

Un jour, un homme apparut. Je me rappelle avoir ramassé la photo, l'avoir regardée fixement, tandis qu'il arrivait du champ, avoir hurlé et couru à toutes jambes à l'école, terrifiée.

Peu après, j'ai appelé avec une amie les numéros de téléphone rose trouvés dans les journaux. J'ai pris une voix grave pour choisir le scénario et nous avons écouté les descriptions des rapports sexuels sous toutes leurs formes.

J'étais trop souvent livrée à moi-même. J'étais libre d'errer à ma guise. Ma mère ne devait probablement pas remarquer les changements en moi. J'avais terriblement besoin d'amour et j'étais beaucoup trop prête à faire n'importe quoi pour en obtenir.

Rien ne me disait ni ne m'avertissait qu'en fait j'étais encore une enfant. Je regardais les mêmes émissions que ma mère à la télévision et beaucoup étaient très explicites du point de vue sexuel. J'étais traitée sur un pied d'égalité, comme une adulte, sans aucune protection. Il ne fut jamais envisagé que j'étais peut-être innocente et que cette innocence devait être protégée et réduite progressivement.

C'est à cette époque que je commençai à être terrifiée à l'idée de m'endormir. J'essayais de rester éveillée le plus longtemps possible. La lumière devait être allumée. J'étais couverte d'immenses plaques de psoriasis sur le corps et le cuir chevelu, comme si l'anxiété suintait par tous mes pores.

Cet été-là, je me mis à jouer à « les Allemands arrivent ». Ma sœur et moi nous cachions des heures dans l'armoire sèche-linge, théoriquement pour fuir les nazis qui voulaient nous emmener (c'était l'année de l'adaptation du *Journal d'Anne Frank* à la télé). Nous retenions notre souffle en attendant l'arrivée des méchants. Plus tard, en Écosse, quand j'avais onze ou douze ans, j'étais convaincue que le Ku Klux Klan allait venir me chercher. J'avais tout le temps peur d'un croque-mitaine ou d'un autre.

Des assistantes sociales sont venues faire une enquête. La maison était bien rangée, j'allais sortir faire du patin à glace avec des amies. Je m'assis et répondis assez volontiers à leurs questions. Après leur départ, maman fêta cela comme si elle avait gagné au loto sportif. Elle me félicita pour mes « bonnes réponses ».

Je comprends qu'elle considérait avoir remporté une victoire sur ses adversaires de toujours, les services sociaux. Et elle était convaincue d'avoir vérifié par elle-même. Quelques jours plus tôt, toutes deux allongées sur le canapé, elle m'avait demandé si quelqu'un m'avait touchée. J'avais répondu non, bien sûr.

J'ai connu beaucoup de gens qui ont survécu à des abus et je ne veux pas faire affront à leur courage en prétendant quoi que ce soit sur mes expériences. Elles n'étaient peut-être que les symptômes supplémentaires d'une enfance chaotique. Je dois accepter que je ne le saurai jamais.

Peu après la visite des assistantes sociales, Richie arriva avec des cadeaux. Une radiocassette rose pour moi, une peluche géante pour ma sœur. Il avait un travail, un bon. Deux semaines après mon entrée au collège, ma mère nous emmena dans le North Lanarkshire en bus National Express pour aller vivre dans sa chambre d'ami.

17

HETTON-LE-HOLE
2018

Le voyage à Hetton-le-Hole ne commença pas d'une manière naturelle, mais par une remise de récompenses à Newcastle où je devais présenter quelques prix littéraires pour lesquels j'avais fait partie du jury. L'événement se déroulait dans un magnifique bâtiment de l'université. Il y avait un plan de table et même des arbres artificiels, il me semble.

Quand j'entrai, un peu nerveuse, je vis quelqu'un que je connaissais vaguement et qui me demanda immédiatement, avec une grande efficacité : « Qui voulez-vous rencontrer ? » Je venais d'apprendre qu'on ne dit pas ce genre de choses parce qu'on pense que vous êtes venu avec une liste pour réseauter, mais au contraire parce qu'on n'a plus rien à vous dire et que c'est le moyen le plus poli de s'esquiver. Après m'être demandé où on apprend ces choses-là, je répondis : « Personne en particulier, mais ne vous inquiétez pas, je vais me débrouiller », puis je souhaitai à mon interlocuteur une bonne soirée avec un grand sourire et une pression sur le bras, ce qu'on m'avait appris à faire dans mon monde avant de laisser tomber gentiment la personne.

Le plan de table m'informa que j'étais placée à la table d'honneur avec un autre écrivain, le directeur de l'organisation, un historien de la télé et de nombreux hommes importants plus âgés.

Je ne buvais pas car je devais faire ma présentation plus tard dans la soirée. J'avais enfilé un truc gainant et je crevais de chaud. Je transpirais abondamment et, si j'étais contente de fêter les écrivains lauréats et de participer à une noble organisation aux objectifs également nobles, être assise à cette table avec tout ce que la situation supposait me mettait mal à l'aise.

L'historien et moi nous sommes mis à discuter. Il était aussi d'origine prolétaire et avait grandi dans la région. Nous avons parlé de ce livre, de notre enfance. Je suis incapable de bavardage, je l'ai toujours été. « En fait, je crois que, si vous êtes forcé de changer pour évoluer dans un monde qui n'est pas le vôtre… bon, ça peut un peu vous morceler. Vous rendre un peu bizarre. »

Nous étions du même avis et, s'il semblait incroyablement à l'aise – il était en fait la vedette de la table –, je me demandais s'il n'aurait pas préféré, lui aussi, être assis moins en vue ou même ne pas assister du tout à ce dîner plantureux. Il me raconta que la première fois qu'il avait été invité en société avec quelques autres étudiants par son professeur d'université, il n'avait pas su quoi lui dire. Dans le cadre universitaire, il ne bafouillait jamais, mais en dehors, il ignorait tout du *soft power*, on ne le lui avait jamais appris.

Je ne lui dis pas que je n'avais jamais entendu ce terme auparavant et préférai sourire : « Pourtant, vous y excellez maintenant, non ? » Il se mit à rire. « Oui, maintenant j'adore ça. » Soft power. Je pensais à la façon dont les gens semblaient si souvent se mouvoir dans les diverses circonstances de la vie, recourant à des astuces qu'on ne m'avait jamais enseignées, et demandaient tranquillement : « Qui voulez-vous rencontrer ? »

Après le dîner, un des hommes plus âgés de la tablée, à qui j'avais brièvement adressé la parole, mais dont je ne savais rien sinon qu'il pensait que le Labour Party de Liverpool était terriblement corrompu, s'adressa à moi : « C'est un plaisir d'avoir fait votre connaissance. J'ai l'impression d'avoir rencontré la grandeur. » C'était de toute évidence quelqu'un d'important et probablement de riche. Le commentaire relevait du sarcasme, mais je lui donnai un baiser sur la joue, me mis à rire, lui tapotai l'épaule et lui lançai : « D'accord, mon cher, prenez bien soin de vous », comme je le faisais le soir avec les vieux habitués qui quittaient le pub où j'étais serveuse, à seize ans.

Soft power. J'étais reconnaissante de pouvoir mettre un nom sur ce langage secret et ambigu. Et également contente que mon éducation m'ait, peut-être, apporté une autre version.

Je rentrai à l'hôtel où l'on m'avait bizarrement attribué une suite presque aussi spacieuse que notre appartement de Liverpool. Je me couchai et appelai Peter en grignotant les biscuits au gingembre de l'hôtel. Je partis le lendemain matin en fourrant tous les sachets de thé et de café, et aussi les articles de toilette, dans mon sac à dos, en laissant quelques livres sur la table de nuit pour les femmes de chambre. Je savais qu'elles auraient fait exactement la même chose à ma place.

Comme beaucoup de villes où j'ai grandi, qui semblaient tellement isolées, tellement loin de tout, Hetton-le-Hole n'était en fait qu'à une heure de bus de Newcastle. Je m'installai dans l'impériale, tout à l'avant, les pieds posés sur le rebord, et contemplai les petites maisons de banlieue, celles des mineurs, plus petites encore, puis l'autoroute et le centre commercial Washington avec sa façade en béton triste et grise, enfin Houghton-le-Spring et sa minuscule rue principale, alignement de boutiques « tout à une livre », de pubs et de cafétérias à la décoration surchargée. En tournant au coin de la rue, j'avisai un ours en peluche d'un mètre quatre-vingts usé par les intempéries, attaché à une clôture, la tête pendante, la fourrure marbrée – pas tout à fait « abandonnez toute espérance... » mais presque. Perplexe, je découvris un peu plus loin un ours plus petit mais en tout aussi mauvais état, attaché en haut d'une camionnette publicitaire blanche pour des lits et des matelas. Le bus descendit bruyamment la rue principale déserte. Par déserte, j'entends d'un vide apocalyptique, d'un vide d'épidémie de peste bubonique, alors qu'il était midi un jour de semaine et qu'au moins quelques retraités auraient dû s'y trouver.

C'est un saut de puce de Houghton-le-Spring à Hetton-le-Hole. Je faisais le trajet dans l'autre sens pour aller au cours de danse. D'abord avec maman puis, à partir de dix ans, toute seule pour économiser le ticket d'un adulte. Au bout de trois mois, je compris qu'un cours par semaine ne ferait pas de moi une ballerine, malgré toute mon assiduité. Cette injustice me mit dans une colère noire. Même si j'étais la meilleure, sans argent pour les cours, les tenues et les déplacements aux auditions, ça s'arrêtait là. Je rentrai ce soir-là et pendant des heures hurlai ma rage devant maman. Finalement, les quelques livres par semaine devinrent une trop grosse dépense et maman me demanda de dire au professeur que je ne viendrais plus. Elle proposa de renoncer à être payée. Je lui répondis que nous n'acceptions pas la charité, que cela ne servait à rien de continuer de toute façon et n'y remis plus jamais les pieds.

En arrivant à Hetton-le-Hole, je vis le vieux bâtiment de la bibliothèque, premier endroit où j'appris vraiment à aimer les livres – pas seulement la sécurité, la chaleur et le confort que représentait la bibliothèque. Jusqu'alors, je lisais les mêmes livres que ma sœur de trois ans – de grands livres d'images avec des rabats qu'on relevait, écrits en caractères immenses. Je pense que tout le monde me croyait en classe d'intégration mais, pour moi, c'était la quantité qui importait – qui d'autre pouvait dire « j'ai lu huit livres cette semaine » ? Dans cette bibliothèque, j'ai commencé à lire des livres pour mon âge, puis je suis passée rapidement aux romans pour adultes. Me rendre une fois par semaine dans cette bibliothèque, emporter ces livres à la maison, bénéficier de cet accès à d'autres mondes où les gens se comportaient comme on le souhaitait, fut l'un des plus beaux cadeaux de mon enfance. Tout comme les gentilles bibliothécaires qui, peu importait la fréquence à laquelle nous rapportions des livres que ma sœur avait déchirés ou crayonnés, disaient toujours que ce n'était pas grave et nous laissaient emprunter de nouveau le nombre maximum de livres.

Maman allait à la bibliothèque pour faire des recherches sur sa santé, sur les lois concernant le loyer et le divorce dont Richie ne voulait pas entendre parler. Elle commanda des ouvrages traitant de mon brusque accès de psoriasis, plaques rouges et squameuses sur ma poitrine et jusqu'à mes genoux, dont mon cuir chevelu était couvert (avec pour résultat un traitement hebdomadaire atroce à l'huile chaude et au peigne antipoux). Elle nous y laissait parfois, moi et ma sœur, et allait faire les courses. Ce petit bâtiment qui ressemblait tant à une chapelle était vital. Sauf que quand je passai devant en bus, ce n'était plus une bibliothèque.

Le centre de Hetton-le-Hole, dix à quinze boutiques réunies dans un petit espace ovale d'où rayonnaient les rues comme des pattes d'araignée, était traversé par la rue principale. Le calme régnait. Pas le calme d'une petite ville ou d'un village, mais un calme mortel. Un calme plus grand encore qu'à Houghton-le-Spring, le calme d'une morgue. Les boutiques étaient ouvertes, mais il n'y avait aucun client. J'en eus le souffle coupé, tant ce vide contrastait avec la petite rue animée que j'avais connue des années plus tôt.

Plus qu'ailleurs, j'avais l'impression d'être une géante dans ce petit village, en contournant le cabinet du médecin avec qui ma mère s'était disputée. Après m'avoir examinée, il m'avait adressée à un spécialiste pour mes verrues génitales et une otite qui aurait pu me rendre sourde, avait-il dit, si elle était restée plus longtemps sans traitement (je sentis un instant l'odeur rance et huileuse du liquide brun qui suintait dans mon cou et la douleur qui engourdissait ma mâchoire). J'arrivai devant la piscine rénovée récemment – elle n'avait plus rien du beau bâtiment victorien – où j'avais fini par apprendre à nager avec l'école, à onze ans, et où, après les leçons, je prenais au distributeur automatique du Sprite avec de la glace pilée dans un gobelet en plastique, mes cheveux mouillés et froids, pleins de chlore, collés contre mes joues et mon cou.

À l'intérieur, je demandai à la caissière où était la bibliothèque. Au moment de partir, je lui déclarai que j'avais appris à nager dans cette piscine. Je devais avoir l'air d'une folle témoignant d'un miracle que j'étais la seule à avoir vu. Elle me sourit poliment – comment aurait-elle pu savoir que pendant plus de dix ans je n'avais pas eu un seul lien, pas de photos, pas d'amis, pas de retour à la « maison » pour me relier à l'enfant que j'avais été ? J'avais souvent l'impression de n'avoir jamais été enfant, que seuls existaient ces dix-huit années accablées de vie d'adulte.

Je lui demandai : « Y a-t-il toujours des leçons de natation gratuites à l'école primaire ?

— Oui, chaque semaine. Il y en a une aujourd'hui. Moi aussi j'ai appris à nager ici.

— C'est très bien. Je suis contente que ça se fasse toujours.

— Oui (elle eut un petit rire, surprise), c'est très bien, c'est vrai. »

La nouvelle bibliothèque occupait un petit coin dans un centre qui me rappela un bureau bien tenu des services sociaux : réception classique avec vitre en verre, panneaux bleu vif portant des affiches vantant l'apprentissage, réunions des Alcooliques anonymes et séances d'information sur les allocations. Il y avait peut-être quatre étagères de livres, principalement des policiers et des romans d'amour, et une toute petite section pour les enfants. Quand j'entrai, la bibliothécaire leva les yeux, étonnée. Je chuchotai « bonjour » et elle me fit un signe de tête, stupéfaite, j'imagine, de voir quelqu'un, puis plongea de nouveau derrière son comptoir.

Il me fallut moins de deux minutes pour faire le tour de la bibliothèque et lire les panneaux d'affichage. L'endroit était tellement silencieux et désert que même mes pas étouffés par la moquette paraissaient une transgression. En sortant dans la lumière vive du soleil, je me pris à regretter l'ancienne bibliothèque au nom des enfants comme ma sœur et moi, au nom des mères comme la mienne, et pour la sécurité, la chaleur et l'aide qu'on y trouvait. La bibliothèque était devenue une imitation sans âme de ce qu'elle avait été.

De retour dans la rue principale, j'entrai dans une boutique solidaire et, en croisant le regard pâle du vieil homme derrière la caisse, je fus brièvement prise d'une panique glaciale. Je laissai traîner mes mains sur les pulls en polyester en regardant à la dérobée ses bajoues roses et ses grosses mains poilues. Je parcourus lentement des yeux le bric-à-brac et choisis deux petites figurines en Lego, un cow-boy et un astronaute, pour me souvenir de ce moment, pour rapporter chez moi quelque chose de cet endroit et de ce qu'il signifiait pour moi, en bien comme en mal.

Tandis que je payais je sentais l'adrénaline pétiller dans mes bras, même s'il n'y avait absolument rien à craindre. Ce n'était qu'un retraité qui faisait du volontariat dans une boutique poussiéreuse et il semblait très peu sûr de lui face à moi, cette grande femme adulte avec un accent qu'il ne localisait pas.

Je connaissais le chemin. Je ne me souvenais que trop bien de la marche interminable sous le soleil ou la pluie entre notre lotissement de logements sociaux et la ville – surtout sous la pluie. Nous ne prenions jamais le bus, sauf peut-être le lundi s'il y avait des courses à rapporter à la maison. Ce trajet n'avait rien d'interminable, évidemment, et en un quart d'heure je dépassai le coiffeur qui m'avait coupé les cheveux à dix ans et le marchand de journaux chez qui ma mère m'avait acheté des bonbons pour me consoler de

« ressembler à un garçon » – étonnamment, tous deux encore en activité – et j'atteignis mon école primaire.

Elle se trouvait dans une des cuvettes de Hetton entre deux collines. À côté, il y avait toujours le pub où maman m'avait emmenée un jour. Elle était venue me chercher de bonne heure à l'école pour une « urgence familiale » mais nous nous étions juste assises derrière, sur les bancs de pique-nique moisis. J'avais mangé un œuf mayonnaise (un œuf dur barbouillé de salad cream, franchement un de mes meilleurs souvenirs culinaires) et siroté une petite bouteille de Coca glacé, tandis qu'elle buvait de la bière et riait fort avec une nouvelle amie que je crois n'avoir jamais revue.

Je me fis la promesse d'aller y déjeuner et de commander ce qui me ferait plaisir dans le menu. Mais l'école occupait mon attention.

Ma mère détestait l'école Hetton Lyons et ses animations continuelles qui requéraient la participation et la présence des parents : foire de Noël, danse autour de l'arbre de mai, décoration des œufs et des chapeaux de Pâques, concerts de la fanfare, pièces de théâtre, foires aux livres – la liste était interminable. De plus, ma mère qualifiait les enseignants de « fouineurs ». Ils demandaient souvent avec gentillesse comment ça se passait à la maison. Mr Green me donnait les meilleures tâches : cheffe de la foire du livre (il fallait choisir un livre gratuit et je choisis le plus cher, un magnifique livre animé, ce qui me paraissait logique) et « projectionniste » (ce qui consistait à faire glisser une règle sur la liste des chants du matin projetée sur l'écran – chaque matin je choisissais « Amazing Grace » et « Lord of the Dance » et tout le monde commençait un peu à s'impatienter).

Debout sur le seuil, j'éprouvai déjà un sentiment

d'ordre, d'appartenance. Cette école, ces activités loufoques, le dévouement et l'attention discrète des enseignants figuraient parmi ce qui m'était arrivé de meilleur durant mon enfance.

Je n'avais pas prévu de rencontres particulières. J'avais cessé de le faire quand je m'étais mise à trouver affligeants les retours dans les villes de mon enfance et j'avais décidé de simplement bavarder avec les gens que je rencontrais et de poursuivre par des entretiens téléphoniques. Je n'étais pas vêtue pour, de toute façon. Je portais des baskets rose bonbon et des chaussettes, un pantacourt et un T-shirt rouge à rayures. J'avais choisi ces vêtements pour marcher confortablement, mais ils me donnaient une allure un peu excentrique – moitié clown, moitié barista à Dalston ou video-jockey.

Je ne suis pas courageuse. J'ai peur des inconnus pour tout un tas de raisons. J'ai appris à paraître sûre de moi quand j'y suis absolument obligée. J'aime bien discuter avec des gens de rencontre, mais je remuerais ciel et terre pour éviter les relations où je risque d'être jugée. (Il est donc vraiment bizarre que je me retrouve à écrire ma vie.)

Malgré mon trac, j'entrai dans l'école. La curiosité et l'attachement sont chez moi des moteurs puissants. Plus puissants peut-être que mon angoisse sociale ou ma peur d'être jugée.

Je me souvenais d'une école avec du lino, du bois sombre, des serpillières et des seaux dans les couloirs, mais voilà que je me trouvais dans un lieu moderne. De grandes portes vitrées donnaient accès à l'école et à un bureau de réception d'une taille impressionnante derrière lequel se tenait une femme d'environ vingt-cinq ans. Elle me sourit et son accent dénotait qu'elle avait grandi dans la région, sinon dans ce village.

« Puis-je vous aider ?

— Oh, bonjour, oui, je... » Je voulais retrouver le réconfort de franchir cette porte ? Je me suis lancée dans une drôle d'expérience personnelle et cette école est un des plus grands moments sur ce chemin ? Je suis à la recherche de tout ce que j'ai perdu ou abandonné au cours des vingt dernières années, pouvez-vous m'aider ? « Je suis désolée de débarquer comme ça. J'ai fréquenté cette école en 1989 et 1990 et je suis entrée par curiosité. Elle a été rénovée ? »

Elle se montra polie mais impénétrable.

« Oui, en effet.

— Vous savez, je n'ai passé que deux ans dans cette école, mais c'était la meilleure de toutes celles où je suis allée. »

Elle se dérida un peu, pencha la tête d'un air maternel, bien qu'ayant au bas mot dix ans de moins que moi.

« Je me demande s'il reste encore quelqu'un qui était là à cette époque. Mrs Stafford ? Mrs McClaren ? Le directeur était Mr Green, un directeur extraordinaire.

— Doug ? Doug Green. Il travaille encore. Enfin, il est à la retraite, mais il fait de la formation. J'ai suivi une formation avec lui il y a quelques mois.

— Mon Dieu ! Avez-vous ses coordonnées ? Ou, non, excusez-moi, je peux peut-être vous laisser les miennes ? J'aimerais tellement le remercier. Je comprends les mesures de sécurité, je sais qu'il n'est pas possible de faire un tour à l'intérieur. Mon enfance a été... (quel mot employer ?) difficile. Mais Mr Green, cette école m'ont tellement encouragée. J'écris des romans qui sont publiés et... » Elle me regarda, impressionnée ou peut-être seulement touchée par cette inconnue qui était entrée et lui racontait sa vie un vendredi après-midi comme un autre. Je rougis. « Je n'y serais jamais arrivée sans cette école. Elle était vraiment exceptionnelle. »

Quelque chose se mit en place, comme si elle avait pris une décision et elle hocha la tête.

« Vous savez quoi. Je vais voir si la directrice adjointe est là et elle pourra vous en dire plus. Par exemple vous présenter Mrs Smith qui était peut-être là à votre époque. »

De la démarche énergique d'une femme affairée, elle quitta son bureau et franchit les grandes portes en verre qui laissèrent filtrer quelques secondes le bruit des enfants.

Devant la directrice adjointe, une belle femme très professionnelle, je fus de nouveau gênée d'être habillée comme un gondolier débraillé. Elle me fit entrer dans son bureau. Je lui expliquai mon projet de livre et mon lien avec l'école.

« Je dois voir Mrs Stafford demain à une réunion.

— Vraiment ? Ah, quel dommage. Je serai déjà partie. Pourriez-vous lui présenter mon bon souvenir ? Je suis sûre qu'elle ne se souvient pas de moi, mais elle était si gentille. »

Mrs Stafford conduisait une jeep et portait des bottes marron clair des années soixante-dix. Elle ne buvait que du Horlicks[1] (quand j'avais neuf ans, cela me semblait le comble du raffinement et je m'étais juré de ne rien boire d'autre quand je serais adulte).

Je lui demandai si la région était toujours défavorisée. Elle me répondit que oui.

1. Boisson chaude au lait malté sucré.

« Vous savez, de toutes les écoles que j'ai fréquentées, celle-ci a été la seule où les enseignants ont essayé de ne pas me mettre mal à l'aise parce que j'étais pauvre.

— Vous me faites plaisir. Nous venons d'effectuer des tests sur la pauvreté. »

Elle m'expliqua que les tests sur la pauvreté avaient été mis en place par l'association caritative Children North East en 2011. On avait donné aux enfants de la région des appareils photo jetables et on leur avait demandé de photographier ce qui autour d'eux évoquait la pauvreté. On avait obtenu presque onze mille photos. À travers celles-ci, les jeunes photographes montraient que l'école était l'endroit où la pauvreté était la plus difficile à vivre. Children North East avait alors fait un « audit » des écoles comme Hetton Lyons et avait ainsi pu établir quels moments de la journée étaient particulièrement éprouvants pour les enfants issus des milieux pauvres afin de « tester la pauvreté dans la journée scolaire ».

Voici ce qui s'avérait difficile pour les enfants issus de familles à bas revenus : être identifié comme mangeant gratuitement à la cantine, stigmatisé parce qu'on n'a pas les moyens ou le bon uniforme, rater les voyages scolaires par manque d'argent, rater les cours d'éducation physique à cause de l'absence de tenue adéquate, se sentir exclu lors de l'exercice « show and tell[1] », se faire malmener pour ne pas avoir les mêmes vêtements de marque, les téléphones ou les accessoires que les autres, ne pas avoir accès aux activités

1. « Montrer et expliquer ». Les enfants apportent un objet, le montrent et l'expliquent. Exercice pratiqué au début de l'école primaire pour exercer les enfants à la prise de parole.

extrascolaires à cause du coût des transports publics si on a raté le bus scolaire.

L'association caritative concluait que les écoles devaient essayer d'imaginer la journée scolaire par les yeux de l'enfant le plus pauvre et prendre le résultat en compte avant de lancer une animation ou une activité.

La directrice adjointe m'expliqua que l'un des plus gros problèmes découverts lors de cet audit concernait les gourdes d'eau. Les parents ayant peu de moyens ne pouvaient pas acheter à leur enfant la gourde la plus récente, trop chère, et les autres enfants distinguaient très vite les riches et les pauvres. Je revis mon petit « uniforme » bleu marine en tricot et tous les élèves qui me disaient que je puais. Je lui assurai que je comprenais parfaitement la question. On l'avait résolue en adoptant une gourde standard, abordable, de marque scolaire, et cette petite attention avait facilité la vie de quelques enfants.

« Aimeriez-vous visiter l'école ?

— Si vous avez le temps, je serais ravie. »

L'école était superbe. Nous avons marché dans des couloirs couverts de dessins, des sons joyeux s'entendaient dans les classes. Tout, jusqu'aux cuisinières dans la cuisine, était à la taille des enfants et j'avais une fois encore l'impression d'être une géante. Elle m'expliqua qu'ils avaient institué un club petit déjeuner et un club après la classe pour aider les parents qui travaillaient. Que les sorties scolaires étaient gratuites et qu'il n'y avait pas de frais annexes dans la mesure du possible.

« Quand je vivais ici, la ville était… (fauchée comme les blés) en grande difficulté. »

Elle approuva, baissa un peu la voix en entrant dans la cour où je m'étais entraînée à danser comme dans *Grease*. « Oui, elle fait encore partie des 20 % des villes les plus défavorisées du pays, mais tous les parents s'impliquent. Dans tout ce que nous faisons. Notre plus gros souci, c'est la drogue… on cible les jeunes mères vulnérables.

— Mon Dieu, c'est horrible. »

Un instant, elle perdit de son éclat et eut beaucoup plus l'air d'une femme portant sur ses épaules le poids des vies de centaines d'enfants. Je tentais d'imaginer ce qu'on éprouve quand on sait qu'un enfant rentre dans un foyer instable et potentiellement dangereux. Ses petits membres, ses manières loufoques et pleines d'espoir. Son innocence et sa confiance. « Vous réalisez tous un travail formidable. Je ne pourrais jamais en faire autant. »

Nous sommes rentrées en passant devant un cours de musique : cliquetis des tambourins, notes criardes des flûtes à bec.

« Je vous emmène voir Mrs Smith. Elle se souvient peut-être de vous. »

Je serrai la main d'une jeune enseignante, puis de Mrs Smith qui travaillait à l'école depuis quarante ans, une femme menue aux cheveux, au visage et au pull roses d'une pâleur jurant avec les couleurs primaires du couloir. J'en éprouvai de la tendresse pour elle.

« Je ne crois pas avoir été votre élève – je m'en souviendrais. Mais je suis heureuse de vous rencontrer.

— J'ai dû vous apprendre les danses traditionnelles.

— Oui ! Grâce à vous, je me débrouille encore à un ceilidh[1] !

— Et la fanfare.

— Oh, j'étais la plus mauvaise de la fanfare.

1. Bal de danse traditionnelle.

Je jouais du cor d'harmonie, mais je ne travaillais jamais. Je regardais les doigts des autres au lieu de lire la musique. » Je crus voir passer une ombre de désapprobation et essayai de me racheter. « Je suis devenue romancière. Je suis publiée par Penguin Random House. J'ai écrit deux romans. Celui-ci sera mon troisième livre. »

Elle ouvrit de grands yeux. « Un grand bravo. Félicitations. »

Comme recevoir un bon point. J'étais fière et embarrassée à la fois, comme si je lui montrais un dragon couvert de paillettes que je venais de peindre. Je regardais mes pieds. « Je n'y serais pas arrivée sans cette école. Je crois que les enseignants savaient que c'était difficile à la maison et… ils s'occupaient de moi. Mrs McClaren a donné à ma mère les vêtements de sa fille pour moi et ma sœur. Mrs Stafford a trouvé le moyen de me payer la sortie en camping qui était au-dessus de nos moyens.

— J'en suis heureuse. Vraiment heureuse. »

Je finis par prendre la main de cette femme que je venais de rencontrer dans ce petit couloir où il faisait chaud, avec en arrière-fond sonore les flûtes et les tambourins. Je tenais sa main petite et légère et nous étions toutes deux au bord des larmes. « Désolée, je suis très émue d'être revenue ici. Merci beaucoup. Vraiment. »

En nous disant au revoir et en nous étreignant, je lui promis de lui envoyer mes livres.

Je remerciai de nouveau tout le monde, notai les noms pour envoyer des exemplaires de mon livre et agitai la main en signe d'adieu.

Une fois dehors, je pris à droite sur la colline pour me rendre à mon ancien domicile. Il faisait beau et chaud et je souriais en grimpant. Je passai devant la maison de retraite où il m'arrivait souvent de demander si je pouvais me « porter volontaire » pour parler aux personnes âgées, même si aucune n'avait envie que je la dérange, plus haut devant le club de cricket où j'achetais parfois un jus d'ananas avec mon argent de poche, devant la cabine téléphonique, qui n'était plus qu'un carré de béton, où j'attendais que mon père m'appelle (ou pas) le dimanche après-midi, à moins que je ne l'appelle en PCV jusqu'à ce que nous nous rendions compte du prix élevé de ces coups de téléphone. Je remontai le chemin derrière les maisons des mineurs avec leurs portes en bois vermoulu et leurs briques rouges effritées. Si peu de choses avaient changé. Et moi non plus, encore émue et réchauffée par la gentillesse et l'intérêt montrés par des enseignants bienveillants dans une école bienveillante, qui faisaient de leur mieux face aux nombreux défis que présentait cette ville.

Je pris un raccourci pour accéder aux demi-cercles bordés de maisons en brique rouge qui constituaient le lotissement où j'avais habité. Un petit chemin de terre tracé par les passages au fil des ans, entre un champ et quelques jardins ouvriers. Le chemin où j'avais trouvé le magazine porno, où le vieil homme m'avait vue le regarder, où j'avais eu la peur de ma vie. Il était évident que je n'aurais jamais dû emprunter ce chemin toute seule, pas à neuf ou dix ans. Même adulte, en ce jour ensoleillé, avec l'herbe haute et jaune agitée par le vent d'un côté, et de l'autre les jardins ouvriers avec leur grillage d'où sortaient des fleurs sauvages colorées, j'éprouvais une inquiétude diffuse, celle que toutes les femmes ressentent sur les chemins déserts, à l'écart, là où elles risquent d'être enlevées, poursuivies, touchées, frôlées. Juste une légère tension des sens et des muscles, même s'il fait beau et si le chemin désert est court.

Arrivée au bout, je fus ébahie par la beauté du lieu. Un champ immense – un horizon vert à perte de vue – et de vieux chevaux ventrus qui broutaient, exactement comme quand j'étais petite. Comme si je n'étais jamais partie, ils attendaient que je leur offre des Polos à la menthe dans ma paume tendue à l'extrême et déjà couverte de leur salive collante.

Les balançoires n'existaient plus, mais, me dis-je, quel endroit pittoresque où vivre. Tant d'espace, des chevaux à soi. Je me souvins que dans le champ de hautes herbes j'attrapais des papillons de nuit, les laissais voleter dans mes mains en coupe pour recueillir la poudre chatoyante de leurs ailes. Que je jouais avec mes amis dans toutes ces rues et allais avec ma sœur aux étangs artificiels voisins pour chercher dans la boue tiède des grenouilles de la taille d'un caillou. J'avais onze ans quand nous sommes parties – sans doute exactement l'âge où j'aurais commencé à sentir les dures limites de la ville –, mais, pendant longtemps, comme le reste, j'avais presque entièrement oublié ces moments heureux d'une enfance véritable. Oui, me dis-je, on se rappelle toujours les gifles plus que les caresses.

Dans tout le lotissement, conformément au thème de l'endroit, régnait un calme mortel, un silence absolu. Même la brise semblait ne rien déranger. En arrivant à l'ensemble de quatre maisons qui formait le petit croissant où nous avions habité, je vis un couple assis dehors sur des chaises de cuisine dans l'étroit espace pavé commun. L'homme, la cinquantaine, épais et torse nu, prenait le soleil et la femme, même âge, petite et mince, encore vêtue d'un gilet, croisait les jambes, un pied enroulé autour du pied de la chaise. Aussi ramassée que possible sur elle-même, alors que lui s'étalait avec exubérance. Ils avaient posé une bouteille d'orangeade entre eux et fumaient tous les deux. La scène semblait empreinte de bien-être, intime même, et je me sentis coupable de les déranger. Mais dans un lotissement où il n'y avait apparemment pas âme qui vive à part eux, je n'avais pas le choix. Je devais m'arrêter et expliquer pourquoi je rôdais dans les parages.

« J'ai habité ici. »

Je désignai du doigt la fenêtre derrière eux qui avait été ma chambre. Ils se méfiaient – mes vêtements, mon allure apparemment vagabonde, mon sourire insistant. Il se montra un peu plus amical qu'elle. « C'est là qu'elle habite maintenant. »

Et la chance, la coïncidence, me fit rire. « Mon Dieu. Vraiment ? »

Elle avait l'air encore moins impressionnée car, bien sûr, il n'y avait pour elle rien de surprenant à être assise devant son appartement.

« Oui, ça fait cinq ans que je vis ici.

— Est-ce que ça vous ennuie si je prends quelques photos de la façade ? Juste comme souvenir ? »

Je sentis qu'elle avait envie de refuser, mais une fois que j'eus prononcé ces mots, je ne pouvais pas les retirer sans chercher à savoir pourquoi elle ne voulait pas. En outre, j'avais toujours l'impression que c'était ma maison, j'étais là avant elle et pourquoi n'aurais-je pas le droit de prendre une photo ? Sauf que ce n'était plus ma maison et que je n'avais aucun droit. L'homme s'étala encore un peu plus et but une lampée d'orangeade. Pas son problème, pas ses oignons.

« Vous êtes sûre que c'est d'accord ?

— D’accord. »

Je pris deux photos et revins vers eux.

« Merci beaucoup. Je peux vous demander comment c’est maintenant ? C’est agréable de vivre ici ? »

Elle haussa les épaules et prit une bouffée de sa cigarette. « Ils nous ont posé des portes neuves. »

L’homme se redressa d’un coup en riant. « Des portes neuves, mais à l’intérieur c’est dans un état ! »

Je ris avec eux, puis demandai : « C’est toujours l’association de logements sociaux qui s’en occupe ? Ils font ce qu’il faut ? Ils garantissent la sécurité ? »

La femme regarda l’homme, puis moi. « Vous n’êtes pas de chez eux, hein ? »

L’homme dit bien haut : « Pour espionner ! »

Je ris de nouveau, essayant de les mettre à l’aise. « Non, je reviens simplement sur les lieux de mon enfance. Pour ma recherche. Je suis écrivaine. » Je savais que ces mots ne les mettraient pas du tout à l’aise, mais je trouvais mal de leur mentir, même par omission.

Je crus un instant qu’elle allait me proposer de jeter un coup d’œil à l’intérieur. Je sentais que, si je le lui demandais avec un tout petit peu d’assurance, elle me ferait entrer, même si elle ne le souhaitait pas. Et j’en avais très envie. Mais elle avait l’air de « vivre avec ses nerfs et ses clopes », comme disaient les femmes de ma famille, et je ne voulais surtout pas la déranger. « Eh bien, merci beaucoup. De m’avoir permis de prendre les photos. Ça m’a fait plaisir de revoir la maison. »

J’allais partir quand elle cria dans mon dos.

« Essayez de parler à Pam là-bas, au 72 – ils sont là depuis des années.

— D’accord, merci. Profitez bien du soleil ! »

Je n'avais pas même fini de parler qu'ils fermaient les yeux et renversaient la tête vers le ciel. J'étais contente qu'ils aient l'air si heureux.

Je n'allai pas voir Pam. Je savais que j'aurais dû. Si j'aspirais à être une bonne écrivaine et une bonne chercheuse, j'aurais dû, mais je ne voulais pas interrompre l'après-midi d'été d'une autre personne. Que Pam fasse ce qu'elle avait à faire. De plus, j'avais pour la première fois le sentiment que, moi, je faisais vraiment ce que j'étais censée faire.

Je marchai jusqu'au bout du lotissement, encore plus miteux que dans mon souvenir, mais tout de même mieux que la plupart des endroits où nous avions vécu. Je décidai de monter jusqu'aux quelques boutiques où nous allions parfois faire les courses. Je me souvins, la honte au ventre, que j'appelais l'une d'elles « chez Paul le Paki ». Tous les gens que je connaissais l'appelaient ainsi et maman, pourtant violemment antiraciste, laissait faire. Elle m'apprit aussi à dire : « C'est un billet de cinq livres » en le tendant pour payer, de peur qu'il ne me rende pas toute la monnaie qu'il me devait. Ce ne fut jamais le cas. Elle m'y envoyait souvent avec un mot manuscrit accompagné de sa signature extravagante pour que j'achète du tabac et de l'alcool, comme le faisaient les parents à l'époque.

Quand mon père vint et m'entendit employer cette expression, il fut horrifié et essaya de m'expliquer à plusieurs reprises pourquoi je ne devais pas le faire.

« Mais c'est son nom, papa. C'est le nom de la boutique. » J'étais exaspérée par son insolence de sudiste.

« Ce n'est pas le nom de la boutique, Kerry. »

Il était ivre comme d'habitude, mais encore

suffisamment lucide et je suis contente qu'il m'ait fait cesser de le dire.

Je passai devant une jolie maison qui comportait deux pièces en haut et deux pièces en bas, où avait habité une amie. Elle avait une grande chambre avec des affiches, des jouets et du maquillage. Nous avons passé un été assises sur le lit en maillot de bain à écouter en boucle *Now That's What I Call Music :17.* C'est aussi ici qu'un doberman, toujours très intéressé par mon entrejambe, m'attrapa le bras. Je courus jusqu'à la maison en maillot de bain, pleurant comme une madeleine, alors qu'il n'avait même pas entamé la peau.

J'étais choquée par l'absence complète de changement partout où je passais. Mais pas plus qu'à Hetton-le-Hole. Près de trente ans s'étaient écoulés et tout était resté identique. Le même dentiste qui m'avait fait huit plombages en une seule séance. La salle paroissiale où j'étais allée à une fête de Halloween à moitié déguisée en astronaute avec un casque fait d'une boîte en carton recouverte de papier alu. La boutique où mon père m'emmenait acheter un petit pot de glace napolitaine tous les soirs que dura sa visite – une extravagance qui me fit croire qu'il était riche.

Je vis en m'approchant qu'une des vitrines de la boutique avait été brisée. Les fragments brillants étaient retenus par un grand autocollant et du ruban adhésif marron. Chaque fois que je vois une vitre brisée, j'ai envie de finir le travail, de l'enfoncer complètement et de regarder les bouts de verre rebondir. Je ne suis pas étonnée que les gens vraiment en colère le fassent. Ça doit être jouissif pendant quelques secondes, surtout si on n'a rien à perdre.

J'entrai. Tout était comme dans mon souvenir – lino troué, boîtes de conserve et bocaux poussiéreux sur les étagères, bourdonnement du frigo rempli de boissons et bureau de poste au fond. À l'époque, le congélateur à glaces était garni de barres métalliques et les clopes étaient protégées par un grillage. Le tout avait disparu, donc certaines choses avaient changé. L'idée me vint que je pouvais acheter ce que je voulais ici. Je pouvais prendre un panier, le remplir à ras bord et payer avec ma carte (même si, en fait, j'étais à découvert à ce moment précis) et ce ne serait vraiment pas une affaire. Je pris le temps de faire le tour du magasin et de me pénétrer de l'idée que j'étais adulte à présent. Je ris en pensant que je pouvais acheter de l'alcool et des clopes.

Je posai ma canette de limonade et mon paquet de Space Raiders aux oignons sur le comptoir, et demandai au couple d'Asiatiques depuis quand ils tenaient cette boutique. « Je venais ici quand j'étais petite. »

La femme était superbe ; elle regarda mes chips et ma limonade et me fit un grand sourire amusé. J'étais intimidée, comme toujours face à la beauté de quelqu'un, et je voulais lui expliquer que c'était ce qui me faisait envie sur le moment. Je voyais bien de quoi j'avais l'air : d'une femme plus tout à fait jeune à la recherche de ses souvenirs. Ce qui était probablement le cas.

Son mari pencha la tête en arrière et énuméra les anciens propriétaires : son cousin vingt ans plus tôt, eux depuis dix ans. Derrière moi une femme plus âgée aux cheveux hérissés blonds et blancs, et portant une veste en jean, se mêla à la conversation. Elle dit qu'elle se souvenait de la boutique à mon époque mais pas de qui la tenait. Nous avons parlé un moment de dates, d'années et de propriétaires comme des collègues cherchant la solution à un problème difficile. Puis je passai ma carte de crédit sur le lecteur et remerciai. La femme demanda des cigarettes d'un ton énergique, on revint à un échange commercial et nous ne nous connaissions plus.

Je m'assis dehors sur un mur bas devant un petit monument aux morts délaissé et je mangeai mes chips en regardant un pub peu engageant aux vitres dépolies, le Pit Lad[1]. Je savais instinctivement qu'il valait mieux que je n'y entre pas, même si je pouvais y trouver de la matière pour mon livre. J'en avais assez vu. Je voulais quitter Hetton-le-Hole en emportant comme derniers souvenirs la chaleur du soleil et le moment d'échange agréable dans la boutique.

1. Le Gars de la mine.

18

NORTH SHIELDS
2018

C'était vraiment du zèle. Ce matin-là, j'avais quitté mon Airbnb de Gateshead et, ne sachant pas trop quoi faire ensuite, je m'étais dit que je pouvais aussi bien aller voir ce qu'était devenu North Shields. Je pris le métro et, quand il s'arrêta à Tynemouth, prochain arrêt Whitley Bay, je m'exclamai « Whitley Bay ! », comme une gamine excitée, au point que même le skinhead au visage fermé assis à côté de moi esquissa un sourire.

Je ne conserve que très peu de souvenirs de North Shields, brève halte avant Hetton-le-Hole, à part nos repas improvisés au B&B, le cabinet du médecin quand on s'était aperçu que, à huit ans, je n'avais aucun vaccin, mes prouesses de danseuse sur *Footloose* et mes acrobaties sur les lits superposés métalliques. Je n'ai aucun souvenir de la ville, sans doute parce que nous quittions rarement notre petite chambre, sauf pour aller au parc ou au supermarché.

La rue principale de North Shields est de celles qui illustrent les informations à la télé quand on parle de la mort des commerces en centre-ville. On y trouvait des bars à ongles, des boutiques « tout à une livre » et de nombreuses boutiques solidaires. Il y avait bien un petit magasin ou un café indépendant par-ci par-là, mais ils semblaient vides et délaissés, comme une femme sur son trente et un assise seule dans un bar merdique. Je supposais que, à part les plus fauchés ou les gens contraints de rester sur place, tout le monde allait faire ses courses à Sunderland, au Metrocentre ou à Newcastle. Mais c'était douloureux de voir un centre-ville vidé de sa substance.

Une boutique solidaire bourrée d'un nombre impressionnant de portants chargés de vêtements, tous à deux livres, était de loin la plus animée. J'y entrai pour farfouiller. Je suis si radine quand j'achète des vêtements que, si on me fait un compliment sur ce que je porte, je peux donner son prix exact, même si je l'ai acheté il y a longtemps – la Rain Man des bonnes affaires. Mais dans l'ensemble, cette boutique n'était pas mon « genre » de boutique solidaire. Ces femmes fouillant parmi les pulls troués et les robes en polyester défraîchies, l'air très concentré, me rendirent triste, puis je me sentis coupable d'avoir le luxe de pouvoir sortir parce que les articles ne correspondaient pas à mon choix de vêtements. Car, bien sûr, ce qui compte c'est d'avoir le choix.

Devant le Poundstretcher, je tentai de m'orienter. Je fis un tour complet. J'avais l'impression de me souvenir vaguement de la rue, comme quand une odeur vous dit quelque chose mais que vous n'arrivez pas à la définir. J'essayai de me détendre. Rien au programme aujourd'hui, me dis-je. Je me mis à marcher. Les rues étaient propres et dans l'ensemble plutôt agréables. Je voyais de belles maisons et des voitures correctes. Quelques bâtiments plus gros et plus vieux, convenables à l'extérieur, mais – je le savais rien qu'aux rideaux défraîchis et aux voilages miteux – ce n'étaient certes pas de beaux appartements. Étonnant, ce qu'on peut apprendre. Je suis capable d'analyser un lieu en quelques minutes : le niveau de sécurité, de richesse ou de pauvreté, si c'est un bon endroit pour élever des enfants. Les indices viennent en grande partie du subconscient. Je sais, c'est tout, et je ne me suis jamais trompée.

J'avançais au radar et m'arrêtai pour regarder une course en sac, le cours de sport d'une école. Je me mis à rire et à rouler des yeux en même temps qu'un père stressé qui venait d'arriver, hors d'haleine, et tenait en l'air des petites tennis comme un trophée. Je savais que les autres adultes voyaient en moi une mère, et je me sentais un peu clandestine, mais ma présence me faisait aussi envisager un avenir comme celui-ci et je restai encore un peu.

« Rematerner », terme que j'ai entendu un jour pour qualifier le fait de s'occuper d'un enfant quand on est adulte et qu'on a connu une enfance difficile. On apprend l'amour parental en le donnant à son enfant. Expérience qui me semblait très risquée. Comment saurais-je si j'étais assez forte pour sortir d'un cycle vieux de plusieurs siècles ? Je restai pourtant jusqu'à la fin de la course, encourageai et applaudis avec tous les fiers parents, puis m'éloignai pour appeler Peter, juste pour entendre sa voix.

Je flânais, parlant de tout et de rien.

« Attends, je peux te rappeler ? Je crois que j'ai trouvé quelque chose. »

Sur une plaque ronde argentée je lus que le « Développement de logements en location a été ouvert le 15 octobre 1990 ». La dernière fois que j'avais vu cet immeuble, je le regardais de notre chambre de l'autre côté de la rue. Les flammes montaient vers le ciel et les poutres du toit s'effondraient.

Et là, sur ma droite, je vis mon école et son terrain de sport où j'avais appris à servir une balle de cricket, le parc et son sentier en diagonale que j'empruntais du B&B à ses grilles. Debout devant les grilles, je contemplais mon école. Une femme me fit signe en partant dans son 4 × 4, présumant manifestement que ma place était là, peut-être étais-je un parent, et j'agitai aussi la main, mais reculai, gênée.

Je refis le chemin de mon enfance dans le parc. Je me souvenais que je suppliais maman pour aller y jouer après l'école, lui disant qu'elle pouvait me surveiller par la fenêtre, mais elle voulait toujours que je rentre, dans cette petite chambre où je regardais la télé ou lisais, pliée en deux sur nos lits superposés.

Même devant l'immeuble j'étais incertaine. L'architecture, l'emplacement étaient corrects. L'extérieur, presque gothique, correspondait. Mais il avait l'air… chic. La porte d'entrée, d'un ton lustré style Farrow & Ball, était encadrée par deux beaux arbustes taillés dans des pots couleur crème. À l'arrière du bâtiment était garée une Mini Cooper blanche, rutilante. La vieille maison avait peut-être été reconvertie en appartements de luxe. Ou peut-être le B&B avait-il subi une conversion comme moi – intérieur inchangé, mais extérieur amélioré.

Un homme sortit par la porte de derrière. Environ cinquante ans, lunettes de soleil perchées sur la tête. Je crus qu'il me surprenait en train d'espionner, mais je remarquai alors le cordon vert révélateur à son cou et je me détendis.

« Excusez-moi, à la fin des années quatre-vingt, est-ce que c'était un foyer pour sans-abri ? »

Il me le confirma et je gravis les marches à sa rencontre.

« Je m'appelle Kerry Hudson. J'ai vécu ici à l'époque. La chambre du haut avec les petites fenêtres dans le toit ? Je suis écrivaine maintenant. J'écris un livre sur ce sujet. »

Je lui serrai la main avec une assurance de professionnelle que j'étais loin d'éprouver. J'ai toujours eu l'impression d'être mise à nu quand je m'exposais ainsi, de ne pas du tout être une professionnelle de trente-huit ans, mais une ancienne gamine sans abri. Quelqu'un qui vivait dans une seule pièce avec sa mère et sa sœur. Je remarquai le changement habituel dans son attitude, son examen plus attentif de ce que j'étais devenue, mais avec douceur, gentillesse.

Kevin était assistant social dans la maison devenue un foyer pour personnes atteintes de troubles psychiatriques. Le bâtiment avait été entièrement vidé au moment de sa reprise par l'organisme auquel il appartenait.

« Cet endroit devait être plutôt rude à l'époque.

— Nous avions un petit frigo et une plaque chauffante dans la chambre pour faire la cuisine, 20 pence la douche. »

Il parut perplexe. « Vous vous en sortez bien, manifestement. Et votre mère, votre sœur ?

— Ma sœur va bien. Elle a fait des études d'infirmière. »

Je notai le nom et les coordonnées de sa collègue, Kath, qui était là à la reprise de la maison. Plus tard dans la journée, il me suivit sur Twitter et me dit qu'il était impatient de voir le livre.

Je m'éloignai, heureuse. D'une certaine manière, je me sentais libérée de l'avoir entendu confirmer que la maison était un endroit difficile car, bien sûr, je l'avais toujours su. J'avais toujours su que nous n'aurions jamais dû nous y trouver.

Je me sentais plus complète après l'avoir rencontré à l'extérieur du B&B. Revoir l'endroit, me trouver devant maintenant que j'étais adulte, signifiait que je n'avais plus besoin de m'accrocher à ces sentiments.

Dans le métro, au retour, je décidai de descendre à Whitley Bay. J'achetai des frites et une sauce au curry que j'allai manger sur un banc devant la mer. Mes cheveux me tombaient sur le visage, le vent faisait claquer mes vêtements.

Devant moi, jouaient deux petites sœurs blondes portant la même robe, l'une bleue, l'autre rose. La plus grande, cinq ans peut-être, ne cessait de s'éloigner et sa sœur la suivait à pas hésitants. L'aînée avançait de quelques pas, la petite chancelait derrière elle, un sourire d'adoration aux lèvres. La grande sœur souleva la petite par la taille et la porta sur la couverture de leurs parents, et tout le cycle recommença. Je ris beaucoup en les observant.

Le sentiment de perte me rendra toujours triste, mais ce jour-là j'étais aussi heureuse. Heureuse de parvenir lentement à recoudre ensemble les fragments dispersés de ma vie. Assise là, mangeant mes frites sur cette plage glaciale, je commençais presque à me sentir réelle.

19

COATBRIDGE

1991

Quand maman m'annonça que nous repartions pour l'Écosse, je ne compris pas que nous déménagions à Coatbridge, tout près d'Airdrie. Mais je crois que j'ai essayé de la raisonner, de lui dire qu'emménager avec Richie ne fonctionnait jamais bien.

Il existe plusieurs explications plausibles à notre départ soudain et étrange de Hetton, le lieu où nous avons vécu le plus longtemps. Richie arriva avec de l'argent et la promesse d'avoir enfin du travail. Maman s'ennuyait, se sentait seule et était beaucoup trop optimiste. Je la soupçonne aussi de s'être sentie piégée à l'idée de passer encore cinq ans à Hetton-le-Hole et d'avoir pensé qu'il valait mieux me retirer du collège dès le début. Je crois qu'elle préférait être n'importe où ailleurs que là où nous nous trouvions.

Nous avons emménagé dans le logement social de Richie en haut d'une tour, dans l'une des cités les plus défavorisées d'Écosse. Les appartements de Richie étaient toujours propres mais guère meublés (habitude d'ancien soldat, j'imagine). Ils sentaient les clopes roulées et les pets car il ne mangeait que des œufs, des frites et des haricots. Il y avait toutes sortes de petites étagères où s'alignaient des pots de confiture remplis de clous et de vis. Miraculeusement, il y avait une petite télé en noir et blanc avec un bouton qu'il fallait tourner pour l'allumer. Dans la chambre où nous dormions, ma sœur et moi, il avait mis un lit d'une personne récupéré dans la rue ou dans une benne. Nous nous réveillions couvertes de boutons roses de piqûres d'insectes, épuisées, avec du sang sous les ongles à force de nous être grattées pendant la nuit.

Après la petite ville provinciale de Hetton-le-Hole avec ses maisons en brique rouge, ses jardins clos et ses chevaux dans les prés, la cité paraissait terrifiante. Comme là où vivaient les gens pauvres dans les films de science-fiction sur la fin du monde, où des cannibales traînaient dans les rues coiffés de casques de moto et armés de piques.

En arrivant, ma mère s'exclama : « Tu avais dit que c'était meublé ! » Richie fit un geste du bras en montrant le séjour presque vide, une table près de la fenêtre, une table basse en contreplaqué, un canapé en mauvais état : « Ouais. » Les premières semaines, je passai le plus clair de mon temps à essayer d'ignorer les disputes entre maman et Richie. J'étais dans ma phase mots cachés, allongée sur le ventre, et ne me redressais que de temps en temps pour contempler la grisaille et les gros bâtiments menaçants. Je ne savais pas grand-chose des cités, que j'avais quittées toute petite, mais nul besoin d'être un vieux sage pour comprendre que c'était un environnement hostile.

Le déménagement, les tickets de bus, les casse-croûte et les dépenses du voyage avaient épuisé tout notre argent et nous avons mangé des frites pendant des semaines. Lors de mes rares excursions dans le monde extérieur, j'allais à la boutique du coin. Cette petite boutique, ainsi qu'un bookmaker et un traiteur chinois, se trouvaient près d'un grand terrain vague au bout de la cité qui marquait la frontière avec une autre cité, Greenend. Dans le terrain vague toujours jonché d'ordures, on trouvait parfois une voiture abandonnée. La boutique était une forteresse encagée dans de l'aluminium. Il fallait approcher la tête du grillage et dire ce qu'on voulait à un petit guichet. Une pancarte spécifiait : « La maison ne fait crédit en aucun cas. » Mon père, qui dut venir nous voir brièvement, même si je ne m'en souviens pas clairement, parlait encore de cette boutique quinze ans plus tard. « C'était vraiment un truc de ghetto », disait-il en riant, sans jamais se rendre compte qu'il m'avait laissée là, que j'allais acheter mes bonbons dans ce magasin.

La première semaine, après notre passage à la boutique, ma mère et moi avons dû courir dans les rues de la cité pour échapper aux gosses debout sur les toits des garages qui nous lançaient des pierres. Maman rentra à l'appartement en colère, exigea que Richie fasse quelque chose. Il posa lentement son journal et sa clope roulée en râlant un peu et sortit.

Nous nous tenions derrière lui tandis qu'il criait : « Allez, on s'est marrés mais ça suffit », puis : « J'vais vous foutre mon poing dans la gueule et vous péter les chailles, et faudra vous mettre les doigts dans le cul pour vous ronger les ongles », pendant que les gosses, pas du tout impressionnés, continuaient à lancer des pierres. On ne leur avait sans doute pas accordé autant d'attention depuis longtemps.

Richie en eut finalement marre de me voir tout le temps à la maison et me dit d'aller jouer dehors.

« Mais je n'ai pas d'amis.

— T'as qu'à te faire des amis qui sortent de maison de correction.

— C'est quoi ?

— Laisse tomber. Dehors. Je veux que tu restes dehors au moins une heure. »

Je mis mes patins à roulettes, descendis en crabe les volées de marches dans la pénombre et fis des allers et retours sur les dix mètres de dalles en morceaux devant notre immeuble jusqu'à la fin de l'heure.

Il fallut moins d'un mois pour que tout s'effondre. Ma mère nous expliqua que nous ne resterions que le temps d'obtenir un appartement pour nous. Nos affaires et la télé furent déménagés dans notre chambre. Toutes les trois, plus le chat Gracey, avons dormi dans le lit d'une personne, plein de puces.

Je sais que nous sommes restées assez longtemps pour que j'entre dans un collège catholique (choix de Richie). Il fallait un blazer marron et un bus de ramassage s'arrêtait à la limite de la cité. Je l'ai quittée très vite pour un collège laïque (choix de maman) en ville.

Un soir, maman et Richie, qui buvaient dans la cuisine, se disputèrent. Elle fonça dans les escaliers, Richie derrière elle, et ils nous réveillèrent, ma sœur et moi. Maman hurlait, Richie ouvrit une fenêtre et balança la petite télé en noir et blanc. Elle s'écrasa plusieurs étages plus bas. C'était un homme imposant. Scène terrifiante. Tout comme l'idée de vivre sans télé.

J'avais onze ans, bientôt douze et pas le bon accent – mi-Northumbrie, mi-Aberdeen, chic apparemment, sauf qu'il ne l'était pas. Pas non plus les bons vêtements. Pas d'amis, pas de liens familiaux. Encore plus grave, j'étais clairement, visiblement, pauvre – il n'y avait rien de pire. Il était inévitable que je me fasse massacrer au collège.

J'étais un drôle d'oiseau, au vrai sens du terme. J'aimais Meat Loaf et Bon Jovi. Je lisais quantité de livres et attendais avec impatience ma prochaine visite à la bibliothèque. Plus problématique, j'en parlais à tous ceux qui voulaient bien m'écouter.

En fait, personne ne m'avait appris à fermer ma grande gueule quand mon opinion était impopulaire. Richie me donna un jour un bon conseil qui aurait pu faciliter le début de mon adolescence si je l'avais suivi : « Ferme-la et regarde ce que font les autres. » Mais j'avais été habituée à dire ce que je pensais, élevée par une mère qui me traitait comme une égale et trouvait que nous valions mieux que la plupart des gens que nous étions obligées de côtoyer. Même s'il était évident que nous nous en sortions beaucoup moins bien que la plupart des familles de notre quartier.

La première semaine au collège de Coatbridge, j'arrivai en cours d'éducation physique dans la tenue achetée pour mon collège abandonné de Hetton-le-Hole – short de sport bleu marine, chaussettes montantes, polo de tennis – et toute la classe éclata de rire. Plus tard dans l'année, je me mis à pleurer en plein cours d'anglais parce que j'avais eu un C. J'invitai une fille qui me martyrisait à se battre et toute la classe vint assister au combat. Mais dès le début, l'idée de frapper quelqu'un me parut insupportable. Je me retrouvai allongée dans la poussière, ma brassière gris délavé bien visible. Mes pantalons étaient toujours trop courts de dix centimètres. Mes chemises avaient des taches de sueur jaunes. Ma mère me coupait les cheveux et ils poussaient dans tous les sens (c'est encore le cas).

Je créai un journal du collège, mais je ne voulais

écrire que des articles antiracistes. Je venais de voir *Mississippi Burning* et j'avais décidé de devenir défenseure des droits civiques. Le journal ne dépassa pas le premier numéro. En sciences sociales, notre professeur nous demanda de nous asseoir si nous pensions que les meurtriers de Jamie Bulger[1] méritaient la peine de mort. Je fus la seule à rester debout. Je parcourus la salle du regard et déclarai à mes camarades : « Alors, vous ne valez pas mieux que les meurtriers ! » On peut deviner la réaction d'une classe d'enfants de onze ans, même si mon opinion était fondée.

Je ne sais pas pourquoi j'étais persécutée.

Je saisis comment, à bien des égards, j'avais fait de moi une cible irrésistible, mais la cruauté des enfants est d'une précision étonnante. Je comprends pourquoi les régimes despotiques recrutent des adolescents, car ils sont déjà assez malins pour percevoir ce qu'il y a de plus vulnérable chez les autres, sans pour autant avoir la maturité nécessaire pour sentir l'étendue des dégâts qu'ils occasionnent.

Un jour, je me tordis la cheville en sautant une marche. Tandis que mes camarades attendaient en rang le professeur et riaient, je les suppliai l'un après l'autre d'aller chercher quelqu'un. Quand le professeur arriva enfin, il rit lui aussi devant mes larmes puis, levant les yeux au ciel, il m'aida à me rendre à l'infirmerie.

Je ne faisais pas du cinéma, ma cheville était bleu et noir, enflée comme une balle de tennis. Je n'ai jamais oublié, non la douleur, mais mon désespoir absolu devant la méchanceté de ces gens.

Mon but au collège ne fut plus d'apprendre, mais

1. Enfant de deux ans battu à mort par deux autres enfants de dix ans en 1993.

de me cacher. De m'endurcir constamment face aux réflexions cruelles et aux petites violences mesquines – impossible de pleurer, quoi qu'on me dise. Chaque matin, en montant la colline, j'appréhendais la douleur ou la honte que la journée me réservait. Chaque après-midi, en redescendant, j'étais grisée et soulagée d'avoir survécu. Je me sentais mal aimée aussi bien par les adultes que par mes camarades, à l'exception de quelques professeurs plus gentils (en histoire, éducation religieuse et art).

Je soupçonne mes professeurs de ne pas avoir éprouvé de sympathie pour moi pour plusieurs raisons : je n'étais pas de la région, j'exprimais mes opinions qui n'étaient pas toujours les bienvenues (le professeur de sciences sociales était très favorable à la peine de mort) et j'étais pauvre. Ils prenaient peut-être pour de la bêtise mes efforts pour m'adapter à un nouveau programme, à un nouveau collège et au traitement que je subissais tous les jours.

En arrivant au colège j'aimais lire et apprendre. J'étais pleine de curiosité et d'enthousiasme pour ce que l'enseignement pouvait m'apporter, mais cela me fut presque entièrement retiré par les mots durs, l'impatience et parfois une véritable hostilité dès ma seconde année. J'arrivai un jour deuxième à un concours de gymnastique. La professeure m'ignora alors que je me tenais devant elle et dit à la gagnante : « Tu l'as presque laissée gagner, elle. » Ce « elle » fut prononcé avec un mépris dégoûté. Je ne fis plus jamais de sport jusqu'à mes trente ans.

Quelques semaines après mes débuts au collège, ma mère obtint un logement social à Greenend. Il se trouvait dans un immeuble de quatre appartements au bout d'une longue rue qui faisait le tour de la cité et où les successions de maisons crème autrefois attrayantes s'étaient transformées en rangées d'immeubles sales.

Greenend tirait son nom du terrain broussailleux voisin. Des poubelles brûlaient peut-être sur cet espace vert quand nous l'avons traversé en poussant tous nos biens dans des Caddies de supermarché volés, ou ce sont les restes fumants du mécontentement et de l'ennui qui me viennent à l'esprit quand je pense à cet endroit. Même Richie le qualifiait de pays de cow-boy.

On parlait, c'est vrai, de maisons « brûlées » si leurs occupants énervaient les gens qu'il ne fallait pas. Tandis que nous faisions rouler nos Caddies vers notre petit appartement, je trouvais que nous aurions dû nous montrer un peu plus discrètes, un peu moins effrontées en annonçant notre arrivée comme de la viande fraîche.

L'appartement, comme tous les logements sociaux, était risiblement spartiate et fonctionnel, et nous n'avions rien pour le meubler : moquette standard usée, marron, pièces vides, papier peint bon marché aux murs. Ma mère fit de nouveau un emprunt aux services sociaux pour acheter d'occasion des meubles, des appareils ménagers, des assiettes et des couverts, quelques casseroles et de la literie, qu'elle devait rembourser petit à petit chaque semaine. Les remboursements n'étaient pas très élevés, sans doute quelques livres, mais l'absence de ces quelques sous se faisait sentir quand arrivait le dimanche, que les placards étaient vides et que nous crevions toutes de faim.

Notre voisine du dessous s'appelait Claire, une mère célibataire dont le fils Andrew, huit ans, cheveux blonds emmêlés, était obsédé par le football. Comme il jouait devant, ma sœur et moi avions pris possession du jardin de derrière avec ses arbres morts et son linge humide qui nous fouettait toujours le visage. Un jour ma sœur, âgée de trois ou quatre ans, trouva une seringue usagée et la rapporta à la maison comme un trophée. Nous avons cessé de jouer là.

Mon père disparut pendant un certain temps. Durant quelques mois, cinq ou six peut-être, il ne téléphona pas. Puis je reçus une carte postale griffonnée. Il était allé au Mexique, en Irlande. Il avait une paralysie faciale. Il rentrait à Londres et me proposait d'aller le voir, ou de partir en vacances avec lui.

Je le crus et pris des brassées de brochures dans des agences de voyages dont les gentils employés devaient deviner que je n'irais nulle part quand je déclarais fièrement : « Mon père va m'emmener en Grèce. » Je me plongeais dans les chambres d'hôtel, les buffets à volonté (à volonté !), les plages de sable blanc aux eaux turquoise, les kids clubs et les piscines avec des toboggans. Tout cela allongée devant notre chauffage électrique dans ma robe de chambre en polaire rose d'occasion qui puait ma transpiration d'adolescente et celle de ses précédentes propriétaires. Rien de surprenant au fait que l'examen de ces brochures constitua ce qui se rapprochait le plus de ces buffets et de ces plages avec leurs rangées de parasols colorés.

Rien ne me rend plus triste que me remémorer cette époque. Sans doute parce que j'étais devenue assez grande pour comprendre. La prise de conscience lente, froide que la vie était difficile et risquait de le devenir encore plus s'infiltrait en moi. Je ne pouvais plus survivre grâce à la gentillesse de certains professeurs ou à mes rêves enfantins – même si Dieu sait si je m'accrochais à ces rêves.

Notre famille était en terre inconnue. Ma mère était complètement isolée, à part Richie qui passait de temps en temps dans l'espoir d'emprunter quelques sous et parfois de mendier un bisou et un câlin. Elle invita un jour les voisins à boire un verre, mais elle s'était déjà enfilé une demi-bouteille de vodka avant leur arrivée et s'écroula devant eux. Elle nous cria dessus quand j'essayai de la persuader d'aller au lit, puis elle s'endormit jusqu'au lendemain.

La seule fois que maman et Claire dépassèrent la politesse forcée fut le soir où deux hommes cagoulés, armés de pieds-de-biche, se présentèrent à sa porte. Maman et moi sommes sorties en chemise de nuit sur le palier et avons crié pour savoir s'il fallait appeler la police. Elle répondit que non, nous sommes rentrées chez nous et ce fut tout.

Nous nous trouvions une fois de plus dans un endroit où nous n'étions pas à notre place. Je ne m'habituais pas à la violence de cette ville, aux injures apparemment sans raison : « Hé ! Tu veux un coup de pied au cul ? », « Va te faire sucer ! » Chaque fois que j'ouvrais la bouche, je trahissais ma différence.

Nous passions nos week-ends ensemble au parc voisin où ma sœur adorait la maison des papillons, ou à Summerlee, un petit musée consacré à « la vie industrielle écossaise ». Maman écumait les boutiques solidaires, les friperies et j'attendais dehors, le cœur battant au cas où quelqu'un de l'école m'apercevrait. Ma sœur et moi portions d'étranges tenues assemblées par maman – gilets orange et combinaisons jaunes. Nous regardions la télé ensemble le soir jusqu'au moment où je m'endormais devant l'écran. À l'heure du déjeuner, je prenais 20 pence pour téléphoner à maman et m'assurer que ça allait. Je gardais ma sœur si souvent et avec une telle compétence stressée que les gens la prenaient pour ma fille.

Je me fis brièvement des amies dans la cité, deux filles qui me coiffaient et me prêtaient du rouge à lèvres avant d'aller traîner dans les parcs parsemés d'éclats de verre scintillants. Mais maman décida que je ne devais plus passer du temps avec elles parce qu'elle ne me voyait jamais.

Je faisais encore confiance à tout ce que ma mère me disait. Je portais les vêtements d'occasion bizarres qu'elle me donnait et, si elle réclamait ma présence, je restais à la maison. Notre relation était extrêmement intense, simplement parce qu'elle était isolée et que je me trouvais en porte-à-faux avec le monde qui m'entourait. Je n'étais pas seulement sa fille, j'étais l'unique personne au monde en qui elle avait confiance.

Mais j'avais douze ans et j'étais profondément malheureuse. Je me noyais sans faire de vagues et les tirais, elle et ma sœur, derrière moi tout en essayant de nager vers l'âge adulte.

Ce fut alors que je me mis à fréquenter l'église. Je ne me rappelle pas exactement comment j'en arrivai là. J'avais comme amie une fille maigrichonne, Michelle. Elle avait une jolie maison et un père terriblement strict qui aimait Runrig, le groupe de rock des années soixante-dix, peut-être plus que sa femme. Michelle avait des chaussettes blanches aussi grises que les miennes et des pantalons trop courts comme les miens, et c'était à peu près tout ce que nous avions en commun.

Nous sommes restées inséparables pendant un an, peut-être deux, non par affection mais parce que nous nous sentions plus en sécurité à deux et nous nous en accommodions. Nous inventions des jeux innocents, nous nous promenions en ville en évitant les autres adolescents, nous nous entraînions à tenir en équilibre sur des barrières, nous allions parfois à la piscine avec quelques livres serrées dans notre main et des serviettes usées jusqu'à la corde roulées sous notre bras. Les derniers moments de l'enfance.

Le père de Michelle décida qu'il ne nous aimait pas, moi, ma grande gueule et l'absence de discipline parentale, comme si ce pouvait être contagieux. Michelle s'éloigna et je fus obligée de me trouver de nouvelles copines.

Je finis par passer l'heure du déjeuner dans un coin désert du collège avec deux filles, Linda et Deborah. Nous échangions des posters de *Smash Hits*[1] (leur Keanu Reeves contre mon Take That). Puis je passai des week-ends avec elles, chez elles, et finalement j'allai en voiture avec Linda, ses parents et Deborah à la New Light Church, un bâtiment en brique rouge récent et massif dans un quartier difficile de Motherwell.

La New Light Church était une église évangélique sur le modèle américain. J'entrai d'abord dans le groupe des jeunes – je crois qu'on l'appelait Youth Alive. Nous étions une vingtaine, encadrés par des adultes entre vingt et trente ans. Nous parlions un peu de religion. Mon bon cœur et la bonne élève en moi appréciaient les principes du christianisme. L'adolescente chaotique en manque désespéré de gentillesse et de simple attention appréciait tout dans ce lieu sans danger, ses goûters interminables, ses biscuits, les oreilles attentives et les câlins sincères et platoniques des adultes.

Je finis par suivre l'office du dimanche : une grande salle très claire comportant trois rangées de sièges

1. Magazine de musique pop.

devant une grande estrade où officiait tout un groupe avec des guitares électriques. Les paroles des chansons rock chrétiennes étaient projetées sur fond de nuages et d'océan – comme les citations stimulantes de Facebook avant Facebook. L'assemblée chantait, il y avait une batterie et des tambourins, des gens dansaient dans les bas-côtés et les autres levaient les mains vers le ciel, applaudissaient et se balançaient.

Pendant les prières, le groupe jouait une douce mélodie et, tandis que retentissaient dans l'église les cris de « Oh oui, Seigneur, emplis-moi, Seigneur », il en allait de même des incantations rythmées de ceux qui parlaient en langues. Puis on demandait à tous ceux qui voulaient se repentir de s'avancer. Une grande partie de l'assemblée se tenait devant l'estrade tandis que le pasteur priait, que l'orchestre jouait et que les fidèles poussaient des cris en même temps qu'ils se dépouillaient de leurs péchés. Puis des hommes désignés entouraient ceux qui étaient debout. Tandis que les pécheurs parlaient en langues, le pasteur appuyait la main sur leur front, leurs membres se repliaient sur eux-mêmes lentement et ils étaient « emplis par l'Esprit ». Les hommes désignés, debout derrière eux, les saisissaient et les déposaient doucement sur le sol. Ensuite, ils s'aidaient mutuellement à se lever, retournaient s'asseoir et nous nous levions tous pour partager les sodas, le thé et les biscuits, et nous dire au revoir en nous étreignant.

Les premières fois, j'observais tout cela avec une fascination perplexe, mais je finis par participer. J'applaudissais et je chantais avec l'orchestre. Assez vite j'allai devant l'estrade et, si je n'étais pas certaine d'être emplie, je trouvais quelque chose de puissant et de profondément réconfortant à supplier d'être sauvée, à pleurer pour tout ce qui méritait de pleurer. Pour moi qui étais rarement touchée ou câlinée (« Ne fais pas le bébé »), j'éprouvais du réconfort à tomber dans des mains solides et à être doucement déposée par terre. Ensuite, j'avais l'impression d'être toute neuve et extraordinaire, je buvais du soda à l'orange et j'étreignais tout le monde.

Les sons absurdes du parler en langues sortaient de ma bouche comme si j'étais un bébé qui apprend à former des mots. Je n'ai jamais vraiment cru que Dieu me parlait à travers ces sons, mais je savais que c'était ce qu'on attendait. Pour la première fois de ma vie j'avais des amis, un lieu où j'étais la bienvenue et des adultes qui s'intéressaient à ce qui m'arrivait. Je comprenais que je devrais faire quelques sacrifices pour rester dans la communauté, et le conformisme en faisait partie. Je voyais cela comme un acte de foi.

L'église n'avait pas vraiment réfléchi en détail au sauvetage ciblé des enfants venant des cités difficiles, au fait que nous vivions toujours dans des rues dangereuses, parfois dans des familles problématiques, au manque de perspectives d'avenir, au grand chaos hormonal et à la confusion de l'adolescence. Mais elle m'offrait une bande toute prête d'amis qui vivaient à peu près la même vie que moi.

L'église rendait maman furieuse. Elle ne voulait pas que je sois croyante. Elle ne voulait pas que je parle à d'autres adultes. Elle ne voulait pas que je m'absente de la maison le soir et le week-end, que je sois loin d'elle. Mais j'avais trouvé quelque chose d'important pour moi et toute une théologie à utiliser comme munitions. Ma mère ne pouvait pas avancer d'argument valable pour m'empêcher de faire partie d'un bon groupe religieux et, assez vite, elle abandonna amèrement et presque complètement. Tu veux être adulte ? Très bien.

Je cessai de rentrer à la maison et me mis à dormir chez l'un ou l'autre de mes amis de l'église. Au départ, je devais garder 20 pence dans mon porte-monnaie et appeler maman d'une cabine publique pour lui dire que je ne rentrais pas, mais au bout de quelques semaines, elle présuma que si je ne revenais pas à la maison c'était que j'allais chez des amis ou que peut-être le téléphone avait été coupé. J'avais treize ans et j'errais dans les rues d'une autre ville avec mes nouveaux amis.

Je buvais du cidre et du Strawberry and Kiwi MD 20/20 avec eux sur de vieux ponts. Nous fumions des joints dans la maison d'un des garçons plus âgés, assis par terre sur des matelas. J'embrassai pour la première fois un garçon sur le parking de l'église et il me dit que j'embrassais comme un chien (ce qui était peut-être vrai, je me souviens que je n'avais aucune idée du moment où je devais bouger la tête) et passai rapidement au « pelotage » puis au sexe. Je perdis ma virginité à quatorze ans, complètement bourrée, avec un beau garçon de seize ans qui s'appelait Paul. Il me déclara qu'il mettrait une capote et qu'il ne le faisait avec personne d'autre. Je suppose que ça aurait pu être pire. Tout s'accéléra, si bien que je ne m'en rendis pas compte. Un an peut-être entre ma première cuite et le moment où je buvais tout ce que je trouvais. Entre mon premier baiser et le moment où je couchais avec n'importe qui. Entre mon retour à la maison tous les soirs pour regarder la télé avec maman et mes errances dans les cités de Motherwell avec un slip de rechange dans mon sac à dos sans me soucier de l'endroit où je passerais la nuit.

Je suppliai ma mère de me laisser changer de collège pour Motherwell High où allaient la plupart de mes amis de l'église. Elle accepta parce qu'elle ne supportait pas de me voir pleurer sans arrêt et aussi parce qu'elle devait savoir ce que j'endurais là où j'étais. Dans mon nouveau collège, immense, mes amis, plus vieux, n'étaient pas dans ma classe. Je me souviens d'un cours d'anglais où une fille me demanda : « T'as déjà pris quoi ? » Puis elle m'énuméra toute une série de drogues qu'elle avait essayées. « T'as pris des barbitos ? » Je la vis quelques semaines plus tard accrochée à un réverbère, les jambes comme de la gelée, grimaçante, complètement défoncée.

Je me faisais sans arrêt virer de la classe pour une raison ou une autre. Finalement – je ne sais plus pourquoi – je cessai d'y aller. Je traînais chez Kenny, un garçon de l'église plus âgé qui vivait avec sa mère. Je regardais MTV et je mangeais des croque-monsieur avec lui. Ou bien j'allais dans un petit coin boisé et mangeais un paquet de mauvais biscuits en lisant. De temps en temps, je tentais la bibliothèque, espérant qu'on ne me surprendrait pas à sécher les cours.

À l'église, Paul, avec qui nous avions tous fumé des joints, mit une fille enceinte et fut sommé de se repentir sous peine d'excommunication. Il refusa de dire qu'il regrettait ses actes, ou son enfant, et fut mis dehors. Quelques-uns d'entre nous ont contesté la décision et, voyant qu'en fait le pardon n'était que très relatif, nous avons peu à peu cessé d'aller à l'église. Mais, sans l'église, il n'y avait plus grand-chose qui me liait à ces gens. Avec l'alcool, la baise et la dope à crédit chez le dealer du coin vinrent les frictions.

Je me retrouvai très seule, sans copains et sans maison où j'étais la bienvenue. Sans collège où retourner et, je le savais, sans véritable espoir d'avenir. Ma mère était de nouveau malade. Un jour elle me dit qu'elle avait demandé un signe (tout en m'affirmant avec véhémence qu'elle ne croyait pas en mon Dieu) lui enjoignant de continuer et à ce moment précis elle avait entendu des enfants dans la rue criant après un écureuil qui courait sur notre toit. « Un écureuil ! Tu te rends compte ? » Elle prenait manifestement cet écureuil pour un signe de Dieu.

L'été, à la fin d'un long trimestre solitaire durant lequel je traînais toute seule, tentais sans succès de rentrer dans les bonnes grâces de mon ancien groupe de copains en buvant plus, fumant plus et « sortant » avec plus de garçons, essayant de me faire valoir de la seule manière que je connaissais, maman reçut une lettre concernant mon absence au collège.

Cette lettre arriva en même temps que Richie, qui vint nous voir, nous envoya une carte postale ou téléphona pour dire qu'il vivait au bord de la mer et qu'il y avait plein de « meublés et de boulots ».

Et voilà.

20

COATBRIDGE
2018

Le matin de ma réservation de train pour le North Lanarkshire, je reçus un message de mon Airbnb de Glasgow me demandant de « vérifier les trains à cause de la météo » et un autre de ma vieille amie Sally à qui je devais rendre visite en revenant des cités où j'avais vécu. Elle me conseillait d'« emporter plein de pulls ! » Je jetai un coup d'œil par la fenêtre de notre appartement sur notre premier hiver à Liverpool, gris et humide, et me demandai ce qui se passait dans cette petite ville du bord de mer.

Le voyage fut magnifique. Le train traversait des villes industrielles et des paysages ruraux. La neige tombait comme sur une carte postale. J'appuyai la tête contre la vitre, regardai dehors et sentis une étrange sérénité m'envahir. J'étais dans le train et il arriverait ce qui arriverait.

Sally m'avait envoyé un mail plusieurs mois auparavant avec comme sujet « en googlant une vieille amie qu'est-ce que je trouve ? » et qui commençait par : « Kerry Hudson bon sang c'est elle ! » Sally, une de mes meilleures amies quand j'avais quatorze ans et que je fréquentais la New Light Church. C'était alors une adolescente douce et rêveuse aux poignets maigres, dont la tignasse noire et bouclée lui tombait tout le temps dans les yeux. Je dormais souvent chez elle. Nous mangions toujours la même chose pour le dîner : une boîte de Kraft Macaroni Cheese que nous partagions assises côte à côte sur son lit. Je me maquillai pour la première fois avec ce qu'elle me prêta. Elle croyait aux fantômes, mais en avait honte car c'était bien peu chrétien. Elle fumait, mais tenait la clope délicatement entre ses doigts comme une petite fille qui fait semblant de fumer avec un stylo. Je ne l'avais pas revue depuis vingt-quatre ans.

Je lui avais répondu par un mail chaleureux en lui disant de ne pas s'en faire à propos de la dispute dont elle parlait (et dont je ne me souvenais pas) – « De toute façon, nous avons mal vécu notre adolescence… quelle période horrible… Dieu merci, nous en sommes sorties ! » Je poursuivais en disant que j'allais souvent en Écosse ou qu'elle pourrait venir sur mon bateau (que je n'ai finalement jamais acheté). Puis, à la façon dont je traite mon passé, j'avais refermé la fenêtre et j'avais laissé ses mails suivants sans réponse. Je m'étais retirée en invoquant mon travail et le fait que j'étais amoureuse.

J'ai repris le contact quand j'ai commencé à écrire ce livre et je lui ai demandé si elle voulait bien qu'on se revoie et qu'on discute quand je reviendrais. Je ne m'attendais pas à une réponse de sa part car je l'avais mal traitée, mais elle m'écrivit qu'elle serait ravie. Elle était assistante sociale, mère célibataire, tricoteuse, portait des perruques le week-end pour changer. Quand elle s'était trouvée enceinte, elle était revenue à Wishaw, près de Motherwell. Elle disait qu'elle serait contente de me rencontrer et je trouvais que c'était une assez bonne raison pour finalement monter dans un train.

J'avais toujours pensé que j'avais imaginé les hivers de mon enfance. Les mains et les pieds engourdis qui picotaient et démangeaient en se réchauffant, l'impression que le vent était chargé de glace et m'arrachait lentement la peau. Mais en traînant mon sac sur les trottoirs brillants de Glasgow, je me rendis compte que je n'étais tout simplement pas revenue depuis bien longtemps.

Le lendemain, la tempête de neige empira, la température dégringola. J'avançais lentement dans les rues transformées en patinoires vers la station de métro en même temps que les enfants en uniforme scolaire. Nous marchions les jambes raides et arquées comme si nous nous étions tous chié dessus, affectés en plus d'une hernie discale. Tout en glissant et en hésitant, je prenais conscience que, même lors des hivers très froids, plus au sud je n'avais jamais connu ces trottoirs gelés dont mes muscles raidis se souvenaient si bien depuis mon enfance. Les autorités locales pensaient sans doute que personne dans les quartiers les plus pauvres ne devait se rendre dans un lieu important et ne se souciaient guère que tout se retrouve figé et que les retraités se cassent le col du fémur.

Mes bottines prenaient déjà l'eau glacée. Je revis ma mère : une paire de chaussettes, deux sacs en plastique, une autre paire de chaussettes et enfin les chaussures. Quelques pas dans le salon pour s'assurer qu'on n'entendait pas de bruissement. Je m'arrêtai pour observer un gamin qui donnait des coups de talon dans une flaque gelée – un autre souvenir.

Je pris le train de Motherwell pour rejoindre Sally. Assise, je regardais défiler les villages aux noms vaguement familiers – Cambuslang, Uddingston, Bellshill – avec une stupéfaction étourdissante et teintée de peur devenue la norme chaque fois que je revenais dans un endroit où j'avais vécu. Sally m'attendait en haut des marches en béton de la gare. Je montai en souriant, la pris dans mes bras. Elle posa son menton sur mon épaule, nous avions de nouveau quatorze ans.

« Mon Dieu, Kerry, tu n'as pas du tout changé. »

Ce n'était pas vrai. Des mois passés à trop manger par angoisse et à dormir dans la journée m'avaient donné l'air d'une pomme terne. À l'époque où Sally et moi étions amies, j'étais maigre comme un coucou, toute en angoisse existentielle, et je sautais les repas pour traîner avec mes copains.

« J'allais te dire exactement la même chose ! »

C'était vrai. En vingt-cinq ans, au cours desquels elle avait eu de nombreux emplois, un bébé, connu plusieurs villes et des peines de cœur, elle n'avait presque pas changé. Quelques rides aux coins de la bouche et des yeux, à peine visibles. Une plus grande assurance dans sa façon de se tenir. Ses mains restaient calmement contre elle au lieu de papillonner en permanence autour de ses cheveux et de son visage, mais, franchement, c'était toujours Sally, cette femme qui m'attendait en haut des marches de la gare en rêvassant jusqu'à ce que je prononce son nom.

Elle me proposa de m'emmener voir son bureau, puis de me déposer à Coatbridge. Nous sommes passées devant la boutique de New Age Christian où nous achetions des babioles et devant un pub où nous avions laissé avec inquiétude deux hommes beaucoup plus vieux nous acheter des demis de lager et nous prendre par la taille. Elle me parla des gens qu'elle voyait encore et qui n'avaient apparemment pas changé non plus. Je faillis m'accrocher à son bras, comme nous le faisions à l'adolescence, avant de me souvenir que vingt ans s'étaient écoulés et que je devais peut-être lui payer d'abord un demi de lager.

Dans les bureaux de l'aide sociale de Motherwell, où Sally guide des adolescents perturbés durant leurs études secondaires, puis dans leurs choix d'avenir, elle me présenta à ses collègues. Tous géraient des projets importants et supervisaient des équipes de travailleurs sociaux. Je fus très surprise de l'aisance avec laquelle elle leur parlait. Tout comme, j'imagine, elle dut l'être par l'assurance avec laquelle je serrais les mains de tout le monde, et parlais de mon livre et de son sujet.

J'avais toujours imaginé le travail social comme une sorte de chaos – des papiers partout, les téléphones qui ne cessent de sonner –, mais un grand silence régnait dans le bureau à l'ancienne incroyablement ordonné. La cheffe de Sally, une grosse femme d'environ soixante ans, travaillait dans le secteur depuis trente-cinq ans. À côté d'elle se trouvaient une femme brune et souriante, et une autre pleine d'assurance.

Pendant que Sally me préparait une tasse de thé, je dis que j'avais été à l'école à Motherwell et les interrogeai sur les changements qu'elles avaient constatés au cours des années. Elles convinrent toutes que l'un des plus gros problèmes était le nombre de sans-abri.

« Dans n'importe quelle rue maintenant on trouve des sans-abri, ce qui n'était pas le cas même il y a dix ans. Les gens ne sont pas SDF parce qu'ils n'ont pas de logement, mais à cause de problèmes de santé mentale, d'abus de substances toxiques qui les poussent au suicide, et je ne crois pas que le public en soit conscient. Je crois qu'il ne les considère pas comme des êtres humains. »

L'une des femmes m'expliqua avec fierté qu'elle était à l'initiative de la prévention du suicide chez les hommes – en 2017, trois fois plus d'hommes que de femmes se sont suicidés en Écosse et ces chiffres sont nettement corrélés avec les milieux défavorisés. Elle déclara qu'il fallait trouver de nouvelles manières de parler de la dépression aux hommes, qu'ils ne veulent pas en discuter avec un médecin ou un travailleur social. Ils sont bien plus susceptibles de se confier à un coiffeur ou à un entraîneur de la salle de sport. On recrute donc des volontaires locaux. « Nous avons travaillé avec McDonald's, les communautés religieuses, les supermarchés Morrisons et Asda, de sorte que tout le monde parle du suicide. Et je ne sais pas si vous vous souvenez, nous appelions le cancer une "longue maladie". Nous ne prononcions pas le mot cancer, nous chuchotions "elle est atteinte d'une longue maladie", mais nous avons réussi à dépasser ce stade et il faut faire la même chose pour le suicide et la santé mentale. »

Sally devait passer un coup de téléphone et les autres femmes me tinrent gentiment compagnie, me racontant que leurs services avaient été mis en ligne. Mais, demandai-je, que se passe-t-il si les gens ne savent pas se servir d'un ordinateur ? S'ils n'ont pas accès à Internet ou à un ordinateur ? Je sentis qu'elles en avaient peut-être assez de ces questions ou qu'elles n'avaient pas de bonnes réponses à apporter, mais elles me parlèrent tout de même du développement de nouvelles « plateformes » en partenariat avec les cabinets de médecins généralistes où les gens pouvaient se connecter, et elles m'expliquèrent que toutes les bibliothèques écossaises avaient un ordinateur. Il me parut grossier de contester, c'étaient elles les spécialistes et, plus encore, les collègues de Sally. Je n'évoquai donc pas les gens qui ne peuvent pas quitter leur domicile, ne peuvent pas payer un ticket de bus pour aller à la bibliothèque, ceux qui hésitent à se servir d'un ordinateur dans un lieu public, les bibliothécaires qui doivent devenir tuteurs et conseillers en allocations en plus de leur fonction qualifiée.

Sally revint en agitant ses clés et rassembla quelques affaires à emporter à son rendez-vous. Je remerciai ses collègues et me demandai tout haut quelle vie nous aurions, moi et ma famille, si nous habitions ici aujourd'hui et si nous nous débattions dans nos difficultés comme à l'époque.

« Pire par certains aspects.

— Différente, je dirais. »

Ce fut la plus âgée, la cheffe de Sally, réservée jusque-là, qui prit la parole. « Je suis contente que nous soyons en Écosse. On voit l'influence des Tories, leurs coupes budgétaires et leur attitude envers ceux qui perçoivent des allocations. Mais la tolérance, le sentiment de solidarité, je pense que nous l'avons encore ici. »

En sortant, je dis à Sally que, chez moi, j'avais été élevée dans l'idée que les travailleurs sociaux étaient de bonnes âmes qui cherchaient à vous coincer, qu'il fallait au mieux les considérer avec méfiance. Je n'éprouvais aujourd'hui que de l'empathie et du respect pour la difficulté du travail de ces femmes. Je pensais à ce que je ressentirais dans ma tête et ma conscience en voyant une mère au supermarché manifestant son inquiétude devant le coût des produits, ou un enfant vêtu d'un manteau trop léger, et je me demandais quelle énergie il fallait pour faire ce travail pas seulement un an mais des dizaines d'années.

J'étais quelque peu réconfortée de voir que des gens ayant clairement bon cœur ainsi qu'une vive intelligence et de l'expérience faisaient de leur mieux dans cette nouvelle version de notre pays. Une version où ceux qui ont le moins de pouvoir sont le plus dénigrés. Comme le soulignait un rapport récent des Nations unies sur la pauvreté au Royaume-Uni, les personnes les plus touchées par les huit dernières années d'austérité ont été les femmes, les enfants, les handicapés, les retraités, les demandeurs d'asile et les migrants, ainsi que les pauvres vivant à la campagne. En bref, tous ceux que ces femmes s'efforçaient d'atteindre, en dépit des obstacles.

Je quittai le bureau avec l'impression d'avoir rencontré des superhéroïnes, de celles qui récoltent toute la mauvaise presse et les boulots merdiques, mais qui continuent coûte que coûte à tenter de sauver ceux qui ont besoin de l'être.

Nous sommes arrivées au parking. « Quelle belle voiture ! » m'exclamai-je, mais je pensais : « Merde, Sally. Tu conduis ! »

Nous sommes montées dans la voiture, mais, avant que Sally démarre, j'ai touché son poignet mince. « Je te dois des excuses. »

Sally perdit un instant sa nouvelle assurance. « Oh, non…

— Si, vraiment. Tu m'as envoyé des mails vraiment gentils et je n'ai pas répondu. Je suis désolée, c'est juste que… j'ai du mal à me pencher sur mon passé.

— Bon… tu es ici maintenant.

— Je suis vraiment ravie de te voir. Merci pour ton aide. »

Les routes étaient glissantes, bordées de gros tas de neige fondue grise et marron. D'épais flocons fouettaient les essuie-glaces. Elle me déposa dans un Coatbridge que je ne reconnaissais pas du tout et nous convînmes de nous retrouver le lendemain. J'étais dans la neige jusqu'aux chevilles. Au rond-point autour duquel les voitures tournaient lentement, il y avait un McDonald's près d'un immense panneau annonçant un centre commercial où se trouvaient un Next, un Costa et un Tesco. Il régnait le silence qu'apporte une abondante chute de neige. Je me dis : « Eh bien, j'y suis » et me mis en route péniblement vers la rangée de bâtiments ressemblant à des containers où était située la banque alimentaire de Coatbridge. Sally m'avait dit que la visite pourrait m'intéresser.

Une fois la porte franchie, je me trouvai dans un endroit très agréable qui ressemblait à une petite agence comptable avec une réception tapissée d'une belle moquette et une pièce attenante. Au-delà se trouvait la zone de distribution et ses rangées d'étagères de produits non périssables. J'expliquai assez confusément que je ne voulais pas les interrompre dans leur travail, que j'avais vécu ici, que j'écrivais un livre et que j'espérais qu'on m'accorderait quelques minutes. Angela, une petite femme en polaire bleue et bottes de caoutchouc roses, me fit entrer. Elle me proposa du thé et m'invita à m'asseoir à ses côtés à un bureau en face des étagères, tandis que les autres volontaires faisaient cercle autour de nous. Tous semblaient avoir envie de bavarder. Je souris et leur dis que j'avais passé mon adolescence à Greenend. Et tout le monde se détendit. En dépit de mes belles bottes, de mon manteau et de mes manières polies, ils savaient ce que signifiait avoir grandi à Greenend. Je me servis souvent de cette déclaration en rencontrant des inconnus les jours suivants – « Vous comprenez ? Je suis là seulement pour raconter ma propre histoire. »

Ils me parlèrent du récent cambriolage dont ils avaient été victimes, des gens du quartier qui avaient aidé à refaire les stocks. Ils parlaient tous en même temps, voulant tous dire à quel point les gens s'étaient montrés efficaces.

« Ça a été comme un tsunami ensuite.

— Parole, c'était extraordinaire.

— Il y avait tout le monde – des entreprises, des gens du coin. »

Je secouai la tête en me demandant qui pouvait voler une banque alimentaire. À quel point il fallait être blessé, en colère et potentiellement affamé pour prendre la nourriture de la bouche de gens qui meurent littéralement de faim.

« Nous avions une boîte de conserve où on mettait des pièces. Vous savez, une tirelire. Ils l'ont défoncée, mais il n'y avait que des pennies dedans. »

Je leur racontai que nous n'avions souvent pas grand-chose à manger quand j'étais jeune, mais que je ne me souvenais pas des banques alimentaires. Je trouvais effrayant qu'il y en ait tant aujourd'hui.

« En ce moment, ce sont les sanctions sur les allocations qui frappent vraiment les gens. Et ils n'y sont pour rien. Nous recevons même ici des personnes qui ont un travail mais qui ne sont pas payées depuis un mois.

— Et puis il y a ceux qui travaillent, mais sans contrat à durée déterminée ni congés payés. Ils ont de faibles revenus et des contrats à zéro heure. Ça arrive partout – même la sécurité sociale en emploie.

— C'est particulièrement difficile à Noël, à Pâques, pendant les vacances d'été. Parce que beaucoup de ces familles, celles à faibles revenus, ont bénéficié de repas gratuits à l'école et mangeaient le soir des toasts avec des haricots ou des œufs parce qu'ils avaient eu un vrai repas dans la journée. Comment faire pendant les vacances ? »

J'émis un bruit bizarre et triste. Je connaissais ces situations, bien sûr, mais j'étais peinée de voir la faim théorique concrétisée sur les étagères par la mention « produits de base » – boîtes de haricots, gros paquets de pâtes et sacs humides de pain de mie. J'ai la même réaction devant les boutiques d'objets mis en gage – je sais qu'elles existent mais j'ai les larmes aux yeux quand j'en vois une, à cause de tout ce qu'elles représentent pour moi. Parce que certaines choses me font remonter le temps comme si des années ne s'étaient pas écoulées.

Un homme plus âgé désigna une femme debout et m'expliqua qu'elle s'assurait toujours que les animaux aient aussi à manger. Elle avait l'air à la fois timide et fier. « Oui, eh bien, j'ai un chien et, quand j'ai traversé une mauvaise passe, j'ai continué à le nourrir. Un animal fait partie de la famille. »

Je leur dis que je trouvais leur travail exceptionnel. Que c'était émouvant de savoir qu'il y avait partout des gens comme eux qui faisaient de leur mieux. Même si leur effort n'aurait pas dû être nécessaire.

« Nous avons beaucoup de chance. Il y a même des enfants qui viennent avec leur tirelire et qui l'ouvrent pour nous.

— Au moment de Noël, un homme nous a dit :

“Je suis resté assis dans ma voiture vingt minutes en cherchant le courage d’entrer.” Il était bien habillé, il travaillait, mais son mariage venait d’éclater et il devait payer plusieurs mois de caution pour son nouvel appartement. Il était mort de honte, il avait le cœur brisé. Je me suis assis avec lui et nous lui avons donné de quoi manger, ainsi qu’un supplément au cas où il ne voudrait pas revenir. Je lui ai dit : “N’ayez pas peur de revenir, gardez votre argent pour vos factures de gaz et d’électricité.”»

Ils me demandèrent quand le livre allait paraître. Je leur répondis :

« Pas avant l’année prochaine. Il faut encore que je l’écrive !

— Je ne serai peut-être plus là », déclara un rigolo.

Tout le monde rit et on me raconta d’autres anecdotes.

« Une femme travaillait chez Marks & Spencer. Son mari lui a volé son salaire et a vendu l’ordinateur des enfants. C’était la deuxième fois. Elle est venue ici chercher de quoi nourrir les petits. Et elle travaillait, elle travaillait dur. Elle a fait arrêter son mari et a fini par le plaquer.

— Un homme qui avait une entreprise rentable a fait faillite et il s’est retrouvé tout d’un coup sans rien.

— Un autre était travailleur saisonnier, couvreur, il ne trouvait pas de travail et devait nourrir sa famille.

— Deux filles, l’une à l’université, l’autre à l’école. Leur mère est partie. Elles n’avaient rien, pas de serviettes hygiéniques, rien, et elles n’en ont parlé à personne. Elles faisaient comme elles pouvaient parce qu’elles étaient trop fières. Je me rappelle que l’assistante sociale était effondrée en me racontant ça. »

Je me dis qu’il fallait vraiment que les choses soient

graves pour choquer une assistante sociale à notre époque. Je voulais leur dire que je ne comprenais que trop bien.

« Je crois que beaucoup de ceux qui ont un préjugé contre la pauvreté ne se rendent pas compte que nous sommes tous susceptibles d'y basculer.

— Oui, il suffit qu'il manque quelques salaires, ce qui peut arriver à tout le monde. »

Je leur demandai ce qui pourrait remettre sur pied une ville comme Coatbridge. Ce qui pourrait améliorer la vie de ceux qui galéraient.

« Franchement, il n'y a rien à changer à Coatbridge. Le système vient de plus haut, du gouvernement. Comme nous le disions tout à l'heure, le problème, ce sont les sanctions. Nous avons eu une femme qui avait un cancer et son traitement à l'hôpital tombait le même jour que son rendez-vous aux allocations. Elle a été sanctionnée pour s'être rendue à son traitement. Ce n'est pas ici, à Coatbridge, que se situe le problème. »

Ils m'invitèrent à partager quelques sandwichs. J'aurais été heureuse de passer plus de temps en leur compagnie bienveillante et un peu brouillonne, mais j'expliquai que je voulais faire un tour en ville tant qu'il ne neigeait pas.

Il y avait une femme à la réception quand je partis. Elle avait peut-être une cinquantaine d'années, même s'il était difficile de lui donner un âge à cause de son visage dur, prématurément las, un visage que j'avais vu chez tant de femmes dans ma jeunesse. Un peu voûtée, elle était tournée vers un volontaire qui remplissait un bloc-notes avec enthousiasme et efficacité, et tentait de la mettre à l'aise, sachant ce qu'avait dû lui coûter le simple fait de franchir la porte.

« N'importe quoi, vraiment n'importe quoi de vos produits…

— Vous avez des animaux ?

— Oui, deux chiens.

— Bon, on va leur trouver quelque chose à eux aussi. »

J'agitai la main et m'en allai bien vite de peur de me mettre à pleurer devant la peine et les difficultés de cette femme, et pourtant ce n'étaient même pas les miennes.

Sur la route, devant le garage, dans l'empreinte creusée par un pas dans la neige, je trouvai un billet de dix livres. Je le ramassai et le retournai dans mes mains. Je ne pouvais pas décemment le garder. Je revins sur mes pas pour le donner à la banque alimentaire, mais je ne me sentais pas le courage de retourner là-bas et de revoir cette femme. Je me dis que j'allais attendre et le lui donner directement, mais je ne voulais pas qu'elle ressente l'impression de chaud/froid, de reconnaissance/honte provoquée par une aumône et dont je ne me souvenais que trop bien. Finalement, je remis le billet où je l'avais trouvé, sachant qu'elle devrait emprunter ce chemin en partant. J'espérais de tout mon cœur qu'elle le verrait.

Dix livres. Une somme que je dépensais parfois sans sourciller pour un café et une tranche de gâteau, ce qui me semblait aujourd'hui si peu comparativement. J'avais oublié que ce billet pouvait représenter beaucoup d'argent. Qu'un billet dans son porte-monnaie pouvait s'apparenter à une bouée de sauvetage dans une mer déchaînée. Je m'en souvins au creux de mon ventre, par la douleur dans mes os. Je me mis en route vers le centre de Coatbridge où la moitié des boutiques étaient condamnées.

J'étais en retard. J'avais besoin d'un café. Il me fallait quelque chose pour effacer comme une gomme l'effet des deux petites pilules roses de bêtabloquants que je prends quand j'ai conscience d'avoir peur. J'avançai entre les tours de Motherwell. Je connaissais le chemin, mais j'étais surprise par l'aspect morne du bâtiment. Il devait être neuf vingt-cinq ans plus tôt. Je m'en souvenais sous un jour plus ensoleillé. Mais la New Light Church en brique jaune sale ressemblait maintenant à une maison de retraite qui avait connu des jours meilleurs.

L'office avait commencé quand j'entrai. Une femme ronde et souriante en pull des années quatre-vingt m'accueillit.

« Je suis désolée, je suis un peu en retard. » Je fis un geste vers les bruits que j'entendais dans la pièce voisine. « Est-ce que je peux… Je me demandais si je pouvais… assister à l'office ? »

La femme parut interloquée, puis ravie, et me fit entrer. J'imagine qu'ils ne voyaient pas souvent de nouveaux venus.

Je fus étonnée du sentiment d'apaisement que je ressentis après tant d'années en marchant entre les tables préparées pour le café et les sodas, en me dirigeant vers la salle où se tenaient les fidèles. L'assemblée était clairsemée.

Quelques personnes âgées se retournèrent et m'adressèrent un sourire, que je leur rendis. La chaleur me procura un réconfort à la fois physique et affectif. Mais en m'avançant je remarquai un petit garçon d'environ quatre ans sur l'estrade. Il tenait un micro, entouré d'adultes rayonnants, tandis qu'un musicien grattait doucement une guitare électrique et qu'un autre effleurait les cymbales. Je ne saisis pas ce que disait l'enfant, sinon qu'il s'agissait d'être sauvé. Il parlait de Dieu. De temps en temps, quelqu'un criait : « Oui, Seigneur ! » Puis le pasteur prit le micro et déclara quelque chose comme : « De la bouche des enfants. Dieu est bon. » Et tout le monde applaudit.

C'était très émouvant. C'était d'une connerie absolue. Ce tout petit gosse qui apprenait ce qu'était le péché, le diable et comment plaire à Dieu avant de savoir nouer ses lacets. Tout le réconfort que j'avais éprouvé en venant, toute la culpabilité ou le doute quant à savoir si j'allais me présenter après l'office, tout disparut. J'eus l'impression que mon café tournait à l'aigre dans mon ventre.

Je m'assis au bord d'un banc au fond de la salle. L'église était beaucoup plus vide qu'à mon époque. Peut-être à cause de la neige. Mais peut-être pas. « Je me demande si quelqu'un te reconnaîtra », m'avait dit Sally la veille (elle n'avait pas voulu venir avec moi). J'avais répondu que je ne pensais pas mais, assise là, je devenais nerveuse. Quelqu'un fit passer une feuille imprimée comportant quelques questions et de la place pour prendre des notes sur le sermon. Je fus contente de pouvoir m'occuper à écrire.

Vinrent ensuite des ballades rock (dont une que j'ai chantonnée pendant des mois). Je baissai la tête et fermai les yeux pour la prière qui me rappelait un peu la méditation consciente que j'avais appris à aimer. Le sermon avait pour thème « Prends courage », extrait du livre de Joshua, mais je n'écoutais pas vraiment. J'étais très mal à l'aise, malgré la chaleur de la pièce et la guitare douce qui auraient dû m'apaiser. Je pris finalement mon courage à deux mains et m'en allai sous les yeux des fidèles braqués sur moi.

La neige fondue me fouettait le visage. J'enroulai mon écharpe autour de ma tête et me dirigeai vers le parking où m'attendait Sally.

« C'était tellement bizarre. Tellement bizarre. J'ai échangé mon premier baiser sur ces marches. Je n'arrive pas à croire que nous venions ici.

— Je sais. C'est dingue. »

Nous avons secoué la tête, genre « putain, c'était quoi ce truc ? » et nous sommes allées au pub. Nous avons toutes deux commandé du gratin de macaroni sans nous concerter et nous nous sommes rendu ainsi compte que nous étions en pleine régression. Nous avons parlé du passé, mais surtout de nos vies actuelles : sa fille adolescente, mon mariage qui approchait, les endroits où nous avions été, nos vies amoureuses.

Nous étions encore un peu timides, mais nous avons mangé et bu pendant qu'elle m'en disait davantage sur la façon dont elle avait élevé seule sa fille et sur la réussite de celle-ci à ses examens.

« Et toi ? Tu y as déjà pensé ? » demanda-t-elle.

Je bus une longue gorgée de bière, pensai à ma mère, à mes grands-mères, à ma sœur, au petit garçon sur l'estrade. Ce qui avait changé en moi à Aberdeen quand, dans la cour de mon ancienne école, j'observais cette mère et son bébé, et n'avait pas repris la place occupée auparavant. J'avais toujours été terrifiée à l'idée d'être mère, j'avais trop peur de faire du mal à l'enfant que je portais en moi pour oser y penser. Mais, d'une certaine façon, cette peur commençait à évoluer.

« En fait, je ne sais vraiment pas ce que j'en pense. »

Elle m'emmena chez elle et me présenta sa fille – une belle adolescente de quinze ans qui faisait ses devoirs de maths et qui, de façon alarmante, paraissait plus mûre que nous. Je caressai son chaton sans poils qui ressemblait un peu, avec son col roulé rose, à un vieil homme très affectueux qui aurait rétréci. Nous avons bu du thé, puis Sally m'a raccompagnée à la gare. Elle me fit signe de la main tandis que je descendais les marches en béton. Comme si nous avions de nouveau quinze ans.

21

GREAT YARMOUTH
1995

« Pourquoi tu le détestes tellement ?

— Parce que chaque fois qu'il est dans le coin, c'est pire. »

Je savais que j'avais raison à propos de Richie, mais quand il arriva de Great Yarmouth même moi je fus contente de le voir. Il débarqua à Coatbridge dans une voiture orange vif des années quatre-vingt qu'il avait « empruntée » à un copain. Maman et moi étions pliées en deux de rire quand il sortit et s'appuya contre la voiture, très fier de lui, comme un Knight Rider de North Lanark. Je la surnommai la Tangomobile.

S'ensuivit l'habituelle précipitation – un jour, deux peut-être – pour partir. Il fallut peu de temps pour emballer nos affaires. Presque tout ce que nous emportions tenait dans des sacs-poubelle noirs et des cartons de chips récupérés à la boutique du coin. Le reste était tellement merdique que ça ne valait pas la peine de l'emporter à l'autre bout du pays. Ma sœur était ravie de voir son père. Maman aussi était enchantée, peut-être par la perspective d'un autre nouveau départ ou simplement parce que les voisins allaient voir que nous n'étions pas seules après tout.

Moi ? Je savais que j'allais me ramasser à Coatbridge et, en outre, que je n'aurais aucun mal à partir. J'avais décidé que je changerais à Great Yarmouth. Je deviendrais cool, je me ferais des amis que je garderais. Je ferais du surf et je serais bronzée comme les filles de *Summer Bay*.

Le trajet ne fut pas de tout repos. Nous étions entassés tous les quatre dans la Tangomobile avec nos boîtes, nos sacs et les relents de transpiration en ce mois d'août. Nous sommes tombés en panne à mi-chemin, maman et Richie se sont disputés et nous avons dormi sur une aire de stationnement, les jambes emmêlées, avant d'être remorqués le lendemain matin jusqu'à un garage, où nous avons avoué que nous n'avions pas d'argent. Maman n'eut pas d'autre choix que de laisser nos carnets d'allocations cornés comme gage que nous paierions la facture. Je garde un net souvenir de nous trois accroupies près de la voiture et des ruisseaux de pisse qui s'entrelaçaient, puis de notre entrée dans la banlieue grise de Great Yarmouth et de nos esprits aussi vides d'optimisme que nos vessies.

Je ne me rappelle plus ce que nous avons mangé ce soir-là, mais je sais que nous n'avions pas d'argent jusqu'à l'ouverture du bureau d'aide sociale le lendemain où maman pouvait obtenir un prêt d'urgence et demander le remplacement des carnets. Nous créchions chez Richie le temps que maman nous déclare sans abri. Il n'avait pas mentionné – ou maman n'y avait probablement pas prêté attention – le fait qu'il vivait dans un studio à peine assez grand pour déplier son canapé aux taches douteuses. L'idée était peut-être que plus nous étions mal logés, plus vite on nous accorderait un appartement.

Son studio se trouvait dans une des grandes villas blanc sale sur le front de mer converties en foyers pour les vagabonds qui avaient assuré les travaux saisonniers l'été puis restaient là l'hiver, quand il n'y avait plus de travail, car ils n'avaient nulle part où aller.

On y entendait l'annonce répétitive du haut-parleur du Sea Life Centre et de temps en temps les cris des vacanciers surexcités. La première chose que nous dit Richie fut de ne pas glisser les mains dans le dos du canapé.

« Pourquoi on ferait ça ?

— Cherche pas. Le fais pas, c'est tout. Il y a des vieilles seringues là-dedans. »

La seconde fut de ne pas adresser la parole aux autres occupants.

Voilà où nous étions. Moi, quatorze ans, ma sœur, sept ans, ma mère et son ex-mari dans une pièce pas plus grande que ma chambre de Coatbridge. Le Sea Life Centre serinait ses heures d'ouverture, Richie et moi étions en désaccord sur tout et maman, comme d'habitude, regardait autour d'elle, se demandant dans quel merdier on s'était fourrées. Ces quelques jours furent éprouvants.

Au cours de la première semaine maman nous trouva une place dans un B&B qui acceptait les allocations logement, à deux rues du front de mer, dans une rangée de maisons mitoyennes ornées de paniers suspendus et de pancartes « Chambres à louer ». Pour l'intégralité de notre allocation logement plus une partie de nos allocations familiales, nous avons obtenu deux petites chambres attenantes, l'une avec un lit double, l'autre avec un lit simple, une salle de bains et une cuisine communes, et une télé en noir et blanc. Je me souviens de n'avoir croisé qu'un seul autre locataire, un homme dans la cinquantaine qui nous dit de ne pas laisser notre papier toilette dans la salle de bains commune car on nous le volerait.

C'était le mois d'août 1995 et Great Yarmouth n'était pas encore la ville fantôme qu'elle devint dans les années qui suivirent. Je tuais le temps en me promenant toute seule. Je me mêlais aux touristes et farfouillais dans les CD au magasin de disques, Prism Records. J'entrais dans une boutique, Slippery Dicks, et j'admirais avec envie les T-shirts des groupes musicaux. Je voulais devenir artiste ou écrivaine. Je passais beaucoup de temps à dessiner au stylo dans mon carnet et je commençai à écrire un roman sur une mécanicienne impertinente, Kat, qui plaisait à tous les garçons.

Maman me dit que j'étais assez grande pour trouver du travail et qu'elle voulait que je ne reste pas enfermée. Je fis le tour des restaurants et le dernier, un grand café très bon marché, spécialisé dans les menus fixes et les repas pour enfants, m'engagea comme serveuse à 1,50 livre de l'heure. J'étais une serveuse exécrable. Je répandis un jour tout un bol de *spotted dick*[1] et de crème anglaise sur les genoux d'un vieux monsieur. Je n'étais pas « jolie » selon les critères de la majorité des hommes. Je portais des lunettes et n'avais pas de seins, mais le gérant à queue-de-cheval trouvait que j'avais un beau cul (« Même toi tu peux l'apprécier », disait-il au chef gay quand je me penchais pour prendre des petits pains) et je travaillais autant d'heures qu'il voulait pour presque rien.

1. Sorte de pudding.

Je me liai d'amitié avec une serveuse d'une vingtaine d'années venue d'Écosse, qui vivait elle aussi dans un B&B. Ensemble nous buvions des demis de lager au lime avec les chefs après le service et nous fumions de l'herbe dans sa chambre entièrement vide, à part nos chaussures éparpillées et sa trousse de maquillage. J'achetai un sachet d'herbe à l'un des chefs. Quand maman le trouva, elle rit comme une baleine, car je m'étais fait refiler un sachet d'origan. Maman savait que je buvais et que je fumais de l'herbe tout le temps. Je ne sais pas si elle se sentait incapable de me gérer, mais je soupçonne qu'elle ne supportait pas d'être en guerre avec moi. Elle voulait être ma copine, pas ma mère.

Je n'oublierai jamais le jour où j'ai reçu ma première petite enveloppe brune contenant les billets de vingt livres, fruit de mon travail. Le sentiment d'être riche. J'ai invité ma mère à manger des gâteaux à la crème et à boire du thé dans ce qui passait pour l'un des meilleurs cafés de la ville, et j'ai emmené ma sœur déguster une glace et visiter le Sea Life Centre. Je me suis acheté quelques vêtements pour le collège chez New Look ainsi que des pastels à l'huile et un carnet de croquis. Ce n'était pas grand-chose, mais plus que je n'avais jamais connu. La liberté que me donnait cet argent, la liberté de savoir que, si j'avais un salaire, je pouvais me déplacer, acheter ce dont j'avais besoin – et même ce qui me faisait plaisir –, que je n'aurais jamais faim si je gagnais ma vie, voilà ce que m'apprit ce premier boulot merdique.

Il m'apprit aussi à composer avec ce qui m'était infligé, à ne pas faire d'histoires à moins d'être sur le point de partir et à m'assurer qu'on ne m'arnaquait pas sur ma dernière paie. Il m'apprit à quel point ce genre de boulot me rendait vulnérable et à quel point on me regardait de haut. Il m'apprit l'équilibre des pouvoirs, le contrôle et la soumission. Paradoxalement, j'avais de la chance de pouvoir me soumettre si facilement et de supporter qu'on me crie dessus, qu'on me lance des trucs avec des commentaires concupiscents et des mains baladeuses, qu'on me crache à la figure et qu'on me traite de salope et de putain à cause de quelques livres de pourboires. La plupart des gens n'y parvenaient pas et je ne le leur reproche pas. Rien d'étonnant à ce que les gens en marge semblent parfois répugner à travailler, à accepter n'importe quel emploi (même si c'est très rarement le cas), car plus le salaire est minable, plus le travail est dur, plus on est traité comme de la merde. Dans ces boulots, en fait, on est traité comme on est vu : malheureusement nécessaire, mais jetable et très en dessous de tous les autres.

Pendant vingt-quatre ans j'ai bossé dur dans des emplois que j'avais la chance d'obtenir parce que je savais charmer et mentir aux gens qui me prenaient à l'essai, parce que j'avais le don d'apprendre vite, de me taire et que j'avais découvert que plus je faisais d'heures, plus je m'habituais à cette lassitude de tout le corps. Parce que, comme disait ma mère, « j'avais la tête de l'emploi ». J'étais blonde et souriante, je savais ce que voulaient les gens et je le leur donnais.

De mes quatorze à mes trente-huit ans qui approchent à grands pas, j'ai toujours travaillé. Même quand j'allais très mal, quand j'étais si angoissée que je pleurais dès que j'étais seule et que tout mon corps se couvrait de psoriasis comme s'il se fabriquait une armure, j'ai travaillé avec acharnement. Centres d'appels, elfe de Noël chez Harrods, serveuse à maintes reprises, femme de chambre, vendeuse, nettoyage des toilettes, collecte de fonds dans la rue, garde d'enfants, travail social, finalement travail dans des associations caritatives – de l'accueil au téléphone à la collecte de plus d'un million de livres. Et toujours j'écoutais ceux qui n'avaient pas vécu un seul jour la même vie que moi prétendre que les gens de mon espèce étaient des tire-au-flanc et des profiteurs.

Si je peux l'éviter, je ne crois pas que j'accepterais encore ces boulots et toute cette merde.

J'aurais sans doute continué à travailler si j'avais pu, mais la saison estivale était presque terminée. Great Yarmouth se vida soudain et « Oh my Darling Clementine » joué par les machines gourmandes de la galerie marchande résonnait sur les trottoirs déserts. Les pubs étaient vides et la queue devant l'agence pour l'emploi bien plus longue.

Maman avait choisi mon collège après avoir rencontré deux adolescents qui lui avaient plu et leur avoir demandé où ils allaient. Je prenais donc le bus tous les jours de Great Yarmouth jusqu'à Caister High School. La région n'est riche nulle part, mais Caister Village, comparé à Great Yarmouth, était habité par la classe moyenne. De jolies maisons avec des jardins soignés et des voitures familiales dans les allées. Mes camarades de classe vivaient dans des maisons dont la famille était propriétaire. Leurs parents leur servaient de taxi et ils avaient toujours de l'argent pour acheter des vêtements le week-end. Cet établissement semblait un bon choix sauf que, bien sûr, ma pauvreté et ma différence se remarquaient plus que jamais.

Tout se passa bien au début. Il s'avéra que l'Écosse n'avait pas seulement un an d'avance sur les programmes, mais aussi sur le comportement des adolescents indisciplinés. Je fumais de l'herbe, ma mère nous acheta du cidre un vendredi soir avant la soirée roller disco aux Winter Gardens, je n'étais pas vierge – choses très utiles. Je devins amie avec un groupe de filles moyennement populaires. Et, tout à leur honneur, non seulement elles m'acceptèrent, mais elles vinrent même dans notre deux-pièces miteux boire des bouteilles de deux litres de cidre et ne racontèrent pas à tout le collège que je vivais dans un B&B merdique et dormais dans la même chambre que ma mère. Ce qui tenait du miracle.

Mais elles étaient trop bien élevées pour moi qui aimais Alanis Morissette, Green Day et boire le plus possible. J'étais trop bizarre et trop agitée pour elles. Je me mis au théâtre et commençai à sortir et à boire avec le groupe d'acteurs amateurs (je tiens à remercier ici les hommes de trente et quarante ans qui m'offraient des verres). J'allais dans les nombreuses boîtes de Great Yarmouth. J'appris rapidement que je devais être aguichante pour avoir de la valeur. Je compris que porter une jupe courte, dévoiler un peu de peau comme promesse de sexe augmentait légèrement cette valeur. Au Peggotty's Bar, où mes nouvelles copines du collège et moi allions le plus souvent, la bouteille noire de cidre K coûtait 99 pence et, si on dansait sur la table de billard, le DJ vous donnait une bouteille de « champagne » à boire en remuant les hanches.

Nous avions déménagé, ma mère, ma sœur et moi, dans un tout petit appentis sur une place voisine d'un parking. C'était un trois-« pièces », si par pièces on entend un minuscule salon où étaient coincés une cuisinière et un frigo moisi, une « chambre » entièrement occupée par un lit double et un lit simple, et une douche où des champignons poussaient entre les plinthes.

Nous avions loué l'endroit à un propriétaire privé, ce qui impliquait un supplément à payer, mais nous étions tellement contentes de pouvoir vivre et dormir dans des pièces séparées. Nous avions comme voisins un homme d'une cinquantaine d'années – je croyais qu'il m'apportait des cadeaux par intérêt un peu paternel jusqu'à ce que maman m'explique en s'esclaffant qu'il avait le béguin pour moi – et un Gallois au rez-de-chaussée qui sniffait de la colle. Nous l'entendions beugler avec colère contre lui-même, casser des meubles pendant que nous essayions de nous concentrer sur *EastEnders*.

Les deux filles du collège avec qui je traînais sortaient avec des garçons du foyer de sans-abri près de chez moi. Comme j'étais pauvre, bizarre et pas particulièrement jolie, elles me permettaient de les suivre car je n'étais ni une concurrente ni une menace, compte tenu de leur épanouissement précoce, de leur langue acérée et de leur beauté à couper le souffle. En outre, elles pouvaient toujours prétendre qu'elles habitaient chez moi et je trouvais toujours de l'alcool.

Nous sortions en boîte en bande. Je ne fis jamais vraiment partie du groupe, mais j'aimais tout de même m'en trouver proche. J'embrassais quelques-uns des garçons et je couchais avec eux dans des pièces juste meublées d'un micro-ondes, d'un matelas nu et de cendriers sales. Ces garçons, n'ayant pas encore vingt ans, ne pouvaient se payer qu'un seul verre le samedi et ils étaient probablement très perturbés eux aussi. Pour nous, c'étaient des hommes plus vieux qui nous prêtaient attention et pour eux nous étions des admiratrices qui les faisions se sentir plus importants et plus adultes, et qu'ils baisaient de temps en temps.

Tout se serait sans doute bien passé pour moi, malgré les soûleries, la baise, le logement merdique, le manque d'argent et les problèmes de maman. Sauf que je me suis fâchée avec ces filles. Alors les rumeurs ont commencé. Il n'y a pas plus assoiffées de vengeance que les adolescentes. Si je voulais engager des assassins, je ne choisirais que des adolescentes ayant un intérêt personnel dans l'histoire. Quand les rumeurs commencèrent au collège, quand tout le monde assista à ma dégringolade dans l'échelle sociale et que je me retrouvai avec les pauvres, les joufflus et les fêlés, ce fut la curée.

Je ne me suis jamais particulièrement définie comme persécutée pendant presque toute ma scolarité, mais je suis certaine que cette expérience est profondément enfouie en moi et qu'elle intervient dans la façon dont je me comporte physiquement et mentalement dans ma vie d'adulte. Le problème fut peut-être que la situation tourna très vite en désastre parce que je ne trouvais pas le moyen de ne pas être blessée, furieuse, de ne pas montrer mes émotions.

On me traita de tous les noms. J'étais une salope, une pute, une gouine, je puais, j'avais le sida. On me marchait sur les talons jusqu'à la classe, on changeait délibérément de place pour m'éviter, on m'enfonçait des crayons et des compas dans le dos pendant les cours de maths, puis on me souriait quand je me retournais, les larmes aux yeux, en suppliant d'arrêter. Mes vêtements, mon corps, mon visage, ma façon de parler. Si j'étais trop intelligente ou si je paraissais idiote. Presque à chaque moment, chaque jour au collège, on me faisait comprendre qu'on me détestait, qu'on trouvait tout dégoûtant chez moi et que tout le monde pensait la même chose. Sept heures par jour, cinq jours par semaine, pendant des années.

J'allai voir un professeur et lui expliquai en sanglotant qu'on me persécutait et que, peu importait ce qui arriverait, il fallait que je quitte ce cours de maths. Il me répondit que la seule solution était de me mettre au cours de rattrapage et ce fut là où j'atterris. Cette décision partait peut-être d'un bon sentiment, mais un autre professeur regarda ma jupe et dit au premier : « Ça sent le poisson » en agitant la main. Je suppose qu'il pensait à mes poils pubiens.

Un soir j'appelai mon père en pleurant, tandis que maman se tenait tout près de moi. S'il te plaît, s'il te plaît, le suppliai-je, est-ce que je peux venir chez toi et aller au collège à Londres ? Je lui dis qu'on me persécutait, que tout le monde me détestait, que je ne pouvais plus le supporter. Il répondit non. Pourquoi ? demandai-je. Il répondit qu'il n'était pas capable de s'occuper de moi. Maman eut l'air satisfait et je pleurai tellement que mon visage était tout gonflé le lendemain.

Finalement, heureusement, les vacances d'été arrivèrent. Je me souviens que je pleurais de soulagement en rentrant en bus à la maison. Nous avions déménagé encore ailleurs, dans une petite maison (deux pièces en bas, deux chambres en haut), avec salle de bains attenante et un autre W-C dans la cuisine, dans un quartier résidentiel à la périphérie de la ville. Il y faisait glacial et humide, il n'y avait pas de meubles, mais c'était beaucoup mieux, et de loin, que là où nous avions vécu depuis longtemps. J'allais à la bibliothèque dans un bâtiment en béton, à côté du bureau des affaires sociales et de la clinique du planning familial, et j'empruntais des piles de livres que je portais en courbant l'échine jusqu'à la maison, à vingt minutes de marche. Je lisais tout ce qui me tombait sous la main, même si j'avais une gueule de bois épouvantable, si maman tempêtait ou si j'avais le cœur brisé parce que personne ne m'avait appelée pour sortir.

Dans les boîtes, je hurlais sur « Return of the Mack » et demandais à des hommes deux fois plus vieux que moi qui me pelotaient les fesses à travers ma robe en polyester bon marché s'ils avaient lu Truman Capote, tout en essayant de ne pas renverser mon snakebite. On imagine comment c'était accueilli. Je tenais le compte du nombre d'hommes avec qui je sortais chaque soir, en général plus de dix, mais moins de vingt. Je couchai sous une jetée avec l'un des garçons les plus populaires de l'école qui ne m'avait jamais parlé ni prêté attention. Il ôta mon tampon, le lança près de ma tête, s'agita quelques minutes, m'abandonna couchée dans le sable à côté de mon tampon sanguinolent et de son préservatif usagé et retourna dans la boîte. Il ne me parla plus jamais ni ne me prêta attention par la suite.

Je trouvai un job d'été dans le café d'une famille chypriote grecque où je passais mon temps à chanter avec la radio et à servir des grandes tasses de thé de la couleur des collants bruns que portait ma grand-mère américaine. Je dépensais mon salaire en petites robes, en maquillage, en Sun In qui donnait à mes cheveux une teinte jaune que je trouvais superbe. Je m'achetai des lentilles de contact et dépensai beaucoup d'argent en cabine de bronzage. Je n'avais pas vraiment d'amis cet été-là et je ne sortais que de temps en temps avec qui voulait bien de moi. Mais je travaillais, j'avais de l'argent et les hommes klaxonnaient quand je passais près de leur voiture. Je lisais les livres de la bibliothèque qui me donnaient l'idée qu'une vie meilleure m'attendait peut-être si j'arrivais à échapper à la poisse de cette ville. Je rendis visite à mon père dans son centre de réadaptation pour alcooliques convalescents à Westbourne Grove, y entendis toutes les langues possibles dans les rues alentour et lui dis que je voulais vivre à Londres quand je serais plus vieille.

Je constituais la plus risquée des combinaisons : j'étais pleine d'espoir, blessée, vulnérable, récemment consciente de mon attrait sexuel et très, très seule.

Je crois n'avoir jamais éprouvé un sentiment de terreur aussi fort, vécu une situation apparemment aussi inéluctable que lorsque je dus retourner au collège cette année-là. Mes planches de salut furent le groupe de gothiques et de geeks avec qui je me mis à traîner, les cours d'anglais et d'art. Quand j'entrais dans ces salles de classe, je savais que pendant une heure je ne serais pas persécutée, je ferais quelque chose que j'aimais et, point crucial, quelque chose qui me donnait l'espoir de pouvoir m'en sortir, de quitter Great Yarmouth en laissant tous ces gens derrière moi, et de me réinventer.

Je vivais dans l'attente du vendredi soir au Brunswick. Le « Brunny » avait trois étages. Celui du haut passait de la musique pop. C'était là que j'allais en robe ultracourte. Je m'y suis un jour ouvert le genou sur du verre brisé et j'ai tout de même continué à danser toute la nuit. À l'étage du milieu il y avait des groupes live et des hommes mûrs qui buvaient de la bière et nous pelotaient le cul quand nous passions. Le sous-sol, appelé « The Crypt », était entièrement peint en noir. Les murs dégoulinaient de sueur et de bière bon marché. On y jouait du rock indé, de la musique rétro, du métal et du grunge. Le public était fait de dingues et de ratés. Pour moi qui cherchais ma tribu, c'était une révélation. Nous continuions à sortir dans d'autres boîtes : Ocean Rooms le jeudi, le Garibaldi ou Bourbon Street le samedi, mais The Crypt était l'endroit où nous avions l'impression de sentir la vraie vie, une vie qui me plaisait vraiment.

Ce fut là que je rencontrai Lisa, une mère célibataire de vingt-huit ans avec un fils de huit ans. Tout commença quand j'allai chez elle avec quelques autres, à deux pas du Brunswick. Elle avait douze ans de plus que moi, mais nous sommes devenues inséparables. C'était une hippie, une ancienne motarde. Elle avait du caractère, buvait autant que moi et était toujours prête à faire la fête. Je crois qu'elle était un peu en manque de mecs avec qui sortir, elle aimait les types plus jeunes, à peu près de mon âge, et nous nous sommes collées ensemble.

J'ai fêté mes seize ans avec elle, mais je ne me rappelle pas grand-chose. Nous avons couché avec les types des groupes qui jouaient au Brunswick. Nous étions de parfaites acolytes. Je vivais presque en permanence chez elle. La relation avec ma mère se détériorait de plus en plus. Une fois, elle appela la police pour me faire rechercher, alors qu'il m'arrivait souvent de ne pas rentrer pendant plusieurs jours. Et un jour où j'*étais* rentrée, je trouvai un manteau qui couvrait une flaque rose de vomi : elle avait bu toute une bouteille de cherry.

Lisa était très marrante. Elle était la première amie que j'aimais vraiment, elle était souvent maternelle, elle aimait flirter. Nous dormions dans le même lit, y faisions l'amour en même temps et nous nous sommes embrassées plus d'une fois. Il lui arrivait aussi de se montrer possessive, jalouse, à la fois de moi si je m'intéressais à des garçons, ou des garçons s'ils s'intéressaient à moi. C'était tout aussi grisant, exaltant et tumultueux qu'un premier amour, surtout pour une collégienne qui avait passé toute sa vie désespérément seule. Sauf, bien sûr, qu'elle avait douze ans de plus que moi, et là non plus, ça n'allait pas vraiment.

Elle commença à sortir avec Simon, un garçon de seize ans, beau mais perturbé. Ils parurent heureux un certain temps. Notre amitié se partageait entre aller à des fêtes, danser et boire de grandes tasses de thé pour faire passer la gueule de bois, tout en discutant des types avec qui nous avions couché la veille. Elle me régalait d'histoires de sa jeunesse.

J'avais donc une vie secrète. Pendant la semaine, j'enfilais mon uniforme du collège et je faisais de mon mieux pour traverser la journée indemne. Je restais tranquille. J'arpentais les couloirs à l'heure du déjeuner pour ne pas présenter une cible facile, je cessais d'apprendre en classe, sauf en anglais et en théâtre où je savais que les professeurs me soutenaient et où, j'ignore pourquoi, mes camarades ne me torturaient jamais.

Le soir, j'allais chez Lisa. Nous buvions du thé et du vin, nous regardions *Friends* et nous bavardions. Nous sortions le week-end, faisions le tour des bars et des clubs comme s'ils nous appartenaient, à qui danserait la première. J'adorais aguicher les hommes, mais dès que l'un d'eux se montrait correct et avait vraiment envie de sortir avec moi, je le larguais tout de suite.

D'une part j'avançais en zigzag, trop vive et trop jeune, trop en attente de quelque chose pour réparer mes fêlures. De l'autre, je me faisais constamment massacrer. Chacune nourrissait l'autre. Le week-end je buvais de plus en plus, couchais avec de plus en plus d'hommes, et la semaine je m'éloignais de plus en plus du collège, des amis de mon âge et de tout ce qu'on considérait comme normal. Si maman s'en rendait compte, elle en voulait surtout à Lisa qui avait maintenant plus d'influence qu'elle. Si le collège s'en rendit compte, je n'en perçus aucun signe. Personne d'autre ne se souciait de moi.

J'imagine que je me formais à ma façon. J'appris qu'un homme d'une vingtaine d'années aimait qu'on lui répète qu'on n'avait que quinze ans en le branlant maladroitement. J'appris qu'on n'était jamais trop beurré pour les hommes et que l'âge n'était pas un obstacle (je n'ai jamais menti là-dessus et ça n'a jamais arrêté personne). J'appris que les bagarres étaient inévitables. Un jour, la mère et la sœur d'un type que j'avais seulement embrassé s'en prirent à moi. L'une me maintint à terre pendant que l'autre me donnait des coups de pied avec ses chaussures blanches en plastique à semelles compensées. Je dus aller aux urgences le lendemain et on me fit une piqûre ressemblant à une péridurale. Maman fut écœurée par ma conduite (elle ne vit jamais le lien entre ses bitures et les miennes) et refusa d'accepter que je n'arrive pas à me lever. Elle me tira de force du lit, malgré mes cris de douleur et les spasmes de mon dos. Sans autre option et sans argent, je me traînai chez Lisa où je dormis deux semaines sur son canapé, dans les vapes à cause du Di-Antalvic, jusqu'à ce que maman s'excuse et que je rentre à la maison.

J'appris à quel point le sexe était une marchandise consommable et quel pouvoir il donnait. J'appris que les filles de mon âge tombaient facilement enceintes en voyant toutes celles de mon petit cercle fluctuant qui se retrouvèrent dans cette situation en un an. J'appris à me projeter d'une certaine façon – dure, grande gueule. J'appris qu'une avalanche de merde me guettait toujours au coin de la rue, alors autant me noyer dans une mer de gnôle et la laisser m'emmener où elle voulait.

Je ne crois pas qu'une chose en particulier me fit prendre cette décision. C'était environ deux ou trois mois avant le GCSE[1] et, malgré tout le reste, mes notes attendues étaient des A et des B (sauf en maths évidemment). Je voulais aller à l'université à Londres. J'avais déjà passé un entretien et avais été acceptée dans un cours de théâtre à l'université la plus proche.

Je me réveillai un matin, au début d'un week-end et compris que je ne pouvais plus supporter ma torture quotidienne. J'en parlai à maman en mangeant des spaghetti bolognaise le dimanche soir devant la télé. Je lui expliquai mon plan. J'irais à l'université quelque part et obtiendrais des diplômes, mais si je devais retourner au collège encore deux mois, je risquais de me suicider.

Je ne sais pas si j'ai vraiment cru que je le ferais, mais je savais que je ne pouvais plus affronter cette humiliation quotidienne. Parmi tout ce que j'ai vécu de difficile et de douloureux, je considère que le pire est d'être coincée quelque part comme souffre-douleur de mes pairs. En écrivant ces mots, j'en tremble encore.

Je cessai donc d'aller au collège. Je trouvai un emploi de serveuse car la saison d'été commençait. Je dépensais mon salaire pour sortir et boire. Étonnamment, un seul professeur – le professeur d'anglais, Mr Collar – m'appela pour savoir où j'étais. J'avais

1. Équivalent du brevet des collèges, examen qu'on passe matière par matière.

alors découvert que je pouvais passer l'année suivante à travailler quelques matières du GCSE au Norwich City College. Je le remerciai de son appel, mais ne lui dis pas combien sa gentillesse, son enthousiasme sincère et son intérêt m'avaient été salutaires. Mr Collar, si vous lisez ces lignes, je vous remercie de tout mon cœur.

22

GREAT YARMOUTH
1997

Cet été-là fut le théâtre de la première agression sexuelle. Deux amies et moi rentrions ensemble chez nous après une soirée. Nous étions moins ivres que d'habitude – ces filles, que j'avais connues en travaillant, avaient mon âge et buvaient moins que Lisa et moi. Il était 2 heures du matin passées, mais tant que nous marchions en groupe et dans un quartier résidentiel, nous nous sentions en sécurité.

D'abord une camionnette blanche nous dépassa. Rien de très étonnant, sauf qu'il était tard et que nous étions dans une petite rue près de chez moi où il y avait peu de circulation, même dans la journée. Nous n'y avons pas prêté attention, nous étions euphoriques, nous parlions de la soirée, de nos projets pour la semaine.

Quand il sortit d'un bond du passage, à peine à cinquante mètres de chez moi, il portait un bas sur la tête. L'espace d'une demi-seconde, j'eus envie de rire, je le fis peut-être, parce que les violeurs ne portaient certainement des bas sur la tête que dans les films.

Tout s'arrêta. J'entendis la voix de ma mère. Toutes

ses histoires de croquemitaines étaient en train de se réaliser. Je l'entendis aussi clairement que si elle criait à côté de moi : « Hurle et cours. Tu m'entends ? Si quelqu'un essaie de t'attaquer, tu hurles et tu cours. » Je me mis donc à hurler à l'aide et à courir vers ma porte. En me retournant, je vis une de mes amies plaquée au sol, le type sur elle et l'autre fille qui le tirait et lui donnait des coups de pied. Un voisin ouvrit sa fenêtre et se mit à nous crier dessus, je revins en arrière en courant, toujours hurlant à l'aide. L'homme prit peur et s'enfuit. Nous sommes rentrées en clopinant chez ma mère, hystériques et tremblantes.

C'était dans le journal local, l'*Advertiser*, quelques centimètres dans une colonne. Il avait déchiré le short de mon amie. Tout le monde déclara que nous avions eu de la chance, mais j'avais eu si peur que je ne quittai pas la maison pendant une semaine. Quand je finis par sortir, je tremblais sans pouvoir m'arrêter. Je devais passer devant cette ruelle presque tous les jours, où que j'aille. Je finis par me remettre, ou je le crus, ainsi que mes amies. Mais nous n'étions plus amies. Je pense qu'elles me soupçonnèrent d'avoir tenté de m'enfuir. C'était peut-être vrai. Hurle et cours – c'est ce qu'on m'avait appris.

J'entrai en septembre au Norwich City College pour étudier l'anglais, le théâtre et les arts en vue de passer le GCSE en septembre. Je crois que je n'avais jamais été aussi heureuse. Je percevais une sorte d'ouverture vers l'avenir. Je portais des chaussures de parachutiste et un sac de l'armée rouge cerise. Je lisais ostensiblement le *Melody Maker* et m'asseyais en tailleur sur ma chaise.

Je me réveillais tous les matins à 6 h 30 et prenais le bus vers une vraie ville en passant par de petits villages. Une ville impersonnelle où je marchais jusqu'à un grand établissement rempli d'étudiants qui ne me connaissaient pas et qui m'aimaient bien. Je me fis très vite des relations, je connaissais les groupes qu'il fallait, je portais les vêtements qu'il fallait, j'avais des amis plus vieux et je sortais tout le temps. Ces étudiants, dont la plupart habitaient de jolies maisons dans la banlieue ou dans des villages, me considéraient comme une fêtarde. Ils avaient sans doute raison.

Mais j'aimais aussi apprendre. J'aimais marcher en tenant mes classeurs contre ma poitrine, lire mes pièces de théâtre et mes livres assise dans les couloirs du campus. Je me trouvais enfin dans des classes où les gens avaient choisi de venir. Mes professeurs d'anglais et de théâtre m'encourageaient. Ma professeure d'anglais me dit que j'étais une écrivaine-née. J'étais aux anges, mes doigts me picotaient tant j'étais contente, mais je fis comme si elle plaisantait. J'étais très mauvaise en art et je laissai tomber – comme chaque fois que je me suis trouvée face à quelque chose où je ne suis pas bonne.

Je passais beaucoup de temps à Norwich avec mes amis du College – ce qui déplaisait à maman comme à Lisa, selon divers degrés de subtilité. Pour mes dix-sept ans mon père m'envoya une robe du soir ornée de perles. Lisa emballa dix-sept petits cadeaux, y compris un sac à dos Elmo rouge en peluche. Je dansai toute la nuit à The Crypt et tout semblait aller bien.

Mais, comme je l'ai dit, on ne sait jamais quand l'avalanche des merdes suivantes va débouler et les miennes arrivèrent toutes en même temps.

Il y eut deux autres agressions. La première se produisit devant l'immeuble de Lisa un soir à 19 h 30.

Comme j'allais appuyer sur le bouton de l'interphone, je sentis quelqu'un derrière moi et une main me saisit l'entrejambe. J'ouvris la bouche pour hurler, mais rien ne sortit et en tournant vivement la tête je vis les yeux d'un homme portant un masque de ski noir et un pull qui paraissait avoir été acheté à Glastonbury (« le genre de pull que mettent les hippies », je crois que c'est ce que je déclarai à la police). Hurler. Courir. J'ai hurlé. « Putain, lâche-moi ! » Mais c'était plus un chuchotement fébrile qu'un hurlement. Quoi qu'il en soit, la rage qu'il vit dans mes yeux le fit s'enfuir. Moi, je restai là.

J'appelai la police parce qu'on m'avait appris que c'était ce qu'il fallait faire pour les empêcher de s'attaquer à d'autres. Les policiers vinrent, consciencieux mais dubitatifs, prirent ma déposition en faisant allusion à mon « manque de chance » récent. Ils devaient penser que j'étais « une de ces filles », mais je les pris au mot et dis que je pensais avoir eu vraiment beaucoup de chance puisque j'avais échappé deux fois à une agression.

Quelques mois plus tard, l'homme se rendit de lui-même à la police à cause d'une vague d'agressions sexuelles violentes dans la ville voisine. Il avait peur qu'on ne les lui mette sur le dos. On trouva son pull de hippie. Il fut déclaré coupable de mon agression et de quelques autres – mais il n'avait jamais violé personne. La policière qui vint me parler de ses aveux et revérifia ma déposition s'excusa pour ses collègues, mais je ne compris que dix ans plus tard ce qu'elle voulait dire.

La fois suivante, en rentrant du College, j'entendis une voix derrière moi. Je vis en me retournant un gros type d'âge moyen qui tenait sa bite flasque dans sa main, s'avançait vers moi et criait (« salope », je crois).

Je hurlai (le réflexe venait naturellement, à présent) et me mis à courir, mais pas par peur. Je me demandais si toute ma vie serait ainsi, si telle était la vie d'une femme. J'en parlai à ma mère qui me dit : « C'est ta façon de marcher. Je comprends ce qu'ils voient avec ta queue-de-cheval blonde qui se balance. » Elle poursuivit : « J'ai peur que tu ne t'en sortes pas. » Mais elle, comme tous les autres, sous-estimait mon désir de vivre, de partir, de m'échapper. Je n'en parlai pas à la police cette fois.

Je buvais toujours prodigieusement. Je buvais davantage depuis que j'allais au College, car tout à coup il n'y avait rien de mal à boire l'après-midi dans le petit local des étudiants et de continuer dans les bars. Si j'avais de l'argent, je buvais.

Je réussis mes GCSE, un A en théâtre et deux A+ en langue et en littérature anglaises. Je m'inscrivis aux A-levels[1] et à un GCSE de maths au College l'année suivante. J'avais toujours le projet d'aller à l'université à Londres.

Great Yarmouth n'était qu'un lieu temporaire, dépourvu de perspectives, que j'allais quitter assez vite et donc, me disais-je, autant m'en donner à cœur joie pendant que j'étais là.

Je couchai de nouveau avec le type – appelons-le Steve – qui m'avait un jour demandé de répéter sans arrêt que j'avais quinze ans pendant que je le branlais. Je le fis pour plusieurs raisons. L'une était que j'avais deux ans de plus et que je cherchais à l'impressionner après qu'il m'avait rejetée parce que j'avais quinze ans

1. Équivalent du baccalauréat, examen qu'on passe matière par matière.

(assez bien pour une branlette, mais rien de plus). Une autre était que, en dépit de mes dix-sept ans, j'avais un vide à la place où aurait dû se trouver mon amour-propre, qu'il était populaire dans notre bande et qu'il me désire me rendait un peu spéciale. À l'époque, j'avais commencé à sortir avec un homme de vingt-huit ans qui vivait à Londres. Il était propriétaire de son appartement et travaillait comme consultant. Il était correct avec moi – en faisant abstraction du fait discutable qu'un homme de près de trente ans sorte avec une adolescente. Il avait dit qu'il attendrait que je sois prête pour faire l'amour. Je couchai de nouveau avec Steve parce que j'avais peur de ne pas baiser assez bien pour un vrai adulte avec un vrai boulot, qui me traitait bien et venait de Londres en train pour me voir.

Le lendemain, le sperme de Steve se baladant encore en moi, j'allai retrouver mon nouveau copain consultant et son père (qui, je m'en souviens avec amusement, portait des sandales et des chaussettes) avec une gueule de bois élaborée par le diable en personne, et peu après je découvris que j'étais enceinte.

Je ne me cherche pas d'excuses. J'étais ivre et stupide. J'étais complètement bourrée. Tellement bourrée que je faillis tomber par-dessus la rampe en montant l'escalier chez Steve. Mais je me souviens clairement du moment où j'avais décidé de coucher de nouveau avec lui. Je tournais sur la piste de danse de The Crypt dans une robe à motif cachemire au son de Police, j'avais l'impression que ma vie commençait, je le voyais qui me regardait et je sentais ma peau devenir dorée par la puissance de son désir.

Ce fut Lisa qui me demanda de quand dataient mes dernières règles. Nous étions dans la cuisine en train de plaisanter devant une tasse de thé. Je comptai les jours. Même adulte, je n'ai jamais bien réussi à me souvenir de la date de mes règles. Mais en pointant les carrés sur son calendrier mural illustré par des vaches de dessins animés, je reconnus que j'avais au moins une semaine de retard.

Je fis le test le lendemain, seule chez elle pendant qu'elle était au travail. Je choisis le test le moins cher, je me demande même si je n'ai pas emprunté l'argent pour l'acheter. C'était un vieux truc bizarre : une coupelle en papier dans laquelle pisser et un rond en feutre ressemblant à un Polo à la menthe qui flottait dedans. Il devait dater des années quatre-vingt, mais il fonctionnait parfaitement. J'avais dix-sept ans et j'étais enceinte.

J'ai pleuré toute la nuit. Puis je me suis levée le lendemain matin, je suis allée au planning familial et je me suis inscrite pour une interruption de grossesse.

Je devais attendre d'être enceinte d'au moins huit semaines. Je me mis à broyer du noir. Je ne me sentais pas bien et j'étais fatiguée. J'avais envie de boire, mais je ne voulais pas sortir. Apparemment, en dépit de tous mes grands rêves et de ma nouvelle confiance en moi, j'étais aussi stupide que toutes les autres. Je ne mis pas en doute un seul instant ma décision – même si les adultes me posaient la question à chaque rendez-vous –, mais j'avais beaucoup de chagrin de devoir le faire. Je me convainquis que ce n'était qu'un amas de cellules, et pourtant je n'arrêtais pas de pleurer. Peut-être avais-je enfin quelque chose sur quoi pleurer. Lisa se fâcha parce que je ne voulais plus sortir en boîte et, comme si c'était elle qui avait mis l'embryon dans mon utérus, je rompis d'un coup. Je ne lui ai plus jamais parlé.

Je mis ma mère au courant et lui dis sans détour que j'allais faire une interruption de grossesse.

« Je veux aller à l'université. Je veux aller à Londres. »

Ce que je ne dis pas, c'est que je voulais quitter Great Yarmouth. Que je ne voulais pas finir comme elle.

Elle me répondit, sans vouloir être désagréable, que, avec un peu de chance, je ferais une fausse couche. Elle me dit (et elle avait raison) que les connards sadiques des cliniques mettaient les femmes qui avaient choisi d'avorter dans des chambres à côté de femmes qui venaient de perdre le bébé qu'elles désiraient. J'appelai une clinique privée dont j'avais vu la publicité au dos de *Cosmopolitan*, et en entendant le prix je raccrochai, embarrassée. Maman m'apporta des verres de gin glacé pendant que je pleurais, assise dans un bain si chaud que tout mon corps devint rose bonbon. Mais il ne se passa rien.

Lors des rendez-vous, je racontai que le père n'était personne pour moi, que j'étais ivre quand c'était arrivé, que je n'avais pas honte d'avorter, que ma décision montrait plutôt que j'avais de l'ambition, que je ne voulais pas gâcher ma vie quand je pouvais en faire tant de choses. Je détournais la tête pour ne pas regarder les échographies.

Quand vint le jour, je pensais qu'on m'endormirait, qu'on retirerait l'embryon et que ce serait terminé, comme quand on se fait arracher une dent. Je n'avais pas prévu qu'il me faudrait parler à des gens, qu'il y aurait des questions comme celles de l'infirmière irlandaise aux cheveux roux et frisés tirés en arrière. Les yeux brillants, elle me demanda plusieurs fois si j'étais certaine de vouloir le faire – employa-t-elle les termes « tuer le bébé » ? Je ne m'en souviens pas, mais elle aurait pu. À côté de moi, une femme plus vieille pleurait.

L'anesthésiste était plus âgé et gentil avec moi. Pendant qu'il me tenait la main et comptait à l'envers, je me demandais s'il me trouvait belle et s'il pourrait tomber amoureux de moi. Pauvre petite fille cinglée.

En me réveillant j'entendis quelqu'un chanter une chanson de Beautiful South, puis on me ramena dans la chambre. J'étais couverte de solution saline et de sang séché. J'étais fragile, mais ça allait. À la maison, maman m'enveloppa dans une couverture et me fit du riz au lait. C'était terminé, du moins je le croyais.

Au cours des vacances d'été, ayant vu une affiche au College, je partis à Londres assister à la journée de recrutement de Camp America. Dans cet immense centre de conférence à l'ouest de Londres, les camps d'été américains venaient chercher des moniteurs pour l'été suivant. Si on avait la chance d'être retenu, on avait droit à un billet aller-retour, un visa, une assurance médicale et un peu d'argent de poche à la fin du séjour pour voyager.

La plupart des jeunes étaient là avec leurs parents, mais moi j'étais venue en bus en essayant de ne pas avoir l'air trop débraillé dans mes vêtements choisis avec soin : chemisier bleu pâle serrant mon ventre encore un peu rond, cheveux relevés par des baguettes, chaussures Mary Jane qui me serraient les pieds.

Je ne crois pas avoir lu, dormi ou écouté de la musique pendant le voyage. Je regardais le paysage et je m'imaginais en Amérique. L'Amérique – où tout pouvait arriver et tellement loin de Great Yarmouth.

Des rangées de tables étaient installées dans les grandes salles où des Américains confiants et sérieux, en sweat-shirts, montraient des brochures ou des vidéos sur la « camp experience ». Sur des tableaux étaient affichées des photos d'enfants souriants et d'adolescents encore plus heureux.

J'allais de table en table, parlais aux directeurs et aux moniteurs des camps. Dans nos lettres d'invitation, on nous avait dit de « nous vendre » et Dieu sait que j'essayais. Mais comment m'imaginer dans un camp comportant deux piscines ? Un cinéma, des écuries et des voiliers rien que pour des gamins ? Assise sur une chaise pliante en face de ces gens, les pieds douloureux, j'avais l'impression qu'ils voyaient clair dans mon jeu. Et c'était peut-être vrai. À une table, une blonde aux dents incroyablement parfaites s'exclama avec enthousiasme : « Nous sommes un camp équestre ! » Je répondis poliment : « Oh non, merci. Je ne veux pas aller dans un camp religieux. »

Je m'éloignai tandis que leurs rires me bombardaient le dos.

À la fin, je bavardai avec deux hippies à la voix douce qui dirigeaient un camp 4-H – pour *head*, *heart*, *hands* et *health*[1] – nommé Bear Hill, dans le New Hampshire. Ils m'expliquèrent que la moitié des enfants étaient des hôtes payants et que l'autre moitié venaient gratuitement, que je devais être préparée car le camp était très rudimentaire.

« C'est bon. Ça me semble parfait. »

Je rentrai en bus, pleine d'espoir et de rêves sur New York, les *diners*, les amours de vacances et tous les endroits que je visiterais après mon été dans les

1. Tête, cœur, mains et santé.

montagnes. Était-ce cela ? Était-ce le commencement ? me demandai-je.

Mais une année ou presque me séparait de cette promesse d'un avenir meilleur et je me débattais encore avec les événements des derniers mois. Je ne saurais dire avec certitude quel impact l'interruption de grossesse eut sur moi, mais en un an j'avais subi trois agressions sexuelles, un avortement et je ne parlais plus à ma meilleure amie. Je ne racontai cela qu'à une seule personne de mon cours de A-level, un garçon adorable et bisexuel, David. C'était un enfant placé qui vivait seul depuis ses seize ans. Pour mes dix-huit ans, il m'emmena manger un burger et boire une pinte à Wetherspoon's. Je pleurai et il me tint les mains platoniquement sur la table poisseuse.

Je me mis à boire encore plus, mais peut-être cela va sans dire. Les A-levels étaient beaucoup plus difficiles que je n'avais cru et je réussissais de moins en moins bien. J'avais quelques amis à Norwich, mais aucun à Great Yarmouth et je passais la plupart des week-ends à la maison avec maman et ma sœur, dans notre petit salon où nous regardions *La Roue de la fortune* et *Casualty*. Tout en m'efforçant de rester au niveau en classe, je commençais à me rendre compte que mon rêve d'aller à l'université à Londres n'était pas réaliste.

Un week-end, une amie vint de Norwich pour sortir à Great Yarmouth. Je portais un arc-en-ciel de petits clips en forme de papillons dans les cheveux, un pantalon de treillis et un cache-cœur. J'étais déprimée et j'avais envie d'être regardée, de me sentir désirée. Cette soirée, pour le meilleur ou pour le pire, changea ma vie.

Quelques années plus tard, je dirais « ce truc qui m'est arrivé ». Dix ans après, j'appris à le qualifier de « sorte de viol ». Aujourd'hui, j'ai lu suffisamment – il m'arrive même d'aller voir sur Internet la définition légale pour être sûre – et je peux vraiment dire : « J'ai été violée. »

Sauf que non. Je trouve douloureux, effrayant d'écrire ces mots. Après tout, je n'ai pas été poussée dans une ruelle par un homme masqué. Je n'ai pas été victime d'un homme de la famille plus vieux. Je ne me suis pas débattue bec et ongles. Et peut-être que, si j'avais été un peu moins ivre, j'aurais volontiers consenti. Je l'avais déjà fait de nombreuses fois. Mais je n'ai pas consenti et je n'étais pas seulement bourrée – j'étais immobilisée et il était violent.

Je ne me souviens pas de grand-chose. Je crois qu'il avait une moustache, mais c'est le genre de détail que la mémoire peut fabriquer à propos d'un prédateur sexuel. Je ne sais pas pour quelle raison, il m'avait emmenée chez un autre homme que nous avions rencontré plus tôt dans la soirée, alors qu'il ne le connaissait pas. Quand mon amie entra, il me tenait nue à plat ventre sur la moquette du salon. Dès leur arrivée, il s'enfuit dans la nuit.

En me réveillant le lendemain matin je m'aperçus que je m'étais mouillée. Mon vagin était à vif et rouge, j'avais des bleus, des empreintes de doigts sur les cuisses, les fesses et les bras. Ayant trop peur que mon amie et le type qui vivait là se rendent compte que je m'étais mouillée dès que je me lèverais, à cause de l'odeur et de la tache, je restai beaucoup plus longtemps que je n'aurais dû dans cette maison. Nous avons fumé beaucoup d'herbe. Le type affirma qu'il ne connaissait pas l'autre et s'assura que je ne lui avais pas dit où je vivais ni ne lui avais donné mon numéro de téléphone. Impassible, je répondis : « Je ne crois pas qu'il soit du genre à appeler. »

Après notre départ, mon amie qui était gentille mais tête en l'air tenta de me parler de ce qui s'était passé. Je lui dis de la fermer et fonçai à la maison. Là m'attendait mon acceptation au programme de Camp America. Mon rêve de voyage, d'aventure et d'évasion. J'avais mal en m'asseyant sur le canapé et j'étais tellement stone que j'eus des difficultés pour ouvrir l'enveloppe.

Je tentai de me convaincre pendant des années que je ne devais pas y attacher de l'importance puisque j'avais si souvent couché avec des inconnus sur la plage, dans des ruelles et dans des pièces étrangères quand j'étais ivre.

Mais ça avait de l'importance parce que je n'avais pas choisi. Ça avait de l'importance parce que mon corps comprenait qu'il avait été violé. Ça a encore de l'importance.

Quelques semaines plus tard, je dus descendre du bus qui m'emmenait au College et je vomis dans la rue. J'étais de nouveau enceinte.

Je n'en parlai pas à la police. Je ne savais pas que j'aurais dû. S'il avait porté un masque, si j'avais eu de vraies blessures, si mon amie et le gars m'avaient vue me débattre (bien que je ne sache pas ce qu'ils avaient vu), je l'aurais peut-être fait, mais j'en doute. Je n'en parlai pas à ma mère, je pensais qu'elle dirait que c'était ma faute, et je le croyais aussi. Après mûre réflexion, une thérapie et des épanchements éplorés à 2 heures du matin avec des gens qui m'aimaient, j'ai honte de dire que je le crois encore un peu, même si je sais que c'est une connerie.

Cette fois, il n'y eut pas de paroles compatissantes, pas d'attentions pour l'adolescente enceinte. Quand le planning familial, les médecins, ma mère me demandèrent qui était le père, je répondis que, honnêtement, j'étais tellement bourrée que je ne m'en souvenais pas. Personne ne me posa d'autres questions. On se contenta de hausser les sourcils ou de me faire une leçon sur la contraception – on me dit que je ne pouvais pas continuer à me faire avorter plutôt que d'utiliser des préservatifs.

M'aurait-on demandé si j'avais été violée, je ne crois pas que j'aurais répondu oui. J'étais complètement dans le déni. Même si je savais, je savais avec certitude, que quelque chose d'impardonnable avait été fait à mon corps. Comme si mon corps le savait aussi, je fus affligée de terribles vomissements le matin. Je n'arrivais pas à manger et je ne rendais que de la bile filante ou de l'écume inquiétante. Je finis par aller chez le médecin demander des comprimés. Elle me reprocha, elle aussi, mon imprudence. Je lui criai que je n'étais pas idiote, que c'était un accident, que j'irais à l'université. Ma mère me cria dessus à son tour.

Plus je pleurais, plus je vomissais, plus je devenais vulnérable, plus maman était en colère, plus elle exigeait que je me lève. Elle me dit que de m'entendre me réveiller le matin et de devoir m'affronter la faisait gerber.

Je ne me souviens pas du deuxième avortement. Je me souviens qu'on me mit un implant contraceptif au bras. J'étais encore dans les vapes et, même si on m'avait expliqué, je ne savais absolument pas ce que c'était ni quels pouvaient être les effets secondaires.

Il n'y eut ni couverture ni riz au lait après. L'énorme serviette hygiénique de la Sécurité sociale me collait aux cuisses. Je suppliai maman d'appeler un taxi, mais elle me dit que nous prendrions le « banana bus » jaune et vert qui faisait le tour des cités. Elle déclara : « Mon tort a été de te gâter. Eh bien, maintenant c'est fini. »

J'eus une infection et saignai pendant des semaines. Je traînais dans ma robe de chambre puante vieille de plusieurs années et regardais la télé, l'air hébété. Maman se mettait en colère contre moi tous les jours et je rétorquais que bientôt je serais en Amérique et qu'elle ne me verrait plus. J'avais perdu tous mes amis.

Je savais que je devais travailler si je voulais avoir de l'argent de poche pour l'Amérique. La saison avait à peine commencé, mais je quittai le College où de toute façon j'étais en train d'échouer et fis le tour des boutiques à la recherche d'un emploi. Je trouvai un job dans un kiosque à hot-dogs attenant à une salle de jeux d'arcade. Je gagnais vingt livres par jour pour faire frire des saucisses tandis que les jeux d'arcade bourdonnaient sans cesse. Je travaillai dans un magasin de jouets où je devais empêcher les gens de voler, mais je n'en avais rien à foutre qu'ils volent. Je m'achetai des petits jouets comme si j'étais une gosse. Finalement, je fus engagée dans une bijouterie qui faisait aussi des prêts sur gages, tenue par un vieux couple adorable. Je perçais les oreilles et les nez avec un petit pistolet. Je me débrouillais bien, j'étais rapide et rassurante. Les jours fériés, je perçais trente, voire quarante paires d'oreilles par jour.

Je saignais encore des suites de mon avortement quand je montai dans l'avion pour Boston. Je n'avais jamais pris l'avion jusque-là et je fus ébahie par la petite trousse contenant des chaussettes et une mini-brosse à dents. Je regardai des films et me demandai si ce qu'on me donnait à manger sans arrêt était ou non gratuit.

Cet été-là je me suis occupée de trente enfants de cinq ans pendant un avis de tornade. Je les ai emmenés prudemment, sinon calmement, jusqu'à la cantine plongée dans le noir, tandis que les arbres s'abattaient derrière nous. J'ai marché un quart d'heure dans les bois tous les soirs pour atteindre les toilettes en plein air grouillantes d'araignées. J'ai été invitée dans des fermes avec les familles d'autres moniteurs. Nous avons fait du kayak sur leur lac et avons mangé du maïs cueilli le jour même. Je me suis liée d'amitié avec des gamins bizarres et fragiles comme moi. J'ai visité New York, me suis promenée dans Chelsea et me suis arrêtée pour boire un café dans des tasses géantes, comme dans *Friends*. À l'exception de deux vins-sodas illicites, je n'ai pas bu une goutte d'alcool pendant trois mois. J'ai beaucoup pleuré quand j'étais seule. J'ai fini par arrêter de saigner.

Mais parmi toutes les choses que m'offrit cet été, je n'oublierai jamais le décollage et l'atterrissage, l'impression au creux du ventre d'être soulevée et emportée. Et quand on est en l'air, on sait que rien de particulièrement bon ou mauvais ne peut arriver. On est simplement là, dans cet espace, on se dirige vers un endroit nouveau, une petite chose dans le grand ciel bleu.

23

GREAT YARMOUTH

2018

Le voyage en bus est très long de Liverpool à Great Yarmouth *via* Londres, mais il était normal que j'arrive à destination crevée et nauséeuse comme à l'issue de tous les autres voyages de ma jeunesse. En outre, j'avais ajourné le trajet jusqu'au tout dernier moment et j'étais presque à court d'argent pour payer l'hôtel et le bus.

De tous les endroits où j'étais retournée, Great Yarmouth était celui que je redoutais le plus parce que, à dire vrai, je ne me sentais pas tellement différente de la fille de dix-huit ans qui en était partie comme si sa vie en dépendait. Je redoutais que tout ce qui avait rendu la vie difficile dans cette ville quand j'étais adolescente ait encore le pouvoir de m'ébranler et de me détruire.

En changeant de bus à la gare de Victoria, je fis la queue derrière une femme de plus de soixante-dix ans, chargée d'une canne à motif fleuri et d'un sac à dos rose, embarrassée par sa valise, rose également. Je lui tapai sur l'épaule.

« Tout va bien ? Je peux vous aider ?

— Oh non, pas de problème. J'espère juste qu'il me laissera monter.

— Je pense que oui, vous n'avez pas l'air de quelqu'un qui cause des ennuis.

— J'ai toujours été rebelle.

— Où allez-vous ?

— Je vais voir ma nièce. Je suis très proche d'elle. J'y suis allée au début de l'année, mais ma fille est tombée malade et elle est morte. Je ne voulais voir personne. Je voulais être seule.

— Je suis vraiment désolée. »

Elle souriait et pleurait en même temps en me racontant que sa fille s'était mariée à l'hôpital en chemise de nuit. Qu'ils avaient un bel album de mariage plein de photos « prises avec un téléphone portable, vous vous rendez compte ! » Elle m'expliqua que tout avait été organisé en quarante-huit heures et qu'ils l'avaient fait assez vite pour que sa fille puisse s'en souvenir avant d'aller vraiment mal sur la fin. En montant dans le bus, je lui répétai que j'étais désolée.

« On n'y peut rien.

— Non, c'est vrai. Mais je suis désolée. »

Nous nous sommes assises séparément et nous nous sommes dit au revoir quand elle est descendue à Norwich. Elle était si douce et si gentille, et d'une certaine manière elle m'avait donné du courage. J'étais à la recherche de mon passé, j'essayais de recoller les morceaux, mais le vrai courage consistait peut-être à simplement accepter les choses qui arrivent et à apprendre à vivre avec.

Nous sommes entrés dans Great Yarmouth en longeant le Wetherspoon. Je suis passée à pied devant l'arrêt de bus où, ivre, j'avais un jour dansé en soutien-gorge sous la pluie, et devant le KFC où j'avais vu un de mes amis recevoir un coup de tête pendant que nous mangions notre poulet.

Je me dirigeai vers la jetée en tirant ma valise à roulettes dans Regent Road, une grande avenue bordée de boutiques vendant des pierres, de restaurants grecs et d'un musée de cire terrifiant. J'avais tant de souvenirs dans cette rue : j'avais percé des oreilles dans l'une des boutiques, mangé des gâteaux à la crème avec maman à La Continental (qui passait pour chic), sympathisé avec l'homme debout, un python jaune géant enroulé autour de lui, tandis que je marchais en remuant du cul vers le job de serveuse quelconque que j'avais à ce moment-là.

J'arrivais hors saison, Regent Road était calme, mais les gens que je croisais me dévisageaient – un type sur un scooter pour handicapé tenant une canette de lager, un couple se disputant vivement devant un pub où même moi je n'entrais pas à dix-sept ans. Je suppose qu'ils tentaient de deviner pourquoi j'étais là, ce que je valais. Je remarquai que les hommes me fixaient ostensiblement et j'accélérai le pas.

En m'approchant du front de mer, je me souvins du vieil homme coiffé d'une casquette qui y promenait toujours son lévrier au bout d'une laisse rouge. J'avais l'habitude de m'arrêter, de caresser le chien et parfois de bavarder quelques instants. Un jour, il promenait un autre lévrier et il me raconta que de jeunes chauffards avaient accéléré pour monter sur le trottoir et faucher délibérément le chien qu'il tenait en laisse. Il ne paraissait même pas très choqué. Je m'étais demandé ce qu'il avait bien pu voir dans sa vie pour ne pas trouver cet acte choquant.

Tout en avançant, j'essayais de discerner le bruit des

vagues, masqué par les beuglements et les tintements émanant de la file ininterrompue de salles de jeux d'arcade. J'espérais vaguement le revoir avec son lévrier. Puis je me souvins que vingt ans s'étaient écoulés et qu'il devait être mort depuis longtemps. J'eus de la peine et pourtant je ne connaissais même pas son nom.

Mon hôtel se trouvait en face du village miniature et à environ dix minutes de marche de mon ancienne maison de la cité de Barracks Road. Ce n'était pas un bel hôtel, il était bon marché, même selon les critères médiocres de Great Yarmouth, mais il était impeccable et chauffé. En me glissant ma clé sur le bureau, le réceptionniste me dit qu'il n'y avait que moi et un car de retraités. J'entendis effectivement les différents niveaux sonores de leur soirée – un quiz – qui filtraient à travers ma moquette vert menthe. Je voyais de ma fenêtre une petite piscine absurde en forme de haricot, comme dans un motel miteux de Las Vegas.

Le soir, je me rendis dans l'un des cafés où j'avais travaillé à l'heure du repas, un bouiboui crasseux avec des tables en Formica, tout au bout du front de mer. Pour 2 livres de l'heure, je me tenais derrière le comptoir, je préparais les boissons et j'encaissais les additions vêtue d'un tabard rouge et d'une casquette de base-ball de la même couleur tout en chantonnant « Waterloo Sunset » qui passait à la radio.

Il n'avait pas du tout changé, sauf qu'à l'époque la clientèle était nombreuse alors qu'aujourd'hui, à part moi, il n'y avait que deux vieux messieurs attablés chacun à une extrémité du café devant d'énormes assiettes. Je commandai au comptoir ce que je mangeais toujours au déjeuner quand j'y travaillais : thé, saucisse, frites et deux sachets de Ketchup.

La serveuse – queue-de-cheval, appareil dentaire,

ongles vernis et roses au bout – se tenait exactement à la même place que moi. Elle utilisa la même grosse bouilloire pour préparer mon thé. Elle m'attendrissait. J'avais envie de lui dire de faire attention, qu'il y avait d'autres perspectives que ce café et les soirées de beuveries. Je me contentai de payer et de lui confier que j'avais fait son travail vingt ans plus tôt.

Elle appela le propriétaire qui était assis dehors. Il m'expliqua qu'il avait acheté le café aux enfants des anciens propriétaires grecs pour qui j'avais travaillé. Il me dit que la mère était très malade, mais que le père se portait encore assez bien.

« C'est parce qu'elle travaillait très dur. Sont-ils retournés en Grèce ? Elle me disait toujours qu'ils repartiraient quand ils seraient à la retraite. »

Il rit. « Non, quand on est à Great Yarmouth on n'arrive jamais à partir. »

Tandis que nous parlions, un piège à insectes fluorescent grésillait en massacrant les mouches.

Quand ma saucisse et mes frites arrivèrent, je les arrosai de Ketchup avec la même minutie que quand j'avais dix-sept ans.

Elles étaient dégueulasses, mais sinon l'expérience avait été positive.

De retour à l'hôtel, j'allai au bar où le musicien chantait « Save the Last Dance for Me ». Je commandai une demi-pinte de lager au lime et j'observai la pièce. Tous les retraités buvaient leurs petits verres, absolument immobiles et sans expression, alors que le chanteur se donnait à fond.

J'allai boire ma bière dans mon lit étroit et m'endormis sur les dernières notes de « Green, Green Grass of Home ».

Le lendemain matin, je passai devant Jurassic World, l'attraction touristique la plus nulle du Norfolk (un véritable exploit) avec ses dinosaures en plastique et arrivai au parc d'attractions Pleasure Beach. Les grilles étaient ouvertes, mais il n'y avait pas âme qui vive. Je déambulai, complètement seule, entre la piste de la Snail Ride, le manège, la salle des miroirs et plusieurs cônes de glace géants en fibre de verre. Il flottait encore une vague odeur de frites et de barbe à papa.

C'était étrange et en même temps un peu excitant de me trouver dans cet endroit silencieux, de l'avoir pour moi seule alors que je l'avais connu rempli de bruits mécaniques et des hurlements des touristes.

Par un trou dans une grille je vis la rue où j'avais été violée. Je savais bien sûr qu'elle était là. Je me détournai et pris peur en voyant Lurch[1] de la maison fantôme qui m'attendait devant la baraque où l'on vendait les tickets. Je poussai un cri, puis je ris de ma frayeur.

Je n'y pensais même pas avant de m'engager dans l'impasse et d'essayer de voir dans quelle maison l'épisode s'était produit. Mais je me souvenais seulement qu'elle se trouvait du côté gauche. J'étais devant ces maisons et je sentais, eh bien, je ne sentais rien. Sinon, peut-être, ma force. Sinon, peut-être, que c'était véritablement et enfin terminé. Il n'y avait aucune raison d'avoir peur. Rien dans cette ville, pas même ce soir-là, ne m'avait changée ou brisée de façon définitive. Rien n'y était parvenu avant non plus. Je m'en étais fait tout un monde.

Je pris une ruelle vers la rue où j'avais habité. Je ne m'étais pas rendu compte que j'avais vécu si près de cette demeure. À quelques minutes à pied seulement.

1. Personnage de la famille Addams.

Mon ancienne maison avait conservé sa porte rouge, à présent décolorée par le soleil, mais l'herbe de la pampa que maman adorait avait disparu. Je pris quelques photos et j'allais partir, mais quelque chose me poussa à m'approcher. J'étais sur le point de frapper à la porte quand je vis un type d'une quarantaine d'années, avenant, le crâne rasé, qui me dévisageait comme s'il m'attendait.

« Salut.

— Salut, désolée. Je me demandais si je pouvais prendre une photo de la façade. J'habitais là il y a vingt ans.

— Nous sommes arrivés il y a dix-neuf ans. Nous avons eu l'appartement en échange du nôtre à King Street.

— Oui, c'était ma mère ! Une petite femme écossaise ?

— Est-ce que vous avez dessiné un grand œil dans la chambre avec “Je te vois” écrit autour ? » Il traça les lettres en l'air. J'avais oublié ce détail.

« Oui, mon Dieu, désolée. Quelle affreuse gamine !

— Vous voulez entrer ? »

Ce que je fis.

La maison était beaucoup plus belle que quand nous y vivions. On avait apporté beaucoup de soin à la décoration. Mais je fus choquée par la taille du salon, si petit qu'on ne pouvait y caser qu'un fauteuil et un canapé, même si j'avais vécu dans des appartements londoniens exigus pendant quatorze ans. Il me présenta sa femme, assise dans le fauteuil sous une couverture en polaire, puis alla faire du thé.

Nous nous sommes souri. Nous nous sommes aperçues que nous avions le même âge, mais nous ne nous connaissions pas. « Désolée, je ne veux pas vous déranger si vous n'êtes pas bien. Vous devez vous demander ce qui lui est passé par la tête d'inviter une inconnue dans la rue !

— Non, je ne suis pas malade. Juste fatiguée. »

Elle m'expliqua qu'elle se levait à 3 heures du matin pour nettoyer les caravanes au Haven Holiday Park local.

« La maison est jolie maintenant. Elle devait être réduite à l'essentiel quand vous avez emménagé.

— La première semaine, j'ai appelé mon père : "S'il te plaît, s'il te plaît, viens me faire le salon." »

Nous avons ri et j'ai dit avec douceur pour qu'elle ne pense pas m'avoir offensée : « Je sais. Nous n'avions pas un sou. Nous faisions de notre mieux. »

Son mari revint dans la pièce et me proposa d'aller voir comment il avait refait la salle de bains. Il me montra avec fierté leur nouvelle douche, leur vrai lave-linge.

« Vous entendez encore les montagnes russes ici ?

— Oui... » Il imita le bruit quand on montait au sommet. « Tchk, tchk, tchk...

— Quand vous allez faire pipi ?

— Oui. »

Pendant que je buvais mon thé, ils me parlèrent de leurs trois enfants. Elle avait eu le premier à dix-neuf ans. Comme moi, ils étaient tous allés à Caister High School, « pour ne pas traîner avec les gamins de la cité ». L'un travaillait pour son grand-père, un autre passait des A-levels, mais la plus jeune, quatorze ans, qu'ils croyaient autiste mais ne voulaient pas voir cataloguée comme telle, avait été exclue définitivement. Tout en parlant, elle montrait des photos encadrées sur le mur derrière moi sur lesquelles ils étaient costumés comme dans le saloon d'un western. Son mari ajoutait une phrase de temps en temps avec l'aisance qu'on sent chez les couples mariés depuis longtemps.

« Je déteste ces trucs – ça donne le cancer ! »

Elle se tourna vers moi. « Il veut parler du désodorisant. »

Je jetai un coup d'œil à l'inoffensif Ambi Pur posé sur une étagère.

« J'adore quand il dit ça avec une clope au bec », ajouta-t-elle.

Nous avons tous éclaté de rire. Je finis mon thé et les remerciai. « C'était vachement bizarre de revenir ici, mais c'était tellement gentil à vous de m'inviter à entrer. » J'avais trouvé reposant, amusant même, de m'asseoir avec eux et de parler de notre histoire commune en nous comprenant. J'avais été conviée si facilement. Elle s'était montrée si chaleureuse, si calme et avait paru véritablement heureuse et contente.

Il me vint à l'esprit que sa vie était celle que j'avais voulu éviter, celle que j'avais eu terriblement peur d'avoir, mais, en fait, à la façon dont elle la vivait, elle ne paraissait pas si mauvaise malgré les difficultés.

En quittant leur maison, je traversai la cité en direction de King Street. J'avais fait ce trajet tant de fois, le jour avec mes classeurs, le soir en chaussures à talons, saturée d'alcool bon marché et espérant une soirée excitante. J'entendis deux femmes qui bavardaient.

« Il paraît qu'il carbure à la blanche maintenant.

— Il carbure au crack. Tout le monde dit que c'est ma faute, mais c'est pas vrai.

— Je vois bien que tu as les yeux pleins de larmes. » J'entendais nettement le sarcasme dans sa voix.

« Ouais, va falloir que tu regardes de très, très près.

— Au microscope, tu les verras. »

Je passai devant un salon de massage, stupéfaite que

le bordel dont je me souvenais soit encore en activité. Le panneau dans la vitrine le signalait comme un des rares endroits qui embauchaient.

En approchant de King Street, qui de mon temps était une longue suite de boîtes de nuit, je me souvins que tous ceux à qui j'avais parlé en passant m'avaient dit que je ne reconnaîtrais pas cette rue. « On l'appelle le petit Portugal. Vous n'y entendrez personne parler anglais », m'avait-on dit. Je vis des supermarchés polonais, des cafés portugais, beaucoup de gens d'origines différentes et cela me réconforta ; les choses s'amélioraient peut-être dans cette petite ville si isolée du reste du monde dans mon souvenir.

Devant un café rempli de gens qui buvaient des expressos et des petites bouteilles de bière en jouant aux cartes, si semblable à un café de Lisbonne que je fus prise d'un vertige de dissociation, trois hommes étaient assis. Je leur tendis la main en expliquant que j'étais écrivaine et leur demandai leur opinion sur Great Yarmouth.

Ils me regardèrent avec amusement, mais se montrèrent polis et me serrèrent la main. L'un était l'archétype de l'Européen, mocassins élégants en daim et chemise rose ; un autre qui se présenta comme le propriétaire du café était petit, trapu, peut-être un peu arrogant. Le troisième, un vrai ours, portait un tablier et arborait un coquard brun-jaune presque guéri.

Le propriétaire me déclara qu'ils venaient d'Égypte et de Turquie. Après quelques mots sur Istanbul, je leur dis que j'étais très contente de voir ces nouveaux commerces. « Il n'y avait que des clubs et des pubs quand je vivais ici. »

Je demandai comment les locaux avaient réagi à leur arrivée. Le patron secoua la tête et fit un geste de la main. « La municipalité ne veut pas nous aider. Je voulais mettre plus de chaises dehors et on m'a collé une amende. » Il voulait organiser des concerts le soir, il avait payé toutes ses licences « et la municipalité réclamait encore mille livres… comme si les responsables voulaient tuer le petit commerce. Ils essaient de nous virer ».

L'homme au coquard dit qu'il devait retourner travailler. « Écrivaine, assise ici. » Il montra sa chaise vacante et je m'assis pour parler avec l'homme en chemise rose. Je lui demandai comment il trouvait la vie dans cette ville. Il m'expliqua qu'il avait quitté la Turquie pour Londres trente ans auparavant. Il avait commencé par faire le ménage dans un restaurant, avait ensuite travaillé comme serveur, puis avait suivi une formation de cuisinier. Ses enfants vivaient à Londres dans une maison dont il était propriétaire. Il était venu à Great Yarmouth en 1999 et avait ouvert un restaurant traditionnel turc à Gorleston.

Il était charmant, peut-être un peu dragueur, mais sa colère était manifeste. « Le problème c'est que je ne suis pas venu prendre leur boulot. J'ai créé des emplois, j'ai *fabriqué* des emplois… Je ne dis pas que c'est le cas de tous, mais de beaucoup, ils vivent des allocations. Et ils n'ont pas besoin de faire quoi que ce soit. Ils reçoivent de l'argent. Ils reçoivent trois ou quatre cents livres par semaine. »

D'après mon expérience personnelle ou celle de beaucoup de gens proches de moi, ce n'était pas vrai. J'émis un petit bruit évasif. « Oui, mais pensez-vous qu'il y a assez de travail ici, à Great Yarmouth ? » J'essayais d'aborder les nombreuses raisons qui faisaient que certains ne pouvaient pas travailler ou qu'ils se retrouvaient piégés dans le système des allocations.

« Si on veut travailler, on trouve le moyen. » Il poursuivit en disant que les usines de dindes (seul travail garanti pour les jeunes même quand j'étais adolescente) étaient remplies de travailleurs lituaniens et polonais. « Je ne dis pas que tous les Anglais sont paresseux, mais la plupart le sont. » Je ne lui répondis pas que je préférerais faire n'importe quoi plutôt que travailler dans une usine de transformation de dindes.

Je lui demandai qui venait dans ces nouveaux bars et cafés, y avait-il des bagarres comme avant ?

« Il y a 70 % de Portugais. » Il secoua la tête en calculant son estimation. « Allons, laissez-moi vous commander un café.

— Oh non, merci, ça va.

— Je vous l'offre.

— C'est gentil, mais vraiment, ça va. Il faut que j'y aille maintenant. »

Je lui serrai de nouveau la main. Il avait été agréable, charismatique même, mais depuis longtemps je n'avais pas parlé à un conservateur acharné sans contester ses opinions. Cette fois, je pensais que ce n'était pas la chose à faire. Que savais-je de son expérience et de sa vie ici ? J'étais seulement en visite.

Je m'éloignai en me demandant s'il se serait montré tellement ouvert, s'il m'aurait offert un café, en apprenant que j'avais été l'une de ces paresseuses qui profitaient des allocations, qui ne faisaient rien et qui refusaient de vider les dindes élevées en batterie pour un salaire minimum et très peu de respect. Je partis, gênée de reconnaître cette hostilité et cette fragmentation.

En revenant en ville, je passai devant la ruelle qui menait à l'immeuble de mon ancienne amie Lisa. Un groupe d'hommes et de femmes, jeunes et vieux, assis sur le mur bas, buvaient des canettes de cidre. Je les saluai et ils me répondirent, je souris, c'était plutôt sympathique, mais ça me fit mal au cœur. Je savais qu'ils avaient tous une histoire, des espoirs, des gens qu'ils aimaient et des choses qu'ils pensaient encore pouvoir faire dans leur vie. Je m'éloignai en espérant qu'au moins quelques-uns réussiraient à les réaliser.

Plus loin dans la rue je trouvai des échos de celle que j'avais été : le pub où j'avais dansé sur la table de billard en montrant mon slip aux hommes, le bar qui avait toujours été vide et l'était sans doute encore même s'il faisait les doubles à 1,60 livre, et la boutique de vêtements pour aller en boîte où, quand j'étais en fonds, j'achetais de minuscules robes en Lycra avec tant de découpes que ce n'était presque plus des robes.

Je vis dans une vieille vitrine un panneau Harbour Community Radio et entrai pour demander si quelqu'un pouvait me parler de son travail. Une femme pas très jeune (j'appris plus tard qu'elle aussi avait grandi à Barracks) et un rocker d'âge moyen se trouvaient là. « Nev est l'homme qu'il vous faut, mais il est très occupé », me déclara le rocker d'un ton solennel. Je leur dis que je reviendrais tenter ma chance une heure plus tard. Ils répétèrent : « C'est un homme très occupé. »

Plus loin dans King Street, à l'emplacement de Prism Records, il y avait un magasin rempli de meubles d'occasion et une enseigne « Jan's Junk Shack[1] ». C'était le genre d'endroit que j'aimais bien et j'entrai. Un Black d'une cinquantaine d'années portant un bandana à fleurs m'accueillit avec un sourire et me dit qu'il s'appelait Gino.

1. La Cabane de bric-à-brac de Jan.

Je vis à l'intérieur un établi, des outils, une rangée de machines à coudre et des meubles à différents stades de rénovation. Une femme, la cinquantaine aussi, ponçait le cadre d'un miroir. Accueillante, les yeux clairs larmoyants, elle me dit qu'elle s'appelait Jan et que c'était sa cabane. Ses longs cheveux gris étaient retenus par un bandeau doré tissé main. Elle me déclara que c'était un espace municipal où l'on pouvait venir faire des travaux manuels. J'expliquai que j'écrivais un livre sur ma jeunesse et que pour moi Great Yarmouth était un endroit où il n'y avait vraiment rien de mieux à faire que de se bourrer la gueule.

Une adolescente assise devant l'établi avait enlevé ses rangers pour actionner la machine à coudre en chaussettes. Elle faisait des tabliers à partir de housses de couette. Ils avaient toujours l'air de housses de couette, mais c'était une bonne idée et je le lui dis. Gino me demanda où j'habitais. Quand je répondis Liverpool, il me déclara que c'était son équipe de foot et qu'il rêvait d'aller la voir jouer.

Étonnée par ma chance, je demandai à Jan si elle avait une minute pour me parler. Elle me répondit qu'elle ne savait pas trop ce qu'elle pourrait me dire, mais elle continua tout de même à bavarder en ponçant.

« J'essaie de comprendre si les choses se sont améliorées. Je vois bien qu'il y a beaucoup d'associations, mais elles font tout toutes seules. Beaucoup de temps, beaucoup d'efforts, beaucoup d'actions par leurs propres moyens.

— Oui, et je suis bénévole. Tous mes services sont bénévoles. »

Gino vint proposer une tasse de thé et il y eut de nombreux échanges devant mon refus. Ils insistèrent et Jan m'expliqua que c'était une de leurs activités : « café, thé et biscuits ». L'adolescente cria : « Ah ! merde… quelle poisse ! » Elle avait cassé son aiguille. Jan la rassura, ils en avaient plein d'autres.

Nous avons ri. Jan retourna à son ponçage. « Nous faisons partie de Community that Works – ils développent des projets par ici. Si vous m'aviez vue l'an dernier, j'étais très discrète et sans entrain. J'ai beaucoup changé depuis que je me suis engagée avec eux. Puis on m'a proposé de m'occuper de ce lieu. En peu de temps, il y a tout juste cinq semaines, tout a été installé. Tous les jours, à 10 h 30, je suis là… C'est thérapeutique et ça fait un endroit où aller. Ça empêche de traîner dans les rues. Ça rend heureux. On nous donne des trucs et nous on quémande, on plaide notre cause. Mais il n'y a pas encore eu d'article dans le journal.

— Et c'est la municipalité qui vous fournit le local ?

— On appelle ça un local gratuit. Si quelqu'un décide de le louer, nous aurons un mois de préavis pour tout vider et partir. »

Elle ajouta qu'il pouvait s'écouler cinq ans avant que quelqu'un ait envie d'y établir un commerce.

Devant la boutique, Gino jouait de la guitare et sifflait. Nous nous sommes tues et avons souri. « On sait quand il arrive parce qu'on l'entend jouer dans la rue. »

Elle m'expliqua que la rue était dangereuse le soir et que Gino venait s'assurer qu'elle n'avait pas de problèmes. Bizarrement, dis-je, Great Yarmouth n'avait pas changé en tant d'années.

« C'est vrai, c'est resté pareil depuis que nous sommes arrivés il y a vingt ans », reconnut-elle.

En partant, je lui dis combien j'aurais aimé cette boutique quand j'étais ado et que je partais en vrille.

J'aurais adoré Jan, sa voix douce et sa patience. Et Gino précédé de sa musique partout où il allait. J'espérais qu'ils tiendraient cinq ans et que peut-être quelques jeunes pousseraient la porte par ennui, peut-être par solitude, qu'ils trouveraient un endroit où, pendant quelques heures, ils n'auraient pas besoin de se bagarrer ou de se donner une apparence. En attendant, j'étais contente pour l'adolescente assise en chaussettes devant la machine à coudre, qui buvait du thé avec Jan et Gino.

On peut beaucoup critiquer Great Yarmouth, mais les frites des baraques du marché sont vraiment excellentes – quelque chose qui n'avait pas changé non plus. Une femme qui faisait la queue avec son fils se tourna vers moi tandis que le serveur remplissait d'une montagne de frites un cornet en papier et y ajoutait une bonne dose de mayonnaise à l'ail. « Les pommes de terre de notre repas.

— Pareil pour moi. Un casse-croûte léger. »

Je remarquai derrière moi une fille en Doc Martens, cheveux roses et T-shirt des Doors, qui tenait un carnet de croquis contre sa poitrine. Elle aurait pu être moi.

Je m'assis sur un banc pour manger mes frites. Des mouettes au regard perçant, grosses comme des chiots, commencèrent à m'entourer. Je croisai le regard d'une autre femme.

« C'est très intimidant.

— Oui. Elles sont grosses, hein ?

— Oui. C'est parce qu'elles mangent des frites ! »

Quand je me levai, elles entamèrent un chœur de piaillements, m'appelant l'une après l'autre. Comme si je leur devais quelque chose.

En prenant The Lanes, je remarquai que le Yarmouth

Market Cafe avait conservé son décor des années cinquante sans le moindre signe d'usure et que le magasin le plus grand et le plus fréquenté était, chose incroyable, de style New Age et vendait des attrape-rêves et des cristaux. Si j'avais continué dans cette direction, j'aurais atteint Dick Van Dykes, un bar gay qui servait les habitués après la fermeture. J'y buvais des doubles vodkas et des Cocas où flottaient des glaçons en forme de petits pénis et j'embrassais des filles à pleine bouche dans les toilettes après avoir dansé toute la nuit sur Abba. Je préférai tourner à gauche devant l'ancien bureau de poste transformé en appartements. Le lundi, maman et moi faisions la queue dehors avant l'ouverture avec tous les autres, rêvant avec impatience au thé et au gâteau que nous allions nous offrir dès que nous aurions touché les allocations après un week-end sans gâteries et parfois sans grand-chose à manger. Ce souvenir déclencha immédiatement en moi l'envie de manger quelque chose de sucré, simplement parce que je pouvais me le permettre. J'allai m'acheter une barre de Cadbury Whole Nut que j'engloutis en trois bouchées.

Je passai devant la permanence de UKIP, l'une des rares nouvelles entreprises. Great Yarmouth, figurant parmi les villes du pays où l'on trouvait le plus grand nombre de gens partisans de quitter l'Union européenne, avait voté à 71,5 % pour le Brexit. Je remarquai que le bureau devait être ouvert jusqu'à 17 h 30, mais qu'il était déjà fermé à 16 h 45, sans un mot d'explication. Qui donc était censé être tire-au-flanc ?

Au coin d'une rue, je fus certaine de voir mon beau-père et m'arrêtai net, effrayée. Je savais que je risquais de tomber sur lui, mais, jusqu'à l'instant où je vis le gros ventre gonflé à la bière, les boucles gris-blond, le regard dur de l'autre côté de la rue, je m'étais dit qu'il n'y avait pas grand risque. Continue à marcher, me dis-je. Cependant, en regardant derrière moi je compris que cet homme ne pouvait pas être mon beau-père – il devait avoir l'âge de Richie quand je l'avais connu. J'imagine qu'il évaluait de façon agressive si j'étais baisable et j'envisageai une seconde de traverser et de lui demander si ça lui plairait que quelqu'un regarde sa mère, sa sœur ou sa fille de cette manière.

Je revins à Harbour Radio et trouvai Nev. Habillé avec élégance et plein d'assurance, presque au point d'être extravagant, il m'évoquait quelqu'un évoluant dans le milieu de la musique, ce qu'il était sans doute.

Je lui demandai ce qu'il pensait de la ville. Il me répondit qu'il y vivait depuis trente ans. « Je ne comprenais pas pourquoi les gens étaient aussi négatifs. Ça m'énervait. En déposant la demande d'autorisation pour la radio, nous avons décidé de mettre l'accent sur les côtés positifs… Un des sujets qui me mettent en rogne, si vous me pardonnez l'expression, c'est que je fais tout ce que je peux pour que plus de gens se penchent sur l'histoire de Great Yarmouth. »

Il déclara qu'il souhaitait que la ville devienne le nouveau Margate.

« Il y a un juste équilibre entre les gens qui ont grandi ici et ceux qui ont immigré. Comme moi. J'ai adoré la ville en arrivant. Vous savez, les filles étaient bizarres. Et comme elles n'étaient jamais allées nulle part, *nulle part*, elles adoraient le type couleur chocolat que j'étais et je trouvais ça génial. Je pensais : hé, c'est facile. »

J'ai ri et nous avons ensuite parlé des perspectives

pour Great Yarmouth. « Ce qui fend le cœur, c'est qu'en revenant ici, on a conscience du potentiel.

— Oui, si seulement les gens apprenaient à regarder la ville avec d'autres yeux. Dans toutes les émissions de radio qui m'ont aidé à me faire connaître, j'affirmais que les gens ne comprenaient pas la ville où ils vivaient. »

Il me raconta qu'il emmenait les gens à Sheffield, Huddersfield, Harrogate, Newcastle et Middlesbrough. Son objectif était de leur donner un aperçu des autres endroits où ils pourraient vivre.

« Ce qui rend les choses difficiles maintenant, c'est le Brexit. C'est devenu dingue, j'étais tellement bouleversé ce jour-là parce que j'étais un "remainer". J'ai cinquante ans passés, qu'est-ce que je connais d'autre ? J'ai été élevé en Européen.

— Oui, il y a tellement plus de diversité maintenant. Ça se remarque.

— Quand je suis arrivé ici, je n'ai rencontré que deux, peut-être trois types black. Mais maintenant… c'est pareil partout au Royaume-Uni. Il n'y a plus de zones de ségrégation. Il n'y a plus de "normal pour Norfolk". Ça n'existe plus. J'ai vécu ici plus longtemps qu'ailleurs… Je me demande ce qui va se passer dans six mois.

— Et en ce qui concerne ces nouveaux commerçants ?

— Ils vont rentrer chez eux. Mon voisin m'a envoyé un mail où il disait : désolé, je ne t'ai pas dit au revoir, nous repartons tous en Angola, nous avons trop peur… On se dit, mon Dieu, qu'est-ce qui se passe ? Mais je ne suis pas le bon Dieu, je ne peux rien y faire. Je peux seulement continuer à faire la promo de Great Yarmouth. »

Je lui demandai comment il envisageait l'avenir de la ville.

« On verra bien. Je pense que nous allons gagner. »

Je le remerciai de m'avoir accordé de son temps et l'assurai que j'écouterais ses émissions. Il m'emmena au sous-sol où il me montra fièrement un studio d'enregistrement dernier cri. De retour au rez-de-chaussée, Nev me dit qu'il espérait recevoir par la poste un exemplaire de mon livre. Le rocker déclara : « C'est tout lui. Nev est comme ça. » Nev rit avec modestie, déclara qu'ils formaient une équipe et m'accompagna à la porte.

Si je ne partageais pas son enthousiasme pour Great Yarmouth, j'avais été impressionnée par sa volonté de changer les choses et d'agir en conséquence. Je trouvais qu'il avait raison sur de nombreux points, il y avait des choses à développer, à exploiter trois cent soixante-cinq jours par an dans cette ville. Great Yarmouth semblait résolu à faire des efforts inutiles, mais il fallait que la ville change et s'adapte pour survivre. Accueillir les populations portugaise et turque aurait pu constituer une première étape – après tout, la majorité des restaurants du front de mer appartenaient à des immigrants grecs qui les géraient avec succès –, ainsi que se concentrer sur la création d'une ville d'un genre différent pas seulement faite d'alcool, de sensations éphémères et de toc, de propriétaires véreux. Mais avec la fermeture des centres de protection de l'enfance, la permanence de UKIP au milieu de la principale rue commerçante et les responsables locaux apparemment résolus à refuser aux nouveaux venus qualifiés d'origine diverse l'occasion de réussir, encore moins d'aider à dessiner l'avenir de la ville, je ne pouvais pas dire que je partageais l'optimisme de Nev.

Plus tard, tandis que je mangeais une pizza dans un pub où j'avais l'habitude de me soûler à mort, une femme en parka me sourit. « Je peux fermer la fenêtre ?

— Oui, bien sûr, moi aussi j'ai froid. »

Je me penchai sur mon repas pendant que l'homme qui l'accompagnait ne cessait d'essayer de lui expliquer une affaire compliquée à propos de trois bières pour cinq livres. Elle se retourna vers moi. « On était à l'école ensemble. »

Je ne la reconnaissais pas du tout. « Peut-être.

— Caister ?

— Oui, c'est ça, mais désolée, je ne te remets pas.

— Tara Hammond ? »

Elle était plus mince et plus pâle qu'avant. J'avais oublié que, même si la ville semblait figée dans le temps, les gens vieillissent.

« Bien sûr. Ouah !

— On était ensemble au cours de théâtre. On a monté cette pièce, *The Terrible Fate of Humpty Dumpty*.

— Je ne me souviens pas. Qui donc était le prof de théâtre ?

— Mrs Sullivan.

— Elle faisait le robot à chaque soirée de l'école ! »

Je me souvins que Tara avait quitté l'école pour avoir un enfant et je lui demandai de ses nouvelles. Elle me dit qu'il travaillait avec son père, mais ça ne semblait pas lui plaire. Je lui racontai que j'étais revenue faire des recherches pour un livre que j'étais en train d'écrire. « Qu'est-ce que tu fais maintenant ?

— Rien. »

Je croyais qu'elle allait ajouter quelque chose

– « Rien… juste… » – et j'attendis, mais le silence se prolongea de part et d'autre des tables collantes.

« Rien ? »

C'était idiot de poser cette question et je la regrettai. Mais j'étais étonnée. Elle avait toujours été intelligente, elle m'avait appris ce qu'était une double négation. Elle parut gênée et secoua la tête. Je me mis à jacasser nerveusement sur le fait que la ville n'avait pas changé mais qu'elle était beaucoup plus calme. Elle m'expliqua que les magasins avaient déménagé en périphérie et que si on n'avait pas de voiture on ne pouvait pas y aller. Nous nous sommes quittées avec de vagues promesses de nous retrouver sur Facebook, ce que nous n'avons fait ni l'une ni l'autre.

Je me souvenais de *The Terrible Fate of Humpty Dumpty*, et je me souvenais aussi que nous nous étions disputées pendant les répétitions. Je me souvenais également qu'elle m'avait vue travailler dans un pub alors que je demandais des allocations chômage (elle travaillait à l'époque à l'agence pour l'emploi), mais elle ne m'avait pas mouchardée et je regrettais de ne pas l'avoir remerciée.

J'allai boire une demi-pinte et écrire quelques notes au Pier Head. Il était désert à part un unique retraité en survêtement blanc qui ressemblait un peu à Jimmy Savile. Jusqu'à ce qu'une bande de vingt types du Nord qui enterraient la vie de garçon de l'un d'eux entrent et se mettent à agiter leur bite. Il n'y avait en fait qu'une seule bite, mais ça me suffisait. J'étais stupéfaite de la vitesse à laquelle on s'adapte à un endroit ou bien on y retrouve peut-être ses marques. En effet, quand le type sortit sa bite à la table voisine, je finis mon verre, rangeai mon portable et sortis. Je marchais dans les rues qui me rendaient nerveuse auparavant avec le sentiment d'être responsable et déterminée, sachant que, si quelqu'un s'en prenait à moi, je répondrais sur-le-champ.

Avant de rentrer dans ma petite chambre d'hôtel, je fis un tour dans les salles de jeux d'arcade, l'air de la plus triste des touristes, et jouai quelques parties sur les machines à 2 pence en souvenir de mon adolescence. Je traversai la salle qui ressemblait le plus à Las Vegas pour trouver du calme, au bout de la jetée. Assis sur un banc de pique-nique dans l'obscurité, deux jeunes garçons écoutaient AJ Tracey sur un téléphone. Je m'approchai et me présentai : « Qu'est-ce que vous pensez d'avoir grandi ici ? »

Jack, le plus mince des deux, un peu boutonneux, une frange sur les yeux, répondit le premier. « Ça va. Ce n'est pas si mal qu'on le dit, ouais… À l'école tout le monde crie "oh, tu vis à Yarmouth… bla, bla, bla". »

Trouvaient-ils qu'il y avait assez de perspectives ? « Oui, oui, surtout l'été. On cherche un job, on trouve. »

Callum, son ami, avait l'air d'un gars de la campagne bien nourri. « À vrai dire, je trouve que c'est difficile de venir ici. Les bus sont nuls et ils s'arrêtent genre à 6 heures. » Il vivait dans un des minuscules villages satellites.

Je leur demandai s'ils avaient envie de rester là. Callum répondit qu'il voulait vivre à la campagne, mais Jack déclara : « J'aime bien ici. J'ai un scooter, alors si je veux aller quelque part, genre aller le voir dans son village, pas de problème. Ici il y a plein de trucs à faire et j'ai un job, alors…

— C'est quoi ton job ? Ça ne t'embête pas que je te le demande ?

— Je bosse dans une boutique pas loin, alors ce n'est pas grand-chose, mais, ouais… »

Il me parut soudain si jeune que j'eus envie de le rassurer et de lui dire qu'il faisait ce qu'il fallait. « C'est bien. C'est nettement plus que ce qu'ont beaucoup de gens au Royaume-Uni en ce moment. Quand j'étais ado ici, je trouvais que c'était plutôt dur. Vous pensez la même chose ? »

Callum reprit la parole de sa voix grave : « Ça l'est encore, à dire vrai… »

Jack l'interrompit : « J'habite à Newtown, près du champ de courses, et c'est là que vivent les gens chics. Je dis toujours que c'est le coin bien, ça commence à devenir un peu dur là où il y a les clubs et… (il fit un geste vers ma cité) ce coin-là n'est pas terrible. »

Nous avons ri tous les trois. Je hochai la tête : « Oui, c'est assez vrai. »

Je les remerciai et leur serrai la main. Celle de Callum était absolument sèche, alors que celle de Jack était froide et moite. J'avais envie de l'apaiser, de lui montrer que j'étais amicale, qu'il ne devait pas s'inquiéter. Ils retournèrent à leur musique et je les laissai dans l'obscurité de la jetée avec les vagues qui se brisaient au-dessous d'eux.

De retour à l'hôtel, en buvant une pinte au lime dans mon lit, j'enregistrai quelques idées sur mon téléphone. En les réécoutant je fus surprise par la gaieté de ma voix. Je riais beaucoup pendant l'enregistrement et les instruments à cordes assourdis de « Sweet Caroline » vibraient à travers le sol de l'hôtel pour accompagner ma voix.

« C'était positif. Je ne suis simplement plus la même. J'ai montré tant de confiance en moi, je suis allée trouver les gens et je leur ai posé toutes sortes de questions. Je ne me suis jamais sentie intimidée. En grande partie parce que j'ai retrouvé un peu de cette arrogance que j'ai acquise quand je vivais ici, où l'on apprend à évaluer qui est une menace et qui ne l'est pas. Et… voilà, j'ai changé. Je suis une personne différente, nouvelle. Et c'est incroyablement libérateur. Voilà tout. Je vais dire quelques mots à mon mari. » Une pause dans l'enregistrement. « J'essaie de me rappeler si j'ai oublié quelque chose, mais je ne crois pas. Rien dont j'aie besoin de me souvenir pour l'instant. »

24

GREAT YARMOUTH
1999

Je suis rentrée à Great Yarmouth après mes trois mois en Amérique. J'avais grossi à cause du sirop de maïs et des portions américaines, je portais des jeans et des T-shirts de Walmart, je n'avais pratiquement pas bu une goutte de tout mon voyage. Je revins pleine d'espoir et déterminée. Après tout, j'étais allée jusqu'en Amérique, alors quels autres miracles ne pourraient-ils pas être possibles ? La maison, la cité, ma vie à l'époque me paraissaient ce qu'elles étaient – étriquées et transitoires.

Mes démons auraient pu me rattraper dans ma chambre ou hanter les boîtes de nuit affligeantes si je ne m'étais pas inscrite au College à un cours préparant le BTEC[1] d'arts du spectacle qui se déroulait dans un vieux petit théâtre municipal, connu sous le nom de Seagull. Je réussis à obtenir une allocation chômage de réorientation en prétendant que je suivais une formation d'éclairagiste qui fut considérée comme suffisamment professionnalisante.

1. Diplôme professionnel qui selon les niveaux va de l'équivalent du bac professionnel à bac +5.

J'eus la chance de tomber sur un professeur vraiment stimulant, un homme de Liverpool, Ian Gordon, qui ne pensait pas, comme tant d'autres, que les gamins inscrits en BTEC étaient complètement idiots et seulement capables de travailler dans le commercial. Son enseignement était, et il est peut-être encore, l'une des choses les plus radicalement politiques que j'aie connues. Il ne considérait pas l'art comme appartenant à d'autres. Il nous le présentait sous toutes ses formes, nous montrait comment nous l'approprier et nous répétait pourquoi nous devions agir ainsi, nous les enfants ayant grandi au mauvais endroit, et au passé difficile. Pour certains, il faisait office de père de substitution. Il refusait de laisser tomber quiconque.

Je décidai d'obtenir les meilleures notes possible. Je quittais la cité de Barracks tôt le matin et rentrais par le dernier bus. Entre les cours et les répétitions, nous nous réunissions dans le vieux théâtre qui devint la maison de ceux d'entre nous qui n'avaient pas forcément envie de rentrer chez eux. Ian m'aida à rédiger ma demande d'inscription à l'université et me prépara à mon audition. Il m'affirma que j'avais la capacité de faire ce que je voulais.

Le sujet de mon audition était le passage où Lady Macbeth s'acharne à laver ses mains, déplorant les taches laissées par tous ses crimes et qui ne s'effaceront jamais. J'obtins une proposition inconditionnelle d'entrée à l'université à Londres. Je partis enfin pour la grande ville qui semblait tout promettre, mais surtout un avenir à l'horizon dégagé et la perspective de choix qui seraient les miens.

À partir de ce moment-là, je me mis à courir sans regarder derrière moi. Jusqu'à cette année, jusqu'à ce que je sois prête.

25

LIVERPOOL
2018

Il me reste deux soirs avant d'envoyer ce livre à mon éditeur. J'ai passé la journée à essayer de trouver comment clore un livre comme celui-ci. Car je ne le ressens pas comme une fin, mais comme un commencement.

Cette année m'a permis de répondre à de nombreuses questions que je me posais et d'enterrer des mensonges sur la pauvreté qui m'ont fréquemment amenée à me sentir différente ou inférieure. Je comprends maintenant que beaucoup de monde a intérêt à ce que les pauvres restent pauvres, à faire croire aux gens du milieu d'où je viens qu'ils ne méritent pas mieux, à ce qu'une grande partie de la société pense que, si on est pauvre, on ne mérite pas de compassion, que la pauvreté est un choix personnel ou un échec et que, si on avait travaillé suffisamment dur on aurait évité les difficultés quotidiennes et incessantes. Ces idées se trouvent reflétées dans les médias, de la façon usuelle dont la pauvreté est méprisée à la prétendue méritocratie dans laquelle nous sommes supposés vivre.

Il n'y a qu'un pas pour ancrer cette idée et considérer comme un fait accompli que nous vivons dans une société où, depuis notre plus tendre enfance, notre revenu conditionne tout, la probabilité d'un problème de santé mentale, d'addiction ou de violence familiale, de manque de formation, et jusqu'au nombre de nos plombages. Si l'on admet ce déséquilibre évident, ceux qui n'ont jamais subi cette situation devraient reconnaître le privilège relatif dont ils ont bénéficié et agir pour corriger la société.

Au premier rang des responsables, on trouve sans aucun doute un gouvernement ingrat qui, au cours des huit dernières années d'austérité, a cherché à dépouiller ceux qui avaient le moins de moyens, à les dégraisser lorsqu'ils étaient à l'os, tout en faisant bénéficier les plus riches de réductions d'impôts. Le résultat ? Nous sommes la sixième économie mondiale, mais un cinquième d'entre nous vit dans la pauvreté. Les municipalités en Angleterre ont connu une baisse de 49 % du financement de l'État depuis 2010-2011. Cinq cents centres de protection de l'enfance ont été fermés au cours des huit dernières années et plus de trois cent quarante bibliothèques ont mis la clé sous la porte entre 2010 et 2016, entraînant la disparition de huit mille emplois. Ces statistiques laissent présager encore plus de familles incapables de retrouver du travail ou qui, si elles y parviennent, devront accepter des contrats à zéro heure qui leur permettront à peine de nourrir les leurs. Elles impliquent encore moins de chances d'améliorer les conditions de vie, d'accéder à une aide psychologique ou de vivre dans un logement stable. Un plus grand nombre d'enfants continueront à grandir dans la précarité sans espoir ni répit – l'Institute for Fiscal Studies[1] prédit une

1. Institut de recherche spécialisé dans l'évaluation des politiques

augmentation de 7 % de la pauvreté chez les enfants entre 2015 et 2022 –, pendant qu'ils s'entendront dire que leurs parents et eux-mêmes sont responsables de leur situation. Et ce ne sont pas seulement les pauvres d'aujourd'hui qui en souffriront car, comme je ne le sais que trop bien, la pauvreté se transmet de génération en génération, la misère s'hérite par le sang. Pour le dire simplement, notre gouvernement a financé les réductions d'impôts pour les plus aisés en ponctionnant l'avenir de nos enfants, et, d'une certaine manière, nous l'avons laissé faire.

Quand je pense aux obstacles à l'égalité des classes dans ce pays, aux tentatives de changement, l'entreprise semble impossible. En quoi ma petite contribution pourrait-elle influencer quoi que ce soit ? Et alors je me souviens de Sally et ses collègues, de Bill, Jan, Nev et des innombrables anonymes qui travaillent avec les populations locales, trouvent des solutions qui fonctionnent car ils sont issus du même milieu. Chacun d'eux identifie un besoin et fait ce qu'il peut.

Je dois moi-même trouver un équilibre pour mener la vie agréable qui m'a été donnée. Je commencerai en utilisant ce que j'ai appris durant l'écriture de ce livre. Je ne laisserai jamais passer les suppositions faciles sur ce que signifie être pauvre ou sur la façon dont on tombe dans la pauvreté. Je soutiendrai les groupes locaux qui colmatent inlassablement et efficacement les béances de l'État providence, qui font campagne contre cette guerre à l'encontre des pauvres actuellement en cours dans nos rues et dans nos villes.

J'ai l'espoir que ceux qui liront ce livre décideront de faire de même. Si nous y contribuons tous, si

---

publiques et l'analyse de la fiscalité.

nous faisons ce que nous pouvons, si nous sommes assez nombreux, je crois qu'il est possible de changer l'avenir.

Ce livre a déjà modifié radicalement le mien. Je sais que j'ai de nouveau une famille – une tante, un oncle, des cousins et des petits-cousins. Ils likent parfois mes posts sur Facebook et le matin je tartine mon toast avec de la confiture faite par ma tante Allie. Un de mes petits-cousins m'envoie de magnifiques messages lyriques sur sa vie d'alpiniste et son exploration du bouddhisme.

Tous m'envoient des anecdotes de mon enfance et des photos sur lesquelles j'ai l'air sale et un gros visage. Ils me font retrouver celle que je croyais avoir perdue pour toujours. Ils savent que je ne parle pas à ma mère, en connaissent la raison et la respectent. Ils me traitent avec chaleur, gentillesse et pudeur. Il y a des limites qu'ils ne franchissent jamais. Personne ne s'injurie. Je n'aurais jamais imaginé que les choses puissent se passer ainsi dans ma famille ni que je puisse parvenir à utiliser de nouveau l'expression « ma famille » avec affection et attachement.

Peter et moi essayons d'avoir un bébé depuis quelques mois. Chaque mois, je suis certaine de sentir une vie nouvelle en moi et j'éprouve de la joie et de l'espoir à l'idée de devenir mère et d'élever un enfant. Je crois que je serai une bonne mère.

En retraçant les lignes qui me maintenaient sur la voie du passé, je me suis libérée en grande partie de la honte et de la peur. L'enfant que j'étais marche toujours à côté de moi, mais maintenant je sais comment m'occuper d'elle. Tout comme je le ferai pour mon enfant biologique, pris en placement ou adopté, en me servant de tout ce que j'ai appris sur ce qu'est l'amour. Et sur ce que n'est pas l'amour.

Il est tard et je suis seule à la maison. J'essaie d'appeler Susan, la cousine de ma mère, à qui je n'ai pas parlé depuis trente-trois ans. Elle me gardait bébé, quand elle avait quatorze ans. J'ai été sa demoiselle d'honneur mais je n'en ai aucun souvenir. Elle décroche. « Mon Dieu, ta voix... tellement d'Aberdeen. Je veux dire, c'est normal, mais quand même. »

Ce que je veux dire, c'est qu'elle a la même voix mélodieuse et apaisante que les femmes de ma famille, cette voix jamais pressée sauf quand elles se mettent en colère. C'est comme parler à une partie de moi enterrée profondément jusqu'à cet instant.

Susan, dont la mère était la sœur de ma grand-mère, est assistante sociale à Aberdeen. Elle a été placée presque toute son adolescence, a quitté l'école sans qualification, puis a eu quatre enfants avant de repasser son Scottish Leaving Certificate[1], d'avoir un autre enfant et de suivre une formation d'assistante sociale. Elle m'explique l'arbre généalogique de la famille. Maladie mentale, alcoolisme, bagarres. Je pose beaucoup de questions. Elle confirme presque tout ce que je supposais. J'apprends quelques faits surprenants sur l'enracinement des psychoses et des mauvais traitements physiques et verbaux dans les générations précédentes. Mais c'est fini maintenant, me dit-elle.

« Notre génération, ceux qui restent... » Le suicide a aussi cours dans la famille. « Nous nous entendons tous bien maintenant. »

Lors d'un silence dans la conversation, je lui pose la question qui me tient le plus à cœur, à propos de mes

1. Diplôme de fin d'études.

séjours en famille d'accueil et leurs raisons. La pièce du puzzle qui me manque et qui, je crois, m'aiderait à comprendre tout le reste.

« Bon, je vais aussi te dire quelque chose qu'à mon avis tu dois savoir. Tu avais trois ans à l'époque et mon frère Craig avait des problèmes de santé mentale. On n'aurait pas dû le laisser avec une enfant. Il est venu me voir avec toi qui pleurais et il m'a dit : "Sa mère m'a demandé de la garder quelques heures et ça fait trois jours qu'elle est partie." Tu pleurais, tu étais sale, affamée. Tu étais simplement une petite fille dont on ne s'occupait pas, Kerry. Et c'était grave, tu sais, tu étais vraiment en détresse. Il avait erré sans savoir quoi faire, il ne savait pas te changer, tu avais froid et tu étais sale, il n'avait rien à te donner à manger. »

Je me souviens de ma peur, la nuit, dans la chambre au Viêtnam avec Peter. Je m'étais transformée en petite fille terrifiée et en pleurs parce que je ne savais pas ce qui m'était arrivé, seulement qu'il y avait un gros trou noir effrayant.

« Oh ! mon Dieu, mon Dieu.

— Tu n'étais qu'une toute petite fille. Tu n'as même pas eu un bon départ dans tes premières années. »

Nous restons silencieuses un moment et je me demande si elle retient ses larmes comme moi. Les miennes ne sont pas des larmes de tristesse, mais de soulagement. Car c'est la vérité. Et toute ma vie j'ai eu besoin que quelqu'un, quelqu'un de ma famille, me la dise franchement.

« Je suis tellement contente que tu mettes tout ça sur le papier. Tu écris, c'est thérapeutique.

— Oui, j'écris là-dessus depuis un an et ça a été tellement difficile. Je rends le manuscrit cette semaine et ce sera terminé. Tu sais, pendant tout ce temps, j'étais déchirée en deux parce que je voulais à tout prix savoir ce qui s'était passé et plus j'en sais, plus je vais être capable d'avancer et de remettre les choses dans leur contexte, mais ça n'a pas été facile. » Je marque une pause.

« Mais tu ne dois pas y penser, Kerry. Au bout du compte, c'est ta vie. C'est ton expérience. Nos parents ont fait des choix et ces choix ont eu un impact sur leurs enfants. Toi, en tant qu'être humain, tu as un droit sur tes expériences. Tu n'écris pas ce qui n'est pas vrai. » Et, encore une fois, c'est comme si elle avait été envoyée pour dire exactement ce que j'avais le plus besoin d'entendre, prononcé avec la voix de mon sang et des femmes de ma lignée. « C'est génial d'avoir tout mis par écrit. C'est super de voir que tu t'en es sortie et que tu as une belle vie, Kerry. J'en suis tellement heureuse.

— Oui, c'est vrai. Mon mari est l'homme le plus gentil du monde. Il va falloir que tu fasses sa connaissance. Nous essayons d'avoir un enfant.

— Ah !

— J'ai trente-huit ans et j'espère que je n'ai pas trop attendu. Mais apparemment, si j'ai bien compris, on sait faire des bébés dans la famille.

— Oui, se bagarrer, boire et faire des bébés !

— Bon, je m'en tiendrai aux bébés. »

Nous raccrochons en riant et en nous promettant de nous revoir bientôt.

Plus tard, Peter et moi sommes assis sur notre canapé à cinquante livres un peu taché. Nous mangeons un fish and chips et je lui raconte tout ce que j'ai appris pendant cette conversation qui a duré un peu plus d'une heure, mais qui a changé et résolu tant de choses pour moi.

« Alors, imagine, tous ces gens schizophrènes, bipolaires, alcooliques, drogués. Rien d'étonnant. »

Je lui raconte qu'une femme de la famille de ma grand-mère a lancé un cendrier en verre à la tête de son frère au cours d'une dispute assez sordide et lui a ouvert le visage.

« Tu sais comment on appelait les Mackie sur les docks ? Torry Seagulls[1]. Toujours à réclamer les restes.

— Vraiment ?

— Elles n'avaient rien. Elles s'abaissaient pour essayer d'obtenir quelques morceaux de charbon ou de quoi manger. »

Il secoue la tête. « Je suis vraiment désolé.

— Ne t'en fais pas. Franchement, c'est le passé et j'ai survécu, comme beaucoup d'entre nous. Et regarde, je t'ai toi, j'ai un peu de famille et mon travail. Je me sens complète. Avec des racines et une histoire. Une personne à part entière. Une partie de moi est réellement fière d'appartenir à toute cette force et d'être là après tout ce qui s'est passé. Non seulement d'être là, mais d'être heureuse.

— Et maintenant tu te sers de cette force autrement.

— Exactement. »

Nous terminons notre fish and chips, blottis l'un contre l'autre. Nous parlons d'un voyage à Aberdeen au printemps, de ma tante qui nous envoie des confitures. J'envisage d'écrire un livre sur ma grand-mère et ses sœurs, « The Torry Seagulls ».

Sur le tourne-disque, Leonard Cohen chante « That's No Way to Say Goodbye ».

Mais, pour moi, l'instant est parfait.

1. Les mouettes de Torry.

REMERCIEMENTS

Plus que tout autre, ce livre a exigé que je recherche des gens pour m'aider à raconter des histoires au-delà de la mienne. Merci à tous ceux avec qui j'ai parlé de façon à la fois formelle et informelle. J'espère que vous savez tous que vous m'avez non seulement aidée à raconter les histoires de vos collectivités, mais que vous m'avez aussi permis de me relier à un passé que je croyais perdu à jamais et que je vous suis infiniment reconnaissante pour cette générosité. Je remercie en particulier ma nouvelle-ancienne famille de m'avoir accueillie à bras ouverts. Vous retrouver a été l'un des plus beaux cadeaux qui m'aient été faits.

Je trouve souvent qu'on n'accorde pas suffisamment de crédit au travail collectif que nécessite l'écriture d'un livre. Je ne saurais assez remercier mon extraordinaire agente littéraire, Juliet Pickering, pour son soutien sans faille, sa défense du projet et pour m'avoir fait bénéficier de son intelligence et de sa sagesse avant, pendant et après l'élaboration de ce livre. De même, merci à Becky Hardie, mon infatigable éditrice chez Chatto & Windus dont l'œil aiguisé, la perspicacité et la foi en ce livre et en moi ont permis à ces pages de sortir de ma tête et d'atterrir dans vos mains. Nous travaillons toutes les trois ensemble depuis près de dix ans et je n'aurais pu espérer avoir auprès de moi des femmes plus fines, intelligentes et bienveillantes.

Il y a évidemment beaucoup d'autres personnes derrière la mise en œuvre d'un livre. Merci à tous ceux de Chatto & Windus chez qui je suis si fière d'être publiée, en particulier à Clara, Charlotte et Greg pour leur soutien éditorial, à Sophie et Anna pour leur aide à la publication de *Basse naissance*. Katherine Fry a eu la tâche peu enviable de corriger mon travail et je lui suis très reconnaissante de sa minutie. Merci aussi à Stephen Parker et Mark Vessey pour la couverture superbe et la photo de l'auteure.

Chez Blake Friedmann, merci à Hattie, Sam, Tom, James, Hannah, Resham, Daisy, Cassie et Emanuela qui ont tous joué un rôle dans la promotion de ce livre comme des précédents et avec qui c'est un plaisir de travailler. Un merci spécial à la merveilleuse Isobel qui a succédé à Juliet tandis qu'elle passait du temps avec son mini-Pickering et permettait que je me sente tout à fait en sécurité.

Les chroniques de *Basse naissance* dans *Pool* m'ont aidée à écrire ce livre d'une manière que je n'aurais jamais imaginée – elles m'ont rendu plus facile de montrer mes côtés les plus vulnérables, tout comme elles m'ont mise en relation avec mes lecteurs qui n'ont jamais manqué de m'inspirer et de me rappeler pourquoi un livre comme celui-ci pouvait avoir une résonance. Aux lecteurs qui m'ont envoyé des messages pour témoigner de leur histoire, je vous entends et j'espère que ce livre aura d'une manière ou d'une autre une valeur pour vous. Toute ma gratitude à Sam Baker et Lynn Enright pour m'avoir offert cette chance merveilleuse et la liberté d'apprendre, à Zoe Beatty,

Cate Sevilla et tous les gens de *Pool* pour me permettre de continuer à écrire sur les choses qui sont importantes pour moi/qui me foutent en rogne.

Ce livre était une gageure, mais beaucoup d'amis proches et plus lointains m'ont aidée à continuer d'écrire quand ça devenait difficile, même s'ils n'ont pas su que j'avais besoin d'eux. Spéciale dédicace au collectif #WorkingClassWriters et à Cathy Rentzenbrink, Kit de Waal, Nikesh Shukla, Paul McVeigh, Damian Barr, Simon Savidge pour leur soutien, leurs bonnes paroles et simplement pour « piger ».

Comme pour mes deux livres précédents, ma meilleure amie Livia a été à mes côtés pour me câliner, partager une bouteille de vin et me faire rire. Avec Ricky, elle élève deux petites stars, Xander et Zarla, mes filleuls qui m'apportent tous les ans plus de joie.

Merci à Liz et Werner pour m'avoir accueillie dans votre merveilleuse famille. Votre amour des livres et de la bonne politique m'ont donné envie que vous soyez fiers de moi.

Comme vous l'aurez compris dans les pages de ce livre, plus que tout le reste, ma vie avec Peter m'a permis de garder mon corps et mon esprit comme un tout durant l'étrange processus qui m'a déconstruite et ramenée en arrière. De mille manières, aussi bien petites qu'énormes, il m'a aidée à écrire ce livre. Je n'aurais jamais imaginé qu'un tel bonheur et une telle paix puissent exister. Merci, Peter. Je t'aime tant.

TABLE DES MATIÈRES

MIXTE
Papier issu de
sources responsables
FSC® C003309

10/18, une marque d'Univers Poche,
est un éditeur qui s'engage pour
la préservation de l'environnement
et qui utilise du papier fabriqué à partir
de bois provenant de forêts gérées
de manière responsable.

10/18 – 92 avenue de France, 75013 PARIS

Imprimé en France par CPI

N° d'impression : 2059437
X07726/03